From Interest to Taste

以文藝入魂

卷四

白色的賦格

宋澤萊
黃春明
拓拔斯・塔瑪匹瑪（漢名田雅各）
陳若曦
蔣曉雲
賴香吟

目次

◎序

寫在《讓過去成為此刻：臺灣白色恐怖小說選》出版前

國家人權博物館館長 陳俊宏

在臺灣邁向民主的道路上，滿布著人們的受苦、抵抗與勝利的故事，這些故事曾經被忽略，甚至已被遺忘；如今，為了確保這些故事能被我們的後代與世界聆聽、記憶並流傳，歷經多年的籌備，國家人權博物館終於在二〇一八年正式成立，下轄白色恐怖綠島、景美紀念園區，將歷史傷痕遺址轉化為紀念的地景。做為亞洲第一座結合歷史遺址，闡述威權統治斲傷人權歷史的博物館，國家人權博物館肩負著重要的使命與任務。我們期許人權館能成為面向臺灣歷史與民主人權的「觀景窗」，從博物館這個小窗望出去的風景，既能像顯微鏡頭一般，瞥見歷史最微小陰霾的角落，又能轉場成為廣角鏡頭，以啟發性與多元思考，拓展民主、人權的開闊視野。在此，我們將得以讓一代又一代的臺灣人持續追問、辯論與創造，去思考自己想打造什麼樣的社會、想成為什麼樣的公民。

轉型正義做為文化反省運動

如何克服過去的歷史傷痛，將過去的負債轉化為未來的共同資產，是轉型正義的重要目標，也是人權館當前的重要任務之一。如何讓白色恐怖斲傷人權的歷史成為社會的集體記憶，讓過去所發生的「永遠不再」發生，我們除了體認威權統治時期國家暴力對人性尊嚴的侵害，同情受難者的遭遇之外，更需反省體制性暴力的本質，時時提醒著我們，民主不能走回頭路，不能再重蹈覆轍。因此，轉型正義的工作不只是加害者與被害者之間有關究責與賠償的問題，也不只是法律與制度的改革，而是臺灣社會必須互相對話學習、共同嚴肅面對的一場文化反省運動，藉助對過去的反省來建立民主文化。唯有對過去錯誤加以理解、以及基於理解而來的反省，才是防止暴政在未來再度發生的重要機制。

在這樣的信念驅使下，人權館持續嘗試透過文化介入的方式，邀請社會各界透過藝術媒介共同參與對話，藉由直視過去，尋找未來的道路。南非憲法法院前大法官奧比・薩克思（Albie Sachs）曾經在參訪人權館後，分享南非透過藝術媒介打開對話空間的經驗，他甚至認為藝術是南非「後種族隔離時代」中最重要的工作之一，透過藝術可以打開思辨與對話的空間，和厚厚的總結報告書一樣有力量。近年來人權館除了邀請藝術家以「不義遺址」主題進行視覺藝術創作之外，也規劃人權繪本、人權戲劇、人權音樂等各類創作，擴大社會連結，探索藝術創作在記憶工程中的各式可能性。而白色恐怖文學書系的規畫，正是藝術介入途徑的另一個嘗試。這些文學作品蘊藏深層真實，反映人的視域、感知與關懷，我們期待透過這些跨越不同年代的文學作品，「讓過去成為此刻」，讓讀者感同身受小說隱藏的歷史，深觸時代的樣態與記憶。新文化史學巨擘林．亨特（Lynn Hunt）在探討「人權」這個概念究竟如何被發明的書（《人權的發明》（*Inventing Human Rights: A History*））曾經指出，人權觀念的興起，與十八世紀書信體小說的發展，有很大的關係。這種全新體驗類型的小說閱讀形式，藉由小說中對平民主角飽受不平等之苦的內心情感細膩的呈現，讓讀者得以超越性別、階級、信仰的界限，意識到「他者」和自己一樣，擁有共同的內在情感，促進了平等觀念在廣大讀者中的傳播。換言之，同理（empathy），讓「在差異中想像平等」成為可能。我相信讀者們，特別是未曾經歷過這段歷史的年輕讀者，在閱讀本書系的作品之後，必能理解壓迫年代的社會氛圍與個人處境，探詢體制性壓迫的本質，思索人權的核心價值。

本書系的出版，對人權館而言，意義非凡，這是臺灣社會首次以「白色恐怖」為主題所進行的文學選集。特別感謝胡淑雯與童偉格兩位主編，以人權館所建置的「白色恐怖文學目錄資料庫」為基礎，從眾多作品當中挑選三十位作家的作品，並搭配他們的深入導讀，讓讀者們得以藉由小說體認戰後威權統治下，臺灣社會的特殊樣貌與歷史傷痕，感受在那些苦難的年代裡，人們的現實處境與生命經歷。其次，為了突破以往政府出版品的通路與行銷的種種限制，讓此書系能夠打開更大的社會對話空間，我們很榮幸能與春山出版社一起合作，藉由莊瑞琳總編輯所帶領的專業團隊，讓本書未上市即已獲得高度的重視。而在編輯過程中必須分別聯繫出版社與作家，取得作品出版的同意授權，想必相當繁複，實屬不易，由衷感謝。唯有擦亮歷史的鏡子，才能照見現實與未來，我們期待此書系的出版，能開啟更多的社會對話，創造和解的可能性，我相信只有透過記憶、理解、超越的過程，我們才能真正從歷史當中獲得反省。

◎編序

倒退著走入未來

胡淑雯

曾經，面對白色恐怖，如同面對一座廢墟。廢墟裡有死傷，有監獄，有恐懼，斷垣殘壁裡迴盪著震耳欲聾的沉默，卻也閃爍著微微跳動的光點，只是，那些光點覆滿塵土，很少人伸手去撿。

二戰結束，日本帝國戰敗，臺灣送走了殖民政權，迎來了新的祖國。但是，這個祖國，就像馬奎斯筆下的「草葉風暴」，是一場沒完沒了的，內戰的遺物。他們像一陣暴風刮到這裡，在島嶼的中心扎下根來，尾隨其後的是「枯枝敗葉」。先是二二八事件，與其後的清鄉，再來是戒嚴，白色恐怖，美蘇冷戰與韓戰。「枯枝敗葉冷酷無情。枯枝敗葉臭氣熏天，既有皮膚分泌出的汗臭，又有隱蔽的死亡的氣味。」*在這群暴風般襲來的陌生面孔之間，最早與較早的居民反而成為違建般的存有，在自己的故鄉就地流亡。

動員戡亂（一九四八～一九九一）與戒嚴令（一九四九～一九八七，金門馬祖則遲至一九九二年才解除戒嚴），將「戒嚴」這樣的「例外」變成常態，將「臨時」（動員戡亂時期「臨時」條款）無限拖延成半個永恆，將「非常時期」化為「日常」，以殘酷的「律法」（《懲治叛亂條例》，《戡亂時期檢肅匪諜條例》）炮製政治案件，將威權體制鞏固成國家體質，從而造就了臺灣的「國民體質」。恐懼吞噬心靈。在政權對肉體對反抗對言論與思想的鎮壓中，人民以沉默求得自保，遁入舒適的遺忘，安定向上，明哲保身。四十幾年過去，我們迎來了解嚴，但解嚴超過三十年，戒嚴的遺緒至今依舊，禁錮著這座島嶼。這之中最突出的「國民精神」之一，大概是，「去政治」的政治性格。許多人成為恨政治的人，一講到政治就反感，以「政治很髒」來迴避政治。然而，這種「去政治」的過程，弔詭地，正是一種高度「政治化」的過程，是幾十年教化的結果。它的政治效果是，讓人民懵懵懂懂，幾近無知，卻以這樣的無知為常，甚至引以為傲，以為乾淨。於是，開口談論政治的人，拒絕無知的人，往往被視為偏激，可笑，討人厭。白色恐怖不但鎮壓了反抗者與異議者，也將彷彿無關的所謂大眾，調教成某種方便統治的精神與形貌，從而傷害了文學與藝術，傷害了幾代人的創造力。

如此說來，《讓過去成為此刻》這套小說選的出版，或許可以是某種，以虛構抵抗現實的方式，抵抗威權統治的「教化虛構」，讓政權及其暴力的每一場勝利，都變得可疑。思考白色恐怖，如同書寫政治小說，恰恰在拒絕政治（尤其政權）對藝術的傷害。以小說的創造性擾動那些曾經，擾動那段均值，布滿「同一性」，因而空洞化了的時間。向「過去」借道，是我們邁向未來，或許不是唯一，但絕對不枉此行的一種方式。這條路或許比較遠，但是比較美，而小說所能提供的美學經驗，包括認識醜陋，認識惡。

然而，書寫與閱讀都不是容易的事。我們對威權統治的記憶何其空泛，直到今天，民主化超過三十年，我們依舊在澄清與爭論著，威權統治下被槍決與監禁的確切人數。特務，眼線，抓耙子的身分與數量，跟政治案件的數字同樣不明不白。數字是謎。無解的謎足以造就各種扭曲。記憶的扭曲，道德的扭曲，人性的扭曲。於是這套書，某種程度可以被視為，「島嶼的肉體與精神傷殘史」。這是小說此一文類，給人性最獨特的禮物。它為我們留存了那一段，無論有無政治意識，都可以成為匪諜與叛亂犯的生活，「不要亂說話」，「囝仔人有耳無嘴」，彷彿就連夢話也能告了自己的密。沒說出口的思想，心裡的苦悶，房間裡的祕密，夢中的恐懼，也要面對特務的盯梢，與「軍憲警」三合一的戶口檢查。小心日記，小心與某某的合照，小心同事同學與朋友，小心你的抽屜，小心「知情不報」。在強迫告密的「連保連坐」下，在鼓勵告密的獎金制度下，人們在相互猜忌裡相互監視，官僚參與其中，基層公務員參與其中，學校老師也參與其中。就連即將出獄的政治犯，也要簽下這樣的切結書：「保證絕不洩漏案情等一切坐監經過否則願受法律制裁」，借用作家陳列的話，這形同配合政權嚴厲遂行社會控制的權力，協助掩飾加害者的罪行。「假如我們沉默不語，我們的心裡會覺得不舒服。假如開口說話，我們又變得可笑。」†但文學收容了一切的曲折，與看似中立理性的成見決裂。文學抗拒媚俗，尤其抗拒「黨國」，「信仰」，「主義」，「領袖」施加的心靈獨裁。在黨國威權的媚俗裡，兩蔣的屍體不能下葬，他們的屍身不容腐爛。這對父子被幽禁在黨國神話的教化虛構之中，浸泡於防腐劑的惡臭裡面，活埋在銅像的微笑裡，一日無法步下神壇，就一日無法得到安息。

在解嚴後社會力爆發，本土化與自由化的浪潮下，白色恐怖逐漸受到研究與重視，並且在大眾化的學習熱情裡，出現了各種通俗的面貌，卻也冒著被「新的政治正確」抹除面貌的風險。這當中最顯著的現象是，「冤，錯，假」與「英雄敘事」的風行。在編選這套小說的過程中，我們捨棄了這一類，略顯理所當然的申冤喊痛之作，過分化約的歷史意識，也繞開了英雄與烈士崇拜，而試圖以美學為尺度，給「內省」較多的空間，讓差異擴增，讓複雜性留存。這套小說無意為昂揚的「主義」服務，不論它是左是右，保守或是進步。不服務於舊的國家神話，也不服務於另一種，與之對反的，新國家想像的建構。小說維持它的叛逆，讓差異——政治的差異與差異的人性——復活，這是小說的無用之用。於是，在這套小說選當中，我們可以讀到出賣與背叛，讀到「政治轉向」，讀到「不重要的受難者」所遭遇的生存艱辛，家人的冷待，對信念的疑惑，讀到告密者的自剖，行動者的思想貧困，與思考者的行動軟弱。以及，中共在臺地下黨員的理想與挫折。

最後，讓我改寫小說家珍奈・溫特森（Jeanette Winterson）的話：文學是公有地，它無法由國家或商業利益完全把持，也不像流行文化那樣，被資本驅動著進行大面積的露天開採，它是由想像力所開展的一方，空曠不羈的空間。[‡]書寫是強敘事。閱讀，則是強記憶。頑強地走下去，並非常人所稱許的所謂勇敢，反而，這是一件幸福的事，即使幸福裡布滿蹣跚。

在蹣跚的幸福裡，有班雅明的新天使守護著我們。祂抵擋著一切裹脅著逼祂背向過去，面朝未來的風暴，凝視著歷史災難的廢墟，明智而堅強地，面向過去，背對未來，以倒退的姿態，向未來邁進。

* 出自《枯枝敗葉》，加西亞．馬奎斯著，劉習良、筍季英譯（北京：新經典文化，二〇一三）。

† 出自《呼吸鞦韆》，荷塔．穆勒著，吳克希譯（臺北：時報出版，二〇一一）。

‡ 請參考《正常就好，何必快樂》，珍奈．溫特森著，三珊譯（新北市：木馬文化，二〇一三）。

空白及其景深

◎編序

童偉格

忝列本書共同編者，以一年多的時間，閱讀相關文本，我個人最確切的感觸，是在臺灣，以小說書寫白色恐怖的誠然不易。也許，這首先是因白色恐怖自身，已是虛構設想的大規模落實：許多探討現代政治的論著，都可為我們陳明，國家的恐怖治理，對抗的，與其說是真實威脅，不如說是威脅的幻影。簡單說：國家對抗的主要敵人，正是國家自製的「國民公敵」。

或者，一如哲學家阿甘本的分析：當強力建構某種「假想圍困狀態」論述，國家統治者，即可藉保衛國家主權之名，一併創造出一種凌駕一切律法，以行使治理的所謂「例外狀態」。在這種狀態中，統治者對「國民公敵」的計畫性逮捕、偵訊、審判與刑罰等，每一道儼然法治化的程序，事實上，都反證了統治者，是以絕不受任何程序節制的法外威權，來遂行制度化的迫害。更簡單說：白色恐怖的法治核心，正是絕對人治。

發生在臺灣的國民黨白色恐怖治理，原則上不脫上述反證，且也如我們在歷史中的既驗：黨國統治者，將對「國民公敵」的監控，藉連坐懲治或密告獎掖等設計，以系統化地轉嫁給國民全體的做法，具體說明了這種治理邏輯，曾如何細密、經濟且高效地，將所有人，牽制在同一個共犯結構裡相互偵防。於是可知：白色恐怖自身，是一種臨場催發真實的強虛構。

由此看來，白色恐怖為什麼不義，其實毋須更多辯證，也無法藉各種說辭，來為其權宜迴護——對我而言很明白，從前提假設到細節落實，關於白色恐怖，沒有一處堪稱符合正義。它最弔詭的創造，是執法者必以僭法，來汲取、並維繫威權。它對社會造成的最大破壞，是共同體成員，必以恐懼彼此，來做為共同生活意識。它加諸這種生活的更虛偽粉飾，則是切身經受它的成員，不被允許提及它。也就是說：它一面無處不在，滔滔訓講自己的絕對光明，一面卻極端猥瑣地，一路埋證滅跡，令人自承感它的當下起，即難以明確記述它。

人人浸漬其中，但人人皆知，最好不要聲張這種浸漬。它之禁制個人表達，並將這般禁制深化為集體生活共識，使得多年後，我們不僅無法確知它造成的死亡實數，連用「白色恐怖」一詞，來實稱這種生活的顯在恐怖，好像都顯得太過驚動了依然潛在的集體禁制。這種難能實說，正是在臺灣，以小說書寫白色恐怖的不易其二：至少一世代的創作者，或自那制度化迫害的現場寂滅，或在其後，更漫長噤語，僅將真實的空闕，留白為「恐怖」的如實臨陣。

面對上述留白，小說選《讓過去成為此刻》，採取不無矛盾的編選方針。一方面，因上述雙重不易，我們珍視任何直擊現場的文學表述，敬佩這些小說家，對集體記憶責任的果敢承當。就此而言，我們銘感吳濁流〈波茨坦科長〉（一九四八），與邱永漢〈香港〉（一九五五）的深刻在場。這兩部原初皆以日文書寫的小說，前者既直陳終戰以來，黨國官僚對臺灣社會資源的「劫收」情況，也為我們，穩確留影了政權輪替的動盪彼刻，臺灣的「零年」地景；後者，則以臺灣白色恐怖治理最嚴峻的一九五〇年代當下為背景，栩栩再現出自由香港，這一寶重避禍處，描述避禍之人，生活在其中的奮鬥或淪沉。

另一方面，對嚴峻年代之後、自一九七〇年代起，始大量出現的白色恐怖相關小說書寫，除了銘感與珍視，我們也有更大空間，在選編作業時，斟酌這些作品的文學價值。這是說：我們不以重構那已然湮沒的歷史現場，做為小說創作的最重要目的論，而更希望在這基礎之上，小說做為一種文學體裁，能寄存更豐厚的思索或體驗，也能更扎實地，收納現場以來的歷史蹤跡。會這麼設想，原因其一，是因做為編者，確實，在密集閱讀大量以重構歷史現場，做為主要意向的小說作品時，我感到記憶與經驗的雙重疲乏：非常可能，當許多作者，沿用對歷史現場的同一刻板印象，且再一致複寫時，這些寫作總體成就的，不是現場重構，而是對現場重構之可能性的重複抹消。

如此設想原因其二，是因做為小說寫作者，我私心期許小說作品，不應總被看待為是遲來的歷史證言，而應正好相反：小說，將以小說能為的方式，自當下此刻起，為我們前引集體歷史想像。就此而言，抗拒簡化思考，正是事關小說的前瞻性，小說家們，能為小說所做的最好說情。

於是，本書四卷架構，原則上，即依上述前瞻訴求，力圖延展一個已然留白之歷史現場的多重可能景深，以求相對完備且深思地，解構昔時至今的噤語。如此，本書卷一，「血的預感」所錄篇章，著重白色恐怖治理，從起點前刻，直至最冷峻年代的直接體驗描摹。卷二，「眾聲歸來」，複現多年以後，記憶者或聆聽者，對那同一冷峻體驗，多元而活絡的重述。卷三以「國家從來不請問」為題，反詰國家體制的無所不能為，與是否應為。卷四「白色的賦格」，則對位式顯影再更長久以來，在我們集體履歷中，遭體制選汰之邊緣人等的從來實存。

也因本書主要意向，是在寄存關於白色恐怖，小說家們各異的豐厚體驗或思索，於是，一種深沉而內省的詩學，成為總體看來，本書所錄作品的核心共徵之一。關於這個共徵，讀者可將全書開篇，郭松棻〈月印〉（一九八四）做為代表，且再就本書各卷所錄篇章，來延伸審視。某種意義，這般以內向視角，在多年以後，將集體創傷，重新封印於主角一身的詩學實踐，既確證了白色恐怖自肅殺現場起，再更綿長的結構性後效，也透露了小說家們筆下的孤絕人等，對修復生活共同體的深願——若非因為集體連帶感，主角的深切自咎將顯得憑空無由；而所有這些篇章，事實上都不需要寫出。也於是，我們當然亦盼望所有這些篇章，果能共同集成一個重新的「此刻」，幫助讀者，更明晰檢視在臺灣，竟已顯得像是毋須被具體記憶的一段集體歷史。

我個人認為，這正是這部嘗試以文學文本自身的複雜度，抵禦一切簡化之政治思維的選集，最直白的一種政治性：它引領我們，對抗種種太過輕省的遺忘，特別，是緣於真相未明的遺忘，與終究，連同「真相未明」此事本身的一併遺忘。以「白色恐怖」之名，實稱我們歷史中，確曾存在的那種黨國治理方式，僅是關於這項記憶與反省工程，一個重要的起點。因透過坦然實稱它，我們獲得立場，開始據實理解它。透過據實理解它，我們將不允許自己，將政權犯下的嚴重罪行，簡單託言為是社會結構必然，或歷史的不得不然。這是說：透過據實理解，我們可望消解這般恐怖罪行，在我們集體未來中，重複再臨的可能性。

最後，在本書編選過程中，聶華苓《桑青與桃紅》（一九七六）、陳映真〈山路〉（一九八三）、張大春〈四喜憂國〉（一九八七），及蕭麗紅《白水湖春夢》（一九九五）等四部作品，因未能取得授權同意，所以無法收入本書。胡淑雯《太陽的血是黑的》（二〇一一），也因作者是為共同編者，故亦不收錄於此書。為稍減遺憾，我謹題記上述五部佳構於此，做為推薦閱讀索引，以饗各位讀者。

白色的賦格〈導讀〉

童偉格

又是暮色將至之時，島國紛紛擾擾之際，他不知道該說什麼，也不想說什麼。原來，生命結束的情景是這樣，他竟然真的經歷了，阿君，真的與他分離了。叩，叩，這次來的是主治醫生，他們站定，鞠躬，近床檢視病人狀態，抬頭看看牆上時鐘，如此記下了時間，然後，他們說：「請節哀。」再度鞠個躬，出去了。

——賴香吟，〈暮色將至〉

《讓過去成為此刻》最終卷，共收錄六篇小說。以全書各卷中，最小的篇幅構成，本卷嘗試最大限度地，涵蓋從一九六〇年代末，直到二十一世紀初的現場敘事——這個時間跨度，是相當於臺灣戒嚴年代總長的，另一個「近半世紀」。我們盼望這組對位關係，能簡要呈現「白色恐怖」做為主題，如何已從再現歷史現場，再更長程地延異、且更複雜地發展於臺灣小說書寫中。

也就是說，一方面我們可知，白色恐怖時期裡，大規模逮捕與鎮壓行動，是以一九五〇年代為高峰，然而，威權政府從此建制的治理邏輯，更長效地顯現在社會日常生活中，且也一定程度地，成就了一九六〇年代以降，臺灣工業化與現代化的發展方式：簡單說來，這是一種在冷戰框架下，受美援扶持之各國間，普遍常見的威權資本主義模式。另一方面，這種治理邏輯在臺灣，也不可能僅因一九九一年，國民大會宣告廢止《動員戡亂時期臨時條款》伊刻，就同步獲致解構。我們已知：長年封印於生活共同體內部的意識形態，既不易簡單更動，舊式威權思維，亦會隨著政權轉移，而貌離神合地，在政治運作中因襲。總體說來，就治理邏輯而言，一個如哲學家高橋哲哉所言的，以刻意徵別成員、布置階級差距而創建的「犧牲體系」，從來，就存在於我們的社會之中。

於是，本卷所選作品，關注遭權力系統，徵別為體系底層、或邊緣存在之人。他們包括：農民，工人，原住民，政治上偵防的思想者或常民，以及未搭上權力新班車的昔日反對運動者。這些「非常國民」的思維與見歷，驗證了我們視作常態、著毋庸議的社會生活方式，可能，只是未被揭曉的向來異常。

關於農民。多年以後，在鄉土文學論戰硝煙盡去，卻未有論點足堪平議的此刻，宋澤萊的〈糶穀日記〉，成為臺灣鄉土文學自身，最豐厚的在場證明之一。小說留影一九七〇年代，電視布袋戲偶「被講國語」的某年初夏，以騙穀事件為主軸，複現在犧牲體系底層位址，臺灣農村以其體質傷損，供養社會朝工業化發展的實況。田賦、官方農政，與資本市場機制，織錯成對重言諾的農民而言，比國語還難懂萬倍的交換法則。受了騙的打牛湳村人無處投訴，只得吞忍比「做牛做馬來拖磨」、「穀拋海底再撈出」還大的不甘，埋首不聽遠城風聲，自在原鄉日曝雨淋裡，噤聲找活路。

在城裡鐵工廠，打牛湳子弟李金河，以一根斷指受賠五萬（約當季萬餘斤穀的產地糶價），引起鄉親苦澀的豔羨；在城市叉路口，黃春明〈蘋果的滋味〉裡的江阿發，則以一雙斷腿，為一家七口換來聖寵。南部子弟江阿發，北上「碰運氣」，藺居城郊違建矮屋裡，日日騎腳踏車，進城賣苦勞。若不在是日，經美軍上校的轎車搶道一撞，阿發無緣窺見原來，在對原鄉父老而言，已然高蹈的城市再更其上，猶有指配勢運的更強能所在。潔白病房裡，一家人「帶著怯怕的一下一下此起彼落」地啃蘋果（一顆可換四斤米），響語著阿發那無名而喑啞的幼女，即將被「送到美國去讀書」的強運。

在那處名貴山頭，「白宮」般的醫院裡，阿發的無名幼女蒙寵；拓拔斯．塔瑪匹瑪（田雅各）〈尋找名字〉裡的原住民父老，則在雨裡尋徑上中山樓，表達回復原名的訴願。以二部敘事，小說一面回顧「短短數十年內」，「我」之父祖六改族名、兩更姓氏的名稱變異史，另一方面，則以一九九〇年代，原住民正名運動的抗爭現場其一，「我」陪祖父闖關所歷，直陳對原民父老而言，

「同胞」的實義：祖父銘感非原民青年的無私幫助，「稱讚他們才是真正的臺灣同胞」；對怒責、恥笑請願者的原民國大代表，「我」則表達了由衷不屑——依靠警方保護的他們，使「我」明瞭，「卑微的人永遠挺不起腰來」，而那幢兀立封鎖線後的名樓，只令請願者深感可恥。

在陳若曦的〈老人〉裡，一位無有名姓的「臺灣同胞」，則從又一「鎮暴」現場脫身，刻正睜開沉重雙眼，回顧自己，如何從嘉南平原上的燠熱故鄉，抵達一九七六年，在天安門悼念周恩來的料峭早春。老人一生，複現一位左翼理想主義者，對集體福祉的無私追求，以及終爾無言的空望。做為臺共黨員，老人在二二八事件之後別離妻女，順利去向新中國。以為終歸烏托邦的老人，僅為不斷運動、一再鬥爭的黨國層峰，提供了一名極易辨識的「內奸」：從來未經當權認納，也就一生無處是為家園。如是，當只接見過老人一回、卻令老人終身銘感知遇的總理，故逝為可訪的近即，老人前去致意，也致哀無論在哪方的歷史裡，都將落實為陌異者的自己。

與上述陌異者互成鏡像，在蔣曉雲的〈回家〉裡，「外省人」楊敬遠在歷四十多年的阻隔後，終於從臺北，返回湖南故鄉。是時，他已因據說曾「簽名保舉了個共產黨」，赴綠島感訓二十五年，也出獄了十多年。臺灣社會朝工業化發展的過程，他既未親歷，解嚴前後的社會轉型，亦只使已如驚弓之鳥的他，感覺更大惶恐。年逾七十的他心底，「只剩下返鄉一念保住的一口元氣」；縱然他知悉，昔時家園早已片瓦不存。各據一九八七年，兩岸重啟接觸的此後與之前，〈回家〉賦格〈老人〉的悲劇原型，也以相似溫煦，寄存兩位日與長安皆不見的老人，在晦暗世途裡，確切保有的個人尊嚴。

越過解嚴，越過終止「動員戡亂」，總統直選，與第一次政黨輪替等關鍵時間點，賴香吟的〈暮色將至〉，題記新世紀，臺北的某個年末初冬。小說彷彿將昔往以來，臺灣歷史裡無數火焚年代，皆予以冷卻、收摺，對位倒轉為新驗式的既視：一個人在感到「寒氣教人還不太習慣」的同時，卻也惘惘知覺，「時間有限得可怕」的矛盾時刻。彷彿，人之有生，並不足夠常習、並深切明瞭宏觀歷史裡重複的嚴峻。於是，小說中，那相對於前述〈老人〉與〈回家〉裡，陌異老者的終局而言，顯得早臨的阿君之死，腹語了在場凝視既視的絕不容易；而相對於那些將被歷史永遠銘記的、為理想而獻身的壯烈場景，在安寧病房，林桑對同伴之死的孤自新驗，也說明了有生者，記憶不被記憶者的艱難責任。

重新對時：讓既視的成為新驗；讓不被記憶者，在場逼視集體記憶的限度。這可以是小說書寫最珍重的目的論之一，也誠然，是小說選《讓過去成為此刻》全書的重要意向之一。在當下閱讀此書，原因無它，只因也許，如策蘭詩句所揭——「是時候了」，我們為自己察驗是否，「時間動盪有顆跳躍的心」。

躧縠日記

宋澤萊

◎一九七八年十月二十五日首次發表於《福爾摩沙的明天》，前衛叢刊第二期。

五月四日午后，天氣：霪雨，地點：粿葉樹下

這陣子總是奇怪的天候，有時炎炎的赤日曬在打牛湳的社區裡，活似要烤剝人皮伊般。汗溼和蚊蚋四溢在整個天地，但是，忽然刮一陣涼溼溼的風，樹葉嘩嘩地顫動著，淅淅瀝瀝的西北雨就下將起來，雨水便無款無樣地氾濫在村道。好！你永遠沒有個機會去猜透，今日是什麼樣底氣候，豈不聞人家說過：「春天後母面，七月火燒埔。」而五月正巧夾在後母和火燒埔之間。

連續落幾天的雨了，落在打牛湳柏油路邊的稻穀都長出嫩葉了，和不知名的草花顫動在斜斜的午后雨中。現在是二點至三點鐘之間，快活的小雞在路面上咯嘰咯嘰地啄食著。忽然天邊一大片的烏雲逐一崩裂開，雨停了，一道亮白的光探出雲隙，雖然還見不到太陽，但打牛湳社區的新瓦牆卻綠紅鮮明起來。嘩地，全村子的人都一致地掀開了剛收割的穀堆，用著穀耙子，佝著虔敬的身子，把稻穀披晾開來了。

在村子的尾端地方，十字路邊，有一家雜貨店，店前有幾棵高大盤錯的粿葉樹，這種樹在社區建設後便少在打牛湳存活了。村長早前規定，做了社區後就要來掃除髒亂，凡是舊時代的風物皆應革去。只見三兩下，村路上的木麻黃列，屋後鬼颼颼的刺竹叢全部砍去，種了椰子和楊柳，因之，這幾棵粿葉樹便成為絕無僅有了。此時正值店前這幾棵粿葉樹開花繁枝的時候，在這一帶曬穀的人都跑到樹腳來歇息，他們看著穀子，無事時或者就下著棋、或著齁睡著、或者抱著膝、或者雜談著，涼陰溼濡的風刮過樹頂，吧噠吧噠便落了許多杯狀粉黃的花。

四十多歲的扁鼻子的萬福坐在椅子上，低頭看著地上落葉旁撕打的兩隻黑蟻，不經意皺縮著

塌了鼻梁的臉龐，他有兩個很高的顴骨、黑髒的牙齒，一皺眉，便咄咄地把自己給逼成一幅窮苦的模樣了。

早年，他是打牛湳知名的人，趕著幾頭農會的藍瑞斯，養母豬的人家就尤其需要他了。那陣子便是路過打牛湳的人都認識他。有一道謎語這樣說：

身穿一件黑袈裟，攀山過嶺去娶妻。

打牛湳的小孩一聽就猜得出是萬福仔的這門孤行獨市的行業。現在時代在變，人工受精很流行起來，種豬的交配也得講究技巧，萬福仔終於退守成為一個純粹的耕民了。也許是他的歷史很讓人難忘吧，因此他始終就致力於維持自己在打牛湳的那一點尊嚴。這刻裡，他正巧看到了撕打的螞蟻爬過一粒發芽的穀子，猛然他想到一件事，便蹙著眉。

「陰霪好幾天了，雨怕不會停了。」

他對著旁邊的新團仔說。

新團仔也是粿葉樹這一派的，一向是糧少人多。這刻他正為著妻子又要生產的事而苦思著。

「喂，萬福仔，農會今年還要收保證價穀莫？」

「聽說有，每公頃九百七十公斤吧。每公斤還是六百九。」萬福側移著身子說。

「我還有三分地未割啊，恐怕也要發芽。」

「真糟糕，天公還不想放晴，一世人難遇到這種衰運的日子。到時候農會不要這種發芽的稻穀，就有戲看了。」

「嘿嘿。」

於是他們都笑起了確乎有些愉快的苦臉了。

一會兒，擴音器大聲地在亮潔的社區上空叫著：親愛的農友父老們！連續下幾天雨，本莊沒有曬穀的所在，現在應幾位父老的要求，開放村活動中心，若沒地披曬的割穀，儘管運去！

是村長的聲嗽咧。萬福仔矇矓中聽到了，但此刻他忽然又被一個心思所迷惑住了，因為他的眼光又不經意地落在石臼上歇息的闊嘴鴦身上。陳鴛鴦這個女人，四十出頭了，已經嫁第二個丈夫，第一個當然已過世了。她有著糟亂的一叢髮髻，鬆皺的臉總是捺著紅粉，兩片垂掛的嘴唇，說難聽點，像歌仔戲的鴇母，其實她的嘴並不是大海海的，只是愛挑撥吧，天生一張善鬥的嘴鼓，一說起話像高噪的鐃鈸，人們便給她這樣一種相應的封號。她和萬福是鄰居，正為著中隔的一塊狹道相爭著。已經鬧了幾個月，快訴訟到法庭去了。本來闊嘴鴦用宣傳的技術來詛咒萬福仔的貪黷，漸漸要獲勝，但近日，萬福仔拉攏了闊嘴鴦已成家立業的前夫的兒子和媳婦，鼓動他們和繼父爭產地，一時間闊嘴鴦生了內亂，幾幾乎要把她打垮了。萬福仔本來想息事寧人，但此刻，他顯然不能罷休了。那塊地少說也有五、六萬，這一期的稻作發芽了，種稻穀的人又多，市價一定很賤！保證價格也不能保證了，四面八方的物價都在騰漲中，如果能掙得那塊地更好，補貼補貼嘛！雖然他明知那塊地還是平分的好，豈不聞：歹年冬多猶人。

自己或者就是猶仔吧！但是，在這不景氣的時候，搶都搶啦！還怕他猶麼？

他一想到這一點，於是不免面露詭譎惡意的笑容，眈眈地瞪視著闊嘴鴦。

忽地，一陣滴答滴答的雨珠從闊嘴鴦的頭上掉下來，原來是一群厝鳥停在上面，把粿葉樹的雨水撥濺下來的，伊於是舉著很薄命的瘦頸子，望望盤錯傘張的樹頂，從間隙中窺著無奈而銀白的天空，而後又歪扭著脖子垂下頭來，終於目光便和萬福撞在一起。

「看什麼？哼。」

闊嘴鴦本不理那樣瘦巴巴，而況一陣子又曾與種豬為伍的人，但習慣上還是要說這麼一句無謂的話，但這樣一句無謂的話經過她的捽頭和咂嘴，便很具重量地壓在萬福的頭上。

死對頭呀！

「看什麼！」萬福仔也說著，他是準備打個勝仗的人，豈能輸給這樣的人！

「看老娘也那樣神會精聚的模樣！」闊嘴鴦的嘴巴就答答地說動了，她說：「豬哥神一個！」

萬福仔一聽到用「豬哥」這二字來形容他，是很隱祕而凶猛地刺傷了他的自尊的。他的臉便像觸電般地縮成小乾桔，一副窘極的模樣，語音也口吃起來：「妳……妳……不要靠一張嘴，那塊地早晚是屬於我的。於情，於理，於法。」

一想到那塊地，他很快就恢復鎮定，瘦瘦的身子因興奮而顫動了，雖然他實在不懂什麼情理法。

「墓仔埔全是你的。」闊嘴鴦響亮的雞啼般的聲音就陡地升高了：「你做夢咧。」

「我是有憑有據底。」萬福仔好一陣敉平了口吃，轉成很莊嚴的聲音說：「妳媳婦也這樣說。」

「什麼我媳婦？」闊嘴鴦一下子咬牙切齒了，她站起來了，叉開腿，一隻手放在腰際，一隻手胡亂地比劃著：「我沒有那樣的媳婦，我也沒有那種不肖的兒子，好歹他們也得顧念他的親生娘還活著，現在他們非但不來養我，連他繼父的財產也想搶奪，這款無大無小的天日。這個賤查某，我饒她不得，我老查某若死了，變鬼也要來捉她。」

「嘿。」萬福仔一見他的話制止了對方的氣燄，霎時間很得意了。他偏著頭說：「一日竟夕，妳和村子的人吵不停，沒有一次妳是理直的。現在連同自己的媳婦也吵上了，妳也不是理直的。」

「夭壽仔！」闊嘴鴦很氣憤地跺著腳，漫地的粿葉樹花被伊踩得嗶嗶吧吧：「你替我媳婦說話了，她拿多少錢給你，她一定和你私通。你是趕過種豬的人，豬哥神卡重的人啊！你和我媳婦私通，我兒子知道是要剝你的皮的。」

說完，萬福仔果然掄起他的手來了。

「妳含血噴人，幹！」萬福仔一聽大吃一驚，又加上用話刺傷他，只一會，他的臉氣得又紅又赭，他未始能想到闊嘴鴦的嘴這樣歹毒，這款的見不得人的冤枉她也敢編造，萬福掙著瘦弱乾癟的身子，口吃地大叫：「我……我……我什麼……私通妳媳婦，這款長舌的惡婦，我打死妳。」

若說打牛湳舊時代的人，多少是練過拳腳的，萬福早年也曾把勤習堂一支三丈的長棍舞得呼呼響，但趕豬以後就不練了，加以娶太太後，勤於房事，七上八下，便不行了，打牛湳都笑話他說：

年輕練武術，娶某練房事。

大約他底瘦板板的身子就是這樣導致的吧。

像這樣，他在不經意中被闊嘴鴦揭露了隱疾，自然是很生氣，太傷自尊了，像一支歹毒的暗箭，射入心臟，汩汩地便流出眾多的血了。

「你敢。」然而闊嘴鴦卻愈發挑撥著，她站定了硬硬的骨架，挺著大奶子：「你膽敢摸老娘的衣角，老娘一腳踢得你七顛八倒。」

「好，這款沒有口德的查某，我賠命也打妳。」

萬福仔跳起了腳，一個箭步，朝闊嘴鴦的側身撞過去。

闊嘴鴦本來料定他是不會動手了，沒想到萬福仔會這樣盛怒，她一不穩就被推撞到後頭的板凳上，整個身子壓在凳子上，旁邊正在齁睡的光榮靈仔嚇醒過來，便大叫了：打架囉！打架囉！附近曬穀的粿葉樹的人便通通圍過來了。

闊嘴鴦爬起來，當然也不甘示弱，順勢拾起壓掉的一根凳腳，奔過來，朝萬福仔的肚子戮去，萬福仔練過國術自然是懂得防身的，便用手來擋，同時轉個側身，本想避開棍子，但身體實在不行，只踉踉蹌蹌地跌了幾步，棍子便正中地戮在胃部上，他便只覺一痛，呼吸困難地哎哎叫起來。不過他是很有尊嚴的，雖然在痛苦之餘還撐直身子，朝闊嘴鴦的身前又衝去，闊嘴鴦可慌了，一時間失去主意，於是椅腳和頭髮便給捉住了，闊嘴鴦不肯把武器給放了，於是便在地上撕打起來。

「打架囉！打架囉！」光榮靈幸災樂禍又大喊。

「想法救救他們啊。」新團仔一時慌了手腳。他對著光榮靈斥訓著：「叫什麼？救救他們啊。」

「看打架啦。」光榮靈竟哼哼哈哈地笑起來：「比看人趕豬哥還有趣啦。」

這一仗，剛開始，闊嘴鴦是占上風的，她一度騎在萬福的瘦巴巴的身子上，捶著他的扁鼻子。

「對，捶他的下巴也可以，把下巴也捶扁。」

站著的人都哈哈笑起來。

萬福仔本是渾身乏力的，但看到眾人都園觀著，唯恐敗壞他一生的榮譽，便奮不顧身地搖著身子，想翻過來，一面不停喊著：我揍妳，我揍妳。

「對啦，翻過來，萬福仔的工夫不減當年啊，姿態啦，要注意姿態啦。」

光榮靈代表所有圍觀的人，啪啦著手，跳著腳指導起來。

忽然間，闊嘴鶯的臉色一變，人一愣，好像電擊一般，動作一慢，頭髮便被抓住了，於是萬福仔一把將闊嘴鶯的頭拉低下去，側開身，驚天動地底翻過來。闊嘴鶯便四腳朝天地躺在地上，大腿都露出來。

「哇！像電視底的瑪麗蓮夢露。」光榮靈高興地叫著。

「我揍死妳，這款搬東弄西的歹查某。」

萬福抓住機會便一陣亂打。

「喂，萬福仔，不要打下去了。」新團仔忽然看見闊嘴鶯的眼睛閉著了，便知道事態嚴重，他說：「闊嘴鶯昏過去了。」

萬福仔嚇一跳，慌忙便站起來。

這時人叢中便奔進一個黑柴般的小個子，原來是闊嘴鶯的第二任丈夫，他一看見闊嘴鶯一副死了般的模樣，便過來扶起了她。許多人就指著發楞的萬福仔說：

「是他，他打你老婆。」

闊嘴鴦的丈夫很生氣了，他揚揚黑柴的手，大罵著：

「幹你十八代的祖公，你欺負這樣軟弱的女人，我不能與你干休。」

說著跳步要來打萬福，大家忙著勸說：

「算了，送醫院去，闊嘴鴦快斷氣了。」

「幹你十八代的祖公。」他只好又大罵：「萬福仔，我與你沒了，我告你，我要到法庭去告你。」

說著，扶著闊嘴鴦去了。

眾人都呱呱地吵動著，只有萬福蒼白一個臉。

正吵著，忽然新團仔指著遙遙莊頭的那棟林家古厝說：

「那個人不是林白乙嗎？對，是跛腳乙仔，看他一跛一跛地。」

打牛湳的人一聽，全把臉轉到一邊去了，他們果然看到古厝的門口停一輛車，一個人提著大皮箱，一拐一拐地走進去，大家頓時闃寂了一秒鐘，把打架的事忘得一乾二淨，接著喳喳地耳語起來，像見著神靈來顯身。

誰是跛腳的林白乙？

五月五日，天氣：陰雨

早晨，粿葉樹的人都說闊嘴鵞住在醫院裡，病態嚴重。

午后又發生一件事，原來新團仔的妻子生了一個男孩，七磅重，大約又是很善吃食的小孩。

晚上又有個大消息，大概八點鐘，一輪慘淡的月照在打牛湳上，光榮靈仔匆匆地跑回粿葉樹的店鋪裡來，他說在下水溝的獨木橋上電魚，看見一個小孩光著屁股在水裡洗澡，眼底閃著綠火，還對著他笑。他說他見到了囝仔鬼！因為光榮靈仔跑得氣喘吁吁，大家都相信他。

五月六日，天氣：陰雨

早間九點鐘左右，村長的大兒子被載著回來，聽說他騎著剛買的一百五十西西上城，被交通警察抓到了，因為他沒有執照。他總是考不到駕照，不識字呀！怎麼考？

派出所來了巡警，在粿葉樹下放了風聲：凡是祕密賭錢的人都會被取締。

下午打牛湳推動環境大清掃，公教人員都免了這件義務勞動，據說政府規定公教人員都有這種優待，打牛湳有些人很不服氣。

五月七日，天氣：陰雨，地點：理髮店

雨間歇性地下著，細細斜斜底。雲翳灰灰厚厚地遮布了整個天空，氣候窒悶，看不到太陽運轉的影子，若不看鐘錶，是不知道已經是午間了。

在打牛湳的村中央，亦是活動中心的旁邊，佝立了一家理髮店，這時像往常一樣聚了十來個人，有些赤著腳等著去耙穀的，有些穿著雨鞋剛從田底回來的，他們坐著，癡滯性地看著天空，一兩個人無聊便坐在理髮椅上，仔仔細細地修著鬍髭。

一般說來，打牛湳這個村子不能算小，五六百戶總是有的，因之莊頭莊尾就相隔了好一大段距離，人們的往來便也分段成群，比如村尾粿葉樹派的人大抵是那一周圍的人，而且大抵都是比較窮的。又比如莊頭的大道公廟派都是大戶人家，比較上是有錢有勢的。至於莊中央的這個理髮店則因了與「時代」沾上一點關係，所以風氣是開放一點的，喜愛在生活之外添樂趣的人就聚在這處。

理髮店的老闆林鐸正替兩個囝仔理著頭。這個林鐸有個胡瓜樣的臉龐，一腮的鬍子，五短身裁，若逢著較高身子人的頭，他都得引頸企望，像陀螺一般地團轉起來。但他卻是打牛湳奮鬥的典型之一。原來像打牛湳鄉村的理髮店在今日是難以繼日的，不過是替一些老傢伙和小孩理短頭髮而已，年輕人都不在村子。人口一向是這樣少，理的頭是顆顆可數的，比如說最難伺候的水金仙那顆鬃簑頭，梗直鋼強的頭髮，刀子都要剪鈍了，但來了一次也得等一個月以後再與你見面，所以他理髮總以稍加修葺為原則，還得一一告誡他們下一次理髮的時間，惟恐他們忘卻了，尤其近日城裡流行著馬殺雞的玩藝，下次會不會在這裡理髮就沒有一定的保證了。林鐸於洞識到這個危機時，就買幾分的田，勤快地耕起來，如果有一朝理髮店倒了，種田還可資補助。很多人就因此讚佩他的狡黠。

伊娘咧，不能死釘釘的啊！要應變啊！打牛湳的人早就這麼說的。然則，今天他的理髮的手很不能聽指揮似的，一直僵硬得很，魂魄像出竅了，變得有些要打顫。

原來姓林的人以前在打牛湳是大族的，林鐸的父親曾任過保甲，還算頂富裕的，但年少時的他的父親是喜愛漁色的，光復不久，生活浪蕩，旱楞楞的大片土地總是存活不了幾根稻子，最後田產就都賣出去，現在老耄、花柳病極其嚴重地在他瘦癟的身體裡發作，前幾日便在頭蓋上釘著一根生銹的釘子，病癒後，便花了一筆很大的醫藥費，現在極其需要錢來支付，本是想用這期的稻子來救急，但看看始終不放晴的天日，心裡總是擔憂不安底。

這樣，他的動作自然就很不輕靈。

「幹伊老爸。」林鐸終於懊惱地對自己生氣起來，便對旁邊的鄭木森說：「囝仔頭也這般乖張難理。」

「是啦。」鄭木森便說：「囝仔頭當然難理，它不是要『理』的，是要『殺』的。」

說著，理髮店的人都哈哈笑起來。

這個被稱為鄭木森的人，大約是三十歲左右，曾經在南北的夜快遊覽車路上當一陣保鑣，臉面被砍了一條刀疤，現在學好了，回到村底來種田，他說的「囝仔頭」自然不只是指著小孩子的頭，至於說的「殺」自然是指著馬殺雞。

林鐸一聽馬殺雞便緊張起來。因為他聽說近日城裡的人紛紛到偏僻的鄉底來營建理髮廳，白天表面裝作來剃頭，晚上便用轎車僱了漂亮的小姐來馬殺雞了，一時間舊時代的理髮店便倒閉了。

「你聽到什麼風聲沒有?」林鐸緊張著臉:「有無馬殺雞要到我們村底來?」

「沒有。」鄭木森咀著檳榔,看著社區遠空搖晃的那叢溼漉漉的綠竹篁說:「但昨日底,跛腳乙回鄉囉。」

一聽到跛腳乙,坐在店裡的人都興致起來,都坐直身子了。

「是不是要來營建馬殺雞的?」林鐸逼近一步地問。

「很難說。」鄭木森頂著刀疤的一張臉,慎色地說:「很難料定的。但他拿了一隻大皮箱,對不對?」

「對。」村店的人都說。

「我判斷那裡頭都是鈔票。」鄭木森說。

「歐。」打牛湳的人都睜大眼睛。

「嘻嘻。」憨顇而愛查某的卡春在一邊一聽,樂得笑起來:「希望他建一個嶄嶄的馬殺雞,閒時我就可以去坐坐冷氣,不必到林鐸這個髒煩的店底來。」

「講憨話啦。」一旁的水金仙聽了,馬上罵著卡春:「你坐得起嗎?馬殺雞就是馬殺雞,一次四百塊,當了你的老婆,都不夠進去一兩次。」

大家一聽,又哄笑一陣。

林鐸一聽,一時心底放寬不少,畢竟打牛湳的人還是不很富足的,夠不到去馬殺雞,但他對跛腳乙的回鄉仍不很放心。

「聽說跛腳乙這陣子在城裡賺大錢。」林鐸說：「生意做得很大的樣子。」

「是的。」鄭木森便以曾經在城裡打滾的口氣說：「他做的是企業公司，蓋房屋，買地皮。企業你們懂吧？」

「不懂。」打牛湳的人說。

「是一種大經營啦。他還經營不少的糧米廠。」鄭木森像告誡著小孩的大人，說：「總之，他的錢足夠把打牛湳的財產全部買光就對了。」

「歐。」

理髮店的人一陣地驚奇。

正說著，忽然一個囝仔從房裡跑出來，大喊：

「阿公跑出去了，阿公跑出去了。」

大家定睛一看，原來是林鐸的兒子，他說的阿公自然是林鐸發瘋的老爹。

「快！」林鐸慌忙摔掉理髮工具，對大家嚷著：「幫我捉住他，幫我捉住他。」

眾人三腳兩步搶到村道來，只看見林鐸的父親光著頭站在靠近活動中心的公告欄下，脖子掛滿了剃鬍的刀片。

五月八日，天氣：陰雨

剛起床，打牛湳的粿葉樹附近就聽到紅頭的法角聲，原來是光榮靈仔看到鬼後生了大病，只好請仙人來驅鬼，但據紅頭說，他看到的不是鬼，而是神咧！

粿葉樹又有一則笑話，原來新團仔的家人把小孩抱出來了。大家一看，這小孩硬是不像新團仔，倒像萬福仔，這傳言使新團仔很困擾起來。

傍晚，理髮店派的水金仙垂頭喪氣地坐在板凳上，因為今天雷聲大作，把他飼養的小豬給意外地劈死了二隻。

五月九日，天氣：陰雨

上午，卡春不聽地理仙的言勸，把家裡後院的水井填平了。打牛湳的賭場為了躲警員的取締，就移到萬福仔以前的豬棚子裡去。

晚間：平靜無事。

五月十日，天氣：陰雨，地點：大道公廟附近

這陣子的雨愈發潑辣了，本來大多是在午后才大大地落起來，但近日裡，忽然天地好像不容分毫的情分似的，一大早起床，雨也霪霪密密地飛灑著，使得原來還能利用早間晾穀的打牛湳村人舉頭嗳嘆了。聽說縣城正做著大水，到處有水患，縣長因為愛民心切，都親自跪拜著神靈，要天神來收拾這樣無可挽救的天候。

打牛湳當然也勤於到大道公的廟底去燒香的，只是簹裡雖然有著停雨的表示，卻始終沒有停雨的現象，他們只好都束手站在緊緊覆蓋的穀堆邊。

但是在打牛湳底莊頭，靠近大道公附近的一家舊瓦厝裡，此時熱鬧嘖嘖地哄鬧著。大院子前面圍了一大群的人，牆角、樹下、簷底一堆堆都是剛割的稻子，番石榴樹邊有一堆剛從田裡搶收運回來的稻穗，上頭隱約都長了白芽。看起來今年是豐收啦，只是在曬穀的節骨眼發生了阻礙罷了。

這個大家族是李鐵道掌權的。昔日他是打牛湳的「三牛」之一，所謂三牛大約是指最有錢最有勢的三個家族吧，在打牛湳裡，這三個家族是李鐵道、村長王犂、林白乙的父親林烏，但自從三七五減租後，林烏就舉家遷往城裡去做大企業，村長王犂也分了家，三牛的古昔地位就在打牛湳裡逐漸消失了，倒是李鐵道不但還種田，並且彷彿愈種愈起勁，也不分家，子弟也愈來愈多，還訂了許多屬於李鐵道一人的家法，在這個農鄉人口紛紛往城裡遷播的時代裡，李鐵道的行徑是很反常的。

三牛啊，傳承嘛！豈可這樣就分家散居呢？打牛湳一些欽佩的人都這樣說。但是也有人在背地裡批評道：什麼三牛！籠統是憨頭腦，那樣地專斷，都害死了那幾個想成家獨立的小孩！豈不知道現在是文明的時代？

李鐵道自然也知道時代在變，但他斷然不信他的小孩不耕田還有什麼用。平日休閒時他都坐在大道公的廟裡，嚴肅地和大道公廟派的人談著新聞，或者聽無線電，小孩子都不敢跟他說話，因為他總是鐵寒著一個臉，彷若一個舊時代最後的一個帝王。

此刻圍在李鐵道周圍的都是他的兒子媳婦和大道公廟派的一些人。但他們今日卻不是為著刈穀的事底。

李鐵道就站在庭院中央，震怒著一個身子，溫吞而倔強的老顏褐紅著，白髮彷若要豎直了，他用著強勁的兩隻手，左邊捺住了他大孫子的衣領子，右邊拎了一個大號的雞鐵罩子，前面還放一大堆的乾柴。

「我要燒死他，這樣敗壞家風的子弟，絕對不能讓伊活著，這款現世的畜生，駛伊娘！」

李鐵道猛地震怒著，圍在旁邊的幾個子媳都低著頭，他們一向是慴於父親這一種威嚴的。

他那個孫子，也才是十七八歲吧，一副勇壯的後生身子，這時嚇得面如土色。原來他在一個商專裡念書，和一個女同學生了一個小孩，現在女方的人告到李鐵道的家來。對於李鐵道而言，這樣背德的事是很傷他的尊嚴的，豈不聽常言說：嚴官府出大賊。這樣的話竟應驗到李鐵道的身上來。

「我一再告誡你們啊，」李鐵道把臉轉了一周，對圍觀的子媳說：「當初我不贊成他念什麼商專，你們四扯五扯，硬說現在社會變遷得十分厲害。現在惹了這款羞恥的事，誰來負責？什麼變遷，什麼厲害，我李鐵道不信。他應該回來耕田啊，做牛做馬也得耕。」

大夥兒摒息噤著，天穹濛著白光，只有番石榴樹沐著細雨，很綠亮起來。

李鐵道看到大家不答話，便忽然好像十分理直而終至於震怒，他像一個童乩一般，大聲吼動起來，抓住蓋雞的大鐵罩，想把孫子關到裡頭去，還一面大喊：駛伊娘！我燒死你，我燒死你。還一面取出打火機，真的把柴火給點著了。

子媳們從驚嚇中清醒過來，便跑上前，拉著他：

「阿爸，阿爸，不是他的錯啊！女方也要負責的，他一向乖巧得很，只是年幼尚不懂事罷。」說著，都跪下來。

事實上，李鐵道也不能確定他是否真的生氣，有時候他是很得意於自己的演技的。常常他能隨心所欲地就發一頓脾氣，而且有時實在不想發作，但只要擺出架勢，就自然地發狂般暴怒起來，他也不知道這是什麼原因，他有時便覺得要是自己去演三國時代的張飛一定很成功。幹伊老母，我李鐵道大概是天煞星來投胎的罷，難怪兒子怕他老爸就像怕老虎似的。他總這樣想。

但他一演起戲可從來是真槍實彈的，他是一筆一畫真的來著，所以火一點著，就把孫兒和雞罩子提到柴火上。

看著就要惹禍，鄰居的人也緊張起來，一度競選鄉民代表而終歸落選的李清煙不能坐視地走前去，說：「鐵道兄，伊終究是你孫兒啊，要原諒伊的無知，再好再壞都是辛苦地養了十幾年。」

「不行。我饒不得他。」李鐵道呲牙裂嘴說：「我李家斷然不是這等衰的，我沒有這款樣的後嗣。」

說著，便乘著生氣的鋒頭，雞罩子也不要了，順勢把孫兒的頭按到火堆上去。

「阿爸！」子媳們都簇擁上來，跪著扯拉著。

「這成什麼體統？」李鐵道一偏頸子，踏了一個八字步，斜著臉，像演歌仔戲伊般，罵道：「嗯，如喪爹娘似的！伊娘！今天有誰敢來講情，誰就像他一樣。」

「阿爸！」子媳們又大叫著。

李鐵道一面說一面看著孫兒如土色般的臉，那種駭怕的顏色像見鬼一般。不禁使他愈加起勁，他繼續斥訓著。

「你們統統給我退下去！」

「阿爸！」忽然他的大兒子旺根走到前面來，旺根年紀四十歲了，一生辛苦操勞，一度想去城裡，但被李鐵道強迫留住，在李鐵道的眼中，大兒子是他最歡喜的人。旺根說：「好歹伊是我的兒子，你的孫子，不要這樣待伊，真的把他燒死了，也沒有好處。」

「你住嘴。」李鐵道說：「這是伊罪有應得。」

說完，把柴火撥烈了起來。

但是，這種場面看在老二國城的眼裡，卻忽然引起不滿。這個老二是李鐵道眼中的浮浪子，他一向是很氣怒著以他的父親為首的大道公派這班人的裝腔作勢。因此他有時愛賭錢，就跑到粿葉樹那一帶去玩骰子。他是最不理會老爹那一套猴耍的把戲，娶妻後，他早就吵著要分家。

他是老番顛，目盲的人啊！看不清時代！國城就曾這樣當著大家的面罵他老爸，他是唯一敢對李鐵道舉反旗的兒子。

「燒什麼燒？」國城走上去，一伸手便去拉他姪兒，說：「他可是活人，你硬要把伊變成死人，這是什麼社會，判死刑都得一番訴訟，容得你胡來！」

「你幹什麼！駛你娘！你幹什麼！」

李鐵道看到二兒子不理他地走過來撕扯，一時間慌了手腳，演技頓時喪失靈光，大叫：「造反了。」

「造反，造反就造反，殺人你也得賠命。」國城一手格開他老爹拉住孫兒領子的手，伸開腳劈哩啪啦地把那堆柴火踏熄。

「你做什麼！」

李鐵道愣了一陣子，但終於恢復了他的震怒，可是這次震怒卻是百分之百發自神經的，一整個人都投進那一種凶暴的情緒中。子媳們一見老二動手了，便壯了膽，一起過來，把後生搶救過去，叫他趕快逃命。

「駛你娘，你敢頂逆我。」李鐵道一見孫兒逃走，氣得聲嘶力竭，他指著國城，發顛地叫著：「孽子。」

「阿爸，你要原諒我。」國城閃著機敏的眼光說：「我早說我們還是分家的好。如果分家，像這樣的事阿爸也不用管，我們自己就會處理。阿爸已經老了，該讓小孩飼你才對。」

「你說什麼？分家麼？還早得很。有我這個老貨仔在這裡，誰也別想分家。」

「阿爸，現在的生活清苦啊！今年的穀子出芽了，價格不會高的，大家分了家，各人種各人的地，各人去闖蕩，總是較好的。」

「孽子，孽子，你這算什麼話，稻子出什麼芽！我就偏不讓它出芽！我賣一個好價錢給你看。你頂逆我，今天不教示教示你怎麼行！」

李鐵道大怒，跨了兩步，舉手要來打兒子，子媳們拉住他一陣懇求：

「阿爸要息怒啊！息怒持平啊！不要與國城一般見識，不分家是對的。」

大家反過來都來數落國城。李鐵道本來是有點自知理屈的，但被子媳們一肯定他惡行的正當性，一時間又恢復了盲信，震怒就愈加高張。他忽然三腳兩步奔回客廳，劈哩啪啦從門扇後抽出一把切番薯葉的柴刀來，奔出來要殺國城。大家一看見李鐵道拿了柴刀，便不分七親五戚，一地跑開了。

「不肖的兒子，我劈了你，我劈了你。」

李鐵道使性地追趕著國城去了。

一陣子後，李鐵道終於氣喘吁吁地歇在大廳了。他斷然是受不了人家頂逆的。他想，好歹幾十年，他都是當家的，絕對是有自信的，要耕田啊！像旺根和那些兒子們，都三四十歲了，若不耕田還能幹什麼？耕田就添得飽肚皮，好歹時代怎麼變，泥土裡長出稻禾總是不變的！至若分家，嘿！早得很哪！他吁喘地想著想著，但還是想到了這一期稻作發芽的事實，不禁心情鬱悶，又順勢想起國城那種咄咄的逼人語氣，忽然他便不克自己地大叫起來：

「我鐵道啊……我鐵道啊！」

不久，外面走進了拎皮包的一個人來。

「啊！」李鐵道趕快站起來，說：「請坐。」

「我是林白乙那裡來的。」那人說。

「喔！是林烏兄的人啦！失敬失敬！」

於是他們坐著，談起庭院堆積累累的穀子來。

五月十一日，天氣：陰雨

昨晚因雨落得較大，打牛湳村外的一幢外地人建造的雞舍就進了水，早晨起來，村裡的七姆八嬸都在大道公廟場上買著一隻十塊錢的殺好的雞。

闊嘴鴦仔從醫院裡回來了，臉色皙白，身上貼滿了藥膏，她逢人就罵著萬福仔的惡心敗行，要打牛湳支持她來控告萬福仔，像競選時候選人在拉票伊般。

打牛湳的人算準落雨的晚上，巡警不會到村子來，所以公然地在理髮店樓頂上賭通宵，還開酒席，一年來從未有這樣快樂過。

五月十二日，天氣：陰雨

光榮靈仔看到的那隻鬼在今天突然成為打牛湳最熱烈的話題，因為紅頭仔說是神，所以又請大道公廟的老鼠仙來跳童，結果斷定是大道公廟裡的一隻水龜。老鼠仙說：這只水龜要來降生在打牛湳當總督大人，解決水患。但有人說現代的官銜沒有總督大人。老鼠仙說：總督大人就是省主席。

老鼠仙的話立即傳到十二聯莊去。

但是老鼠仙的荒誕神話卻成為打牛湳公教人員嘲笑的話柄。

今天，打牛湳的國中和高中子弟都兢兢業業起來，據說城底的聯考日子就快到了。

五月十三日，天氣：陰偶晴，地點：粿葉樹附近

這一天黃昏，天地急驟地響一陣雷聲，但突然停了，雨只淅淅瀝瀝地在簷間滴著，一道陽光乍似希望地在殘敗的西天雲層中透露出來，大夥兒一時很興奮起來，像早起的厝鳥一般，瑟縮在屋瓦下，伸著脖子，來看看將近半個月來的第一次的太陽，人人的臉面忽然間露出一絲喜色了，他們都盼望著稻穀千萬都得有人要，而真正的好消息還是在替廖樹忠刈稻的刈稻班裡傳出來的。

廖樹忠的家住在村中腰，因為地理位置的關係，很自然就成了粿葉樹派的一員。他那棟半泥甎的房子是日據時代留下的，一直翻修到現在，終於有了頗為新穎的屋瓦了，再經過社區建設的美化，就容易混矇著外人，以為他的家屋是完全現代化的。屋前屋後廖樹忠都想辦法給蓋了低矮

的欄柵，或者用來儲藏雜物，或者用來養些豬仔，蒜種就掛在屋簷下，蛛網很輕盈地覆在朽泥的牆上，映著庭前的一口枯井，就很有一種成熟的刈季的乾燥味，然則現在是雨季，天底下盡是水。

黃昏，偷偷露出來的這一抹斜陽照在庭院，鳥群吱吱喳喳地跳在電線上，細腳蜂嗡嗡地在壁間飛一陣，很快地就沒入小小的棲息的洞孔中去。

咔啦咔啦，刈稻班的人很快就洗淨手腳，自動地從大廳裡把長凳和八仙桌搬出來，他們脫去赤厭溼濡的外衣，坐在椅子上咕起一口口的長壽菸。

「終於見著了陽光了。」

廖樹忠抱著一大堆的菸酒檳榔從廚房走出來，晃著頭說。他有一身瘦矮的骨骼，臉面細小尖銳，一看人，他都要閃爍著一顆畏葸的眼神。

「算你好運，說不定明天是光耀的太陽天，你的稻子就有救了。」

刈稻班的富仔說。但這種話只是用來安慰他而已，刈稻班的人都曉得全打牛湳裡，廖樹忠的稻子最糟糕了，他因為晚種了二個星期，所以稻粒都還青綠綠的，現在浸了水，勉強割下來，怕四成都不到。所以這番話只能用來證明富仔實在是好心的人。

這時的西天很璀璨起來，一道道變相的黝藍雲彩鑲著金黃的光邊，正橫越在天空，太陽窩在絨軟的雲層，像舒緩圓胖的嬰仔臉。

廖樹忠把東西放在矮凳上，說：「用啦，用啦，免客氣，等一下飯就煮好了。」他又晃起腦袋，說：「這一頓要你們好端端坐在這裡，醉泥泥地回去，我廖樹忠的紹興酒是喝通海的。」

刈稻班的人都笑著來搶著檳榔、菸。

「喂！樹忠！你說要領一筆軍郵錢，有消息莫？」

問話的人是刈稻班的頭家，大凡班員的吃住薪水都是由他來料理的。

「快了。」廖樹忠簡單地說。

「上個月你不是在粿葉樹下說就要領到了，怎麼？到現在還沒有錢的影子。」

領班的頭家又逼問。

原來廖樹忠在打牛湳是以有抱負和有理想出名的，從年輕底時代就開始創造他底理想，二十幾年了他仍創造不懈，比如說他大約有著五分地，每一期的刈稻總是無緣無故地逢上災病，總是無緣無故地少別人一二成，究竟是什麼原因他也不覺得有深究的必要，他只逢上人便說一句：少一二成我是不在乎的，明年我刈十二成的給你看！又比如說，前年他振奮起志向來，代表粿葉樹派競選村長，但終因票數寡少而落選，但他不認為這是挫敗，逢著人，他只說：若當選村長我也是不幹的，明年我競選鄉民代表給你看！如今，他的理想愈來愈大了，並且是無所不創。就拿領軍郵的這件事來講，廖樹忠是絕對有把握的。在日據時代，他一度曾到南洋當軍夫，當然他是懷著理想去的，在臺灣底鄉下一向就吃不飽肚皮，索性當日本兵去，那時薪餉二百元，一兩年後就發財了，但是那時是太平洋戰爭的後期，日本在海島戰役中潰退了，日本沒有薪水支付給他們，一個月只領三十塊錢，其餘的據說全都寄回臺灣了。戰爭後，軍夫們從遙遠的戰地歸來，才曉得故鄉也沒接到錢，那些錢都記存在日軍的帳簿裡。現在有一個代表設了索錢的團體要來向日本索債，信便寄到廖樹忠的家裡來，廖樹忠像是中了愛國獎券一樣，據說他夢裡都計算著這筆錢額，總共大約有五十萬元的新臺幣，所以不久前他就在粿葉樹下發表過一段談話：

「你們都曉得現在打牛湳誰最富裕。」他說。

「林烏最有錢。」萬福仔說：「若林烏不算，便是村長和李鐵道最富裕了。」

「不是。」廖樹忠斬鐵斷釘地說。

「不是？」粿葉樹的人嚇一跳。

「一個月後，就有人要比他們有錢了。」

「誰？」光榮靈仔不相信地問。

「到底是誰我不說。」廖樹忠昂著頭，露出抱負的神色來說：「但你們可以探聽，當初打牛湳有誰去過南洋？」

「哦。」萬福仔算一算，便說：「莊尾的水波去過，但現在謝世了，李骨的二個小孩也去，但據說在婆羅洲時就死了。只剩下你吧。」

「是的，只剩下我。」

「幹你老爸。」光榮靈看不慣他那種有抱負的神色：「你是命大啦，但是去南洋和有錢有什麼關係？」

「我要領五十萬的！」廖樹忠終於把昂著的頭砸下來，偏著腮，很不屑地看著光榮靈仔。

自然廖樹忠的這個理想不久就傳出了粿葉樹下，最後全村的人都曉得了。

刈稻班的人也都曉得。

但是每個人也都知道，若是每逢廖樹忠談理想時也正是他最衰的時候，刈稻班的領頭這樣來問他不是沒有理由的，好歹刈稻的工錢總要上千塊的，付不出時怎麼辦？

廖樹忠一見領班這款來逼問著他，也約略能意會到話裡的含意，但他認為沒有理會它的必要，天底下都浸水啊！又不是只有我廖樹忠一個，若我付不起刈稻錢，粿葉樹下的人也差不多都付不起的，怕什麼？何必只懷疑到我頭上來，更何況軍郵的錢多著哪！他一想到這裡，便鼓起自己的精神來，走到另一邊，故意又找著好人的富仔說：

「富仔，秤秤我這期的稻作，長得很好吧，我是說若不要逢著水提早收刈，你看有幾成。」

「十成！」富仔習慣地乾笑兩聲，仁慈地說。

「就是。」廖樹忠趁勢便把頭轉向刈稻班的每一員說：「明年我收十二成給你看！」

說著，他們都真真假假嘻哈地笑成一團。

一會兒，天穹很急速地黯落了，打牛湳的村子逐漸消失它的廓影，蒙著一層白霧底日光在層雲中忽現忽隱，一兩顆星子閃著夭逝般淒清底光，大地萬物像從水裡剛打撈上來似的，而廖樹忠庭院上戞然地便響動著喝酒的聲音。

兩杯下肚，五十燭光的八仙桌筷影翻飛了，廖樹忠斜著身子，偏著頭，開始想起從前了，他說：「你們說，那時的困境和天候是怎麼樣的？」他舉著杯子向著每個人說。
「那時！你說那時？」刈稻班的人都不明所以地問。
「三十年前，爪哇，巴里島。」
「哦。」刈稻班的人才知道他又要說太平洋戰爭底事：「是那裡，怎樣？」
「每天下午都要落著豆大的雨。」廖樹忠眼睛便盯著萬福仔和光榮靈仔瞧，彷彿瞧著伊底愛人一般，然後搖晃著頭說：「那裡也有稻子！」
「也有稻子？」刈稻班的人好像聽新聞似的。
「逃難的時候我們都還吃著糙米。」廖樹忠說著，忽然很憤慨起來：「那裡的稻子雖不像寶島的好吃，但從來都沒有一連半個月見不到太陽的黑陰天！」
「那裡是熱帶嘛！」富仔以他僅有的知識說：「大太陽總是不稀罕。」
「就是。」廖樹忠點著頭，露出理想和抱負的神色來：「那裡是熱帶，到處都是易生的植物和果實，不怕沒食物，河裡頭多的是魚，睡覺都有飯吃。」
「哦。」刈稻班好像聽故事般地瞇笑著。
「幹！」廖樹忠把臉轉向領班說：「戰爭結束時，有許多人都留在那裡，娶了土著太太，如果我當時不想到打牛湳，也留在那裡，今天我準是華僑，華僑你們懂吧？」
刈稻班有的點頭說懂，有的搖頭。
「總之是有錢的人啦。」廖樹忠下結論說：「比林烏還有錢！」

桌上的菜愈吃愈豐富，廖樹忠雖窮，卻很慷慨，刈稻班的人興致也愈高。忽然副領班的林亞炳站起來，他說：

「談到林烏，我有個好消息，他和我家是同堂親戚，昨日回家看望我祖父，聽說要做一筆大生意。」

「什麼生意？」

「據說想羅我們打牛湳的稻子，好像要買很多呢。」

「哦。」

刈稻班和廖樹忠都興味起來。

五月十四日，天氣：陰雨

早晨，打牛湳來了一輛轎車，停在大道公廟前，不久跟來了幾輛大巴士，原來是北部城裡的人回來進香，主持人是移到城裡去的火獅仔，他以前在大道公的廟裡開了勤習武術館，後來移往城裡去開館收徒，現在發財了，據說還參加武俠電影的演出。

闊嘴鴦和萬福仔開始上法院，闊嘴鴦因為會講話不用僱律師，萬福仔比較理屈，就僱了一位城裡的有名辯護，還請法院的推事到餐館吃一頓。

晚上粿葉樹的人圍在村店看新上演的木偶電視劇，可惜用國語發言，只能聽懂三成。

五月十五日，天氣：陰雨

今天大道公廟裡又有大新聞，老鼠仙整天都跳著童乩，原因是上一次，老鼠仙說光榮靈仔見到的囝仔鬼或是囝仔神是大道公廟裡的水龜，而這隻水龜要轉世到打牛湳來當省主席，要來解決水患，但有人說省主席的官位太大了，管不到打牛湳這個小村子，老鼠仔仙為了求真，又跳童，有一次老鼠仔仙說也許會轉世來當水利會長。有二次說會當省議員。

究竟會當什麼就成了爭論底焦點。

但打牛湳的人都很高興，神靈終於要顯聖來救治大家的危急。

五月十六日，天氣：乍晴，地點：村道上

逐漸地，到了月中，天氣好轉過來，雨滴變成雨絲，層雲變成薄雲，電視機開始廣播停雨的消息。此時，打牛湳的稻穀約略都刈盡了，田野底一簇簇綠冽的竹篁經過雨水的洗滌，顯得精神煥發起來。也便在這時，刈後的稻桿浸著水，發了霉，慢慢都腐爛了，打牛湳的人看著無法挽救，便把它棄散在田裡，讓它變成下一季的肥料，所幸近來打牛湳現代化了，煮飯不燒稻草，所以往稻桿的觀點來看，打牛湳是沒有損失的。

所謂的「損失」，今天在打牛湳的村道上才露了臉。

這天太陽從中午就大大地出現了，竟然出奇地烈豔，把打牛湳的積水一下子曬淨了，大夥笑容滿面地都把穀子披開，一些最早刈下半乾不乾的稻子就曬乾了。等到太陽平穩地自大道公廟頂上沉落時，活動中心以及馬路上的部分村民把竹篙撐出來，或都綁在電桿上，或者倚在牆上，頂頭吊一盞燈，一架架的鼓風機搬抬到稻穀堆邊，「嗹嗹嗹」地扇葉旋動了，一畚箕一畚箕的稻穀便從漏斗上傾倒下去。

這是清除不飽實稻粒的方法，一向打牛湳就很重視著這個工作，因為清除出來的粕穀子是要用來餵養鴨鵝的，有了太多的粕穀對打牛湳的人來說是一種損失，但沒有粕穀對鴨鵝又不好交待。因此在豐收的時期，打牛湳總是有意無意地把扇葉旋得像颱風一樣，好讓良穀也吹一部分到粕穀堆去，以用來餵飽那些禽畜。

但這一次，大家可就不再慷慨了。他們可不敢把扇葉旋得太過於急切，生怕少了一粒良穀。從莊頭算起，最先清除粕穀的人，大約有李臺西的高雄一號，林鳳尾的矮腳仔，依次排到粿葉樹、理髮店……，亮亮的燈使村道上頗為熱鬧起來。他們都極力想在今天把稻穀處理好，以免天候又突然轉成霪雨來。

在距離粿葉樹大約兩支電桿木遠的林鳳尾和她的丈夫很用心地鼓著扇葉，他們是剛新婚的一對夫婦，從前他們都在熱潮中移到城市去謀生，林鳳尾學過裁縫，她的丈夫做板金，但手工業不景氣時他們就又回到打牛湳，認識而結婚了。在農村裡能再看到回來結婚的新人已屬十分可貴的事，因之他們的回來委實給打牛湳一片生機，很多人都說時代要變了，農人要出頭了。

他們也覺得農村就要改善了，所以安心地種植著。

「嗹嗹嗹。」

林鳳尾很有旋律地搖著扇葉子，等良穀慢慢聚成一堆，伊的丈夫就用穀耙子把它掃到一邊去，因為他們是第一次種自己的田，所以當中的興奮是別人想像不到的，且想想，如果結婚的人第一次生了兒子會是怎樣的一種滋味，而林鳳尾夫婦這一期的收穫就是這種心情。

搧著搧著，他們都沉湎在一種欣喜中，但這種欣喜又被一種怪異的疑慮給罩住，因為搧了半天，粕穀幾乎要比良穀多。

這時，闊嘴鴦和秋霜嫂不知道何時走到這裡來。闊嘴鴦自從上法院後，嘴巴愈發犀利了，她在燈光下一見著林鳳尾夫婦的稻穀就烏鴉地叫起來：

「唉！夭壽咧！粕穀子怎麼這樣多。夭壽咧！」

她一地說著一地便轉到林鳳尾的前頭來，抓了一把穀子，仔細端詳著。

兩個年輕人一聽吃一驚，都愣住了。他們原以為自己的穀子浸水，但還不嚴重，但透過闊嘴鴦的口舌，好像就已經壞到無可補救的地步，他們是第一次種自己的田，自然是驚心跳膽的。

「鴦仔姨，還不至於那樣壞吧？」林鳳尾的丈夫惶惶地問著。

「你們少年人不知道輕重啊！回去問你們父母親就知道了。這一期發芽的穀子難賣啊，於今你們的粕穀又這樣多。」

「鴦仔，不要嚇唬年輕人啦。」秋霜嫂趕快安慰伊們：「鴦仔姨說得過火了，不管怎麼樣，大家都一樣，我們也好不了多少。」

「是啊。」林鳳尾有點受委屈地說：「我也覺得不輸給人家多少嘛。」

「唉，你們莫宰啦。」闊嘴鳶說：「你們的稻子最多只六成吧，算算看，六成稻，要繳田賦、稅金、刈田工……扣一扣，還不夠哩。」

闊嘴鳶說著，可憐一陣便走去了，秋霜嫂趕忙留下來安慰伊們。

這晚，當然全打牛湳的人都曉得最早刈稻的人收成也只有六成。

也在這天晚上，林白乙的古厝又來了一輛很大的三輪車。

五月十七日，天氣：晴時多雲偶陣雨

早上，雖下一陣雨，但陽光猛烈，打牛湳曬一陣的穀又收一陣穀。

午間，太陽赤豔，打牛湳的人手舞足蹈。

吃過午飯後，大道公廟的老鼠仙又作法。這次跳童的結果，認定水龜會降生為省議員，大家便都贊成了，因為只有省議員才會替人民說話。但忽然這隻水龜又傳出了另一個驚動天地的消息，原來是光榮靈仔燒著香要來拜這隻水龜時，發現水龜在爬行的時候老是不穩，後來就找出了這隻龜原來是跛了一隻腳。粿葉樹下和理髮店的人都跑來看個究竟，一時間大道公廟擠得水洩不通。

老鼠仙又跳童了，但這次他沒說什麼，因為天機不可洩露。

晚上，賭博的人聚在活動中心後的稻草堆玩四色牌，由於喧嘩聲太大，警察來了，鄭木森和李國勇被捉住，送到派出所去問筆錄。

五月十八日，天氣：晴，地點：大道公廟附近

天氣大大地放晴了，海洋上瀰漫著熱帶氣壓，南風息息地從巴士海峽吹刮而來，掠過藍藍的海水，掠過廣大的原野，打牛湳社區的椰子樹沐浴著這種南風，都嘩嘩地搖動了，在屋簷下，涼棚裡，廟宇中，歇息的人都齁齁地薰睡著。

打牛湳的雨期過去了。

這個時期，正是福摩莎南部和中部稻作刈盡，北部稻作還青綠的時候，很多糧商急切而快速地往有穀的地方移動。他們張著黠慧的眼睛，隨著政府的可能行動做著適當的收購買賣。

因之，在打牛湳村子裡，有人便開始要售出他們半年一季辛苦收刈的稻子。

在這天，大道公廟場上，秋霜嫂的穀堆邊特別圍著熙熙攘攘的人群，包括粿葉樹派的扁鼻子萬福、新團仔、闊嘴鳶、廖樹忠……理髮店的林鐸、鄭木森、水金仙……以及大道公廟附近的李鐵道、李清煙……他們都要來看著秋霜嫂怎麼賣穀子。

然而，出乎眾人意料之外的，來收購稻穀的人不是林白乙，而是北部來的一個陌生的稻販。

這個人穿著一件碎金繪龍大花衫，蹬一雙兩耳膠鞋，臉面黧黑，胖胖壯壯，看起來腳踏實地，一臉誠實。

秋霜嫂的稻子也是屬於早刈的，長芽的成分不大，在打牛湳是要數一數二的。這一陣秋霜嫂的兒子在漁市謀發展，想當船股東，秋霜嫂便想賣出這些穀子，好叫他兒子有個事業，這之間，她是很希望能賣個好價格。

打牛湳的人都伸著白羅曼鵝般的長頸子來觀看。

嘩地，秋霜嫂便把穀堆那層厚雨布給掀開，一陣溼熱的蒸氣便冒出來，只有下層幾顆冒著芽罷了。

「嗯。」商人低下身子，抓一把，放在手掌心，看了好一會，說：「阿巴桑，這堆稻子不行啦！」

「怎會？」秋霜嫂一聽便皺著刻苦的額頭，說：「還好呀！上層的還是飽實的，只有下層損壞一些吧。」

「很難羅的。」商人一面說，一面叉開三根指頭，拿來在秋霜嫂的眼前晃著，說：「阿巴桑，少說也壞了三成，我羅了這樣的穀到底要賣給誰？」

打牛湳的人一聽都覺得很失望，但是大家的頭殼可不是水泥做的，他們都曉得大凡商人想購買你的東西，就得把一塊玉說成一塊磚，把價格殺得抬不起頭來，他好做買賣。打牛湳的感情一向是深厚的，他們的存活都建立在互相的提攜上，何況穀價又干係著一大群人的生活，若秋霜嫂的穀子賣不出去，他們的穀子往那裡擺？在一旁觀看的廖樹忠很早就擬訂了一種理想的價格，自然不希望穀價低廉，於是一跨步便邁出來說：

「老闆，好歹天下同樣都是吃米的，今天遍地都遭遇水患，打牛湳這樣，別的鄉城也一樣，在打牛湳買不到好稻子，到別地方也買不到。秋霜嫂的稻仔在打牛湳是一流的，你不買還買誰的？」

廖樹忠有板有眼底砸著頭說，像當初他回鄉第一次談到南洋戰役時的風采。他還怕商人看他的分量不夠，說話時便一字一句咬得咔嚓響，說完「你不買還買誰的」這句話的同時，還把口袋的菸掏出來，啄出一支咕著。

商人一聽，便笑得很慇懃，但那副黑臉可是紋風不動，他也把菸掏出來，表示他是考慮過廖樹忠這一席話的，還一根根好禮地遞給圍觀的人士，又順勢呵呵地笑兩聲，說：

「我們來研究研究。事實上，這一季的稻子是非要倒霉不可的，一方面種的人多，一方面逢水患，價格自然不高，如果你們現在不趕快賣出去，過幾天穀價大跌，就沒有人要。莫說諸位種植的阿兄阿姐，就是我們做小生意的人，一想也是怕的。」

糧商怕了？打牛湳一聽幾幾乎窒息了，但這回他們可聽出商人的話是有些道理的，商人的意思無非是說再等一段日子，他們的穀價跌得一塌糊塗時再來購買，你不賣也不行。這下子，人人就竊竊地謅起嘴來，當中最忍不住的就是李鐵道，他這一季的收成是要來決定分家與否的，萬一價格大跌，兒媳們又吵著分家，他便沒有再堅持的理由了。想著，便拉開嗓門來，說：

「頭也，這樣說，你打算怎麼買？多少錢你才不賠本？」

「是呀！多少？」大家都附和著說。

「這樣，」商人伸出戴手袖的左手，比劃著姆指外的四根指頭，右手的指頭全都伸齊。

「五百四。」大家說著，心底浮動。

「不是，」商人卻搖搖頭，重新晃一晃指頭說：「四百五。」

「四百五。」大家睜圓了死牛眼：「你說一百斤四百五十塊錢。」

「對的。」穀商說。

「哇！這款沒天沒地的價目！」

打牛湳的人都叫起來，心兒急速下沉，都要沉到森羅殿去了。

「老闆。」秋霜嫂不安地扯了扯自己的衣裳，這件印花粗質上衣是五塊錢從馬路攤子買來的，她說：「老闆愛說笑啦！前一陣子保證價格時，市價是七百二啊！一下子跌這麼厲害。」

「沒辦法啦。」商人說：「時機不同。萬事也得看時候。」

打牛湳的人這刻裡像鬥敗的公雞，都歇歛了圍觀的好奇和興致。但林鐸是稍微有一些腦筋的，他立即拿出理髮的那種層次前後分明的頭腦來，站到秋霜嫂的旁邊來，對著商人說：

「老闆的話是有影有跡的，確實稻價是要跌的，但是跌了也是以後的事，現在稻子剛刈，全福摩莎島的穀子還不多，價格應該是較好的，你說四百五的價錢太低了，不夠公正啦，好歹現在物以稀為貴，你就購去，萬一有別的穀商來了，你就別想買了。」

「嗯。」商人的顧慮一下被林鐸揭破了，心底一失去平衡，開始也沉思起來，煙圈都飛到髮上去。

「是啊，是啊。」打牛湳又恢復自信，謅著：「老闆是聰明人，要買就趁這一時。」

「你……你。」扁鼻子的萬福也口吃地說著：「你自己說，萬事也得看時候。」

闊嘴鴦自然也不甘落在萬福仔的後面，她雖然正控告萬福的傷害罪，但對付外人時，打牛湳總是攏手的，她便也站到秋霜嫂的身邊來說：「秋霜姐，其實妳的穀子在打牛湳是最好的，若有人要來嫌棄，不要賣給他，看他到那裡去找這樣好的貨色。」

「老闆。」秋霜嫂看著大家幫她說話，一時間定了一點心，但還惶惶地與商人商量著：「五百，好不好，我是不會跟人家談生意的查某人。五百，我就把這裡的，連同已收倉的最好的部分賣給你。硬度、乾度都很夠，你可以想一想啦。」

「嗯。」商人很沉穩地抽完菸，把菸蒂踩熄，最後便說：「嗯，五百太高了，四百八怎樣？如果妳認為可以，下午我的幫手還在廟裡，妳就找著去吧！」

說著，轉身去了，花耀的衣服閃著金光。

商人走了，打牛湳的人自然就各自散去，但這個沒有好頭彩的風聲一下子傳遍了打牛湳。

四百八啊！四百八啊！

大家都呼喊著，連已枯死的大道公廟裡那兩棵木瓜樹都抖動了。

那天下午，人們便看到秋霜嫂惶惶地走到廟裡頭，又看見商人用三輛車把稻穀運走，打牛湳的人一半都羨慕著秋霜嫂，一半都替自己擔憂。

但是，更重要的事，林白乙的風聲愈來愈大了。

五月十九日，天氣：晴

移到城裡去開武術館的火獅仔，據說開始向全省推出跌打損傷的藥，牌子叫作：金獅固筋運功散。打牛湳的人都感到很驕傲。

念書的中學生，因考期愈發近，念書的精神愈奮發，不再曬稻子的村活動中心都開放來給他們溫習功課，三更半夜都有人還點燈苦讀。

最大的新聞還是要屬於大道公廟裡的水龜，原來情形又有變化。老鼠仙又跳童，但這次他說這隻水龜早已轉生為人了，祂是奉了大道公的命令要來救治打牛湳的人，現在靈異已經來到打牛湳，不久大家就要蒙受恩惠了。

粿葉樹的一夥人最高興，光榮靈率領著許多人，一有空就到大道公廟來燒香，闊嘴鴦在洗衣服時虔誠地告訴每個夥伴，不久打牛湳人的心底都在呼喊：打牛湳出了救世主了，打牛湳出了救世主！

但是，公教人員對這件事很生氣，他們告誡著小孩子，勿要去相信這個荒誕的神話！

五月二十日，天氣：晴，地點：活動中心

太陽依然高掛在天空，氣象報告果然靈驗得很，據說連續要一個禮拜的好天氣，然而，打牛湳只是很感謝天公的這番好意，因為伊們現在並不見得怎麼愛這種天候。穀子早就曬乾了，他們都已經把稻子放在布袋裡，等待商人來問價，或者一袋袋地扛回自己家去。

「劈啪劈啪！碰！」

一陣的鞭炮響在活動中心的砌牆邊。

這時是晚間七點，天已黯了，但銀河光燦，活動中心現代的講臺上擺一個披著絨布的大講桌，上頭置兩盆花，兩盞日光燈耀亮光芒，講臺上的許多座椅上坐滿了人，有些沒座位的都站倚在牆邊，像看戲伊般。

但是這次可不是演戲，是重要的村里民大會，在打牛湳裡能逢到這樣多人的盛會可不容易，除了婚喪以外，打牛湳是不會完全聚齊的，即使往常的村里民大會他們也是懶得過問的，然則這一次竟然客滿了。

原來今天是縣政府的官員到打牛湳來探訪災情的日子，早晨便有一輛交通車停在村道上，走下的人都穿著西裝，梳著油頭，打牛湳本來是沒時間去關懷的，因為進香團常常也是這種打扮，可是不久擴音器就播出縣長、官員、專家蒞臨的消息，這可引起大家的注目，縣長是大家辛苦選出來的，好歹像父母一樣，理會他是應該的。現代的選舉總歸是不易的，比如說當今教育比以前提高許多，若用舊時代的肥皂和味精來賄賂是行不通的，固然有些人還是經不起誘惑，要把這些賄禮收起來，但投票時可不一定選那個人，大家都有自己的意見主張，他們都選報紙和電視上廣播得最多的人，若不然則把身分證收成一疊委託一位熟悉的監票員拿去蓋章，近來在選舉中也從電視上認識投票的神聖，曾使投票率高達九八%，贏得模範選村的名譽，因之選出的縣長雖然當時並沒有人認識他，只聽說姓謝，但有見面的機會，大家還是不願放棄的，又何況縣長是要來探訪災情。

在這情況下，打牛湳的人都很興奮。

會場內，以李鐵道為首的大道公廟派的人都坐在最前頭，由左至右分別是李臺西、李高山、李清煙、孤獨林仔……他們咕著菸，似乎在等待什麼似的。你莫要小看了這個大道公廟派底人，一般說來，他們說話都是正聲正氣，有分有量的，這個特點從李鐵道的言行中可以完全表現出來。他們慣於出入在大大小小的婚宴葬儀中，懂得各類的禮節，因此，他們與村里長的關係最密切，你莫有看到，村長的兒子近來就是娶了李鐵道的女兒。由此看來，他們實在是村長的助手，好比打牛湳在新聞節目中聽到的，他們都是執政黨。

當然，李鐵道他們從來就不懂什麼執政黨，即使曾經競選過鄉民代表的李清煙也只略為瞭解罷了。

大道公廟派後頭的就是以林鐸和鄭木森為首的理髮店派，若拿村里自治的眼光來看，他們是較為居中的，既不偏於有權有力的人也不偏於貧窮的一方，大致上伊們是較冷靜客觀的。最後面坐的則是粿葉樹派的人，包括扁鼻子萬福、新團仔……他們大半是最愚勇的一群，一向是最沒有近代政治知識的，但又愛講話，有時候講的話自己都不懂，說起話的姿勢又像革命伊般，全是笑話的來源。自然，粿葉樹的人今天也不是來湊熱鬧的，前些日子，稻子都還浸在水裡時，就有新聞記者到這裡來，他們拍了秋霜嫂早刈的稻子，還請闊嘴鴦仔發表意見，在電視上彷彿閃過這樣一幕訪問的情景，只可惜不很清楚，況且只有幾秒鐘，闊嘴鳶仔的嘴巴也只張大幾秒鐘而已，粿葉仔樹的人都說很可惜，如果把闊嘴鳶的話全播出來，大家一定會瞭解真相。因之，粿葉樹的人是準備要來發言的。

果然，在鞭炮響過後，一群人便互相客套地從大門口走進來，為首的是一個圓頭禿髮，戴著金邊眼鏡的人，胖胖的矮身子十分富泰，後面跟著一串穿西裝梳油髮的紳士，最後跟著赤腳、青蛙凸眼、短頸小額的村長，還有鄉公所職員和村幹事。

李鐵道很急速端莊地站起來拍手，後面的人也跟著拍手。

終於他們在講桌前就坐定了，村長當主席就坐在正中央，右上角坐著圓頭禿髮的人，其他的紳士分兩邊坐直。村幹事當司儀，笑哈哈地站在旁邊，大會還沒宣布開始，村幹事就走到村民的群堆去，他說那個圓頭禿髮的人就是縣長。

大家很高興地喧譁著。

「縣長。」李清煙便走過去遞一支長壽菸給他，好歹李清煙是競選過鄉民代表的，對這一套可是很內行。謝縣長點一點他的圓頭，很親民地把李清煙的菸接過來。

「謝謝，謝謝，謝謝。」李清煙好像得到賞識一樣。很快地把菸點上了，粿葉樹的人看著，都齜著牙笑了，伊們最瞧不起大道公廟的人就是這樣，平時凶儼儼的，彷彿打牛湳的人都欠他們錢似的，但逢上了比他們高貴的人就搖頭擺尾，像一條軍用狗！

「縣長那有時間到敝村來？」李鐵道坐在前排，謙恭地問。

「看看你們的稻子啦。」縣長說：「聽說損失很大啊。」

「是的。」李鐵道抓住機會趕快說：「很糟，很糟，縣長若有空到我家看看就曉得。」他把「我家」二字說得最大聲。

「好，好。」縣長應著就又躺到後頭的椅背了，垂詢起村長。

鈴聲一響，司儀的村幹事就宣布大會開始。村長講一陣，然後縣長便站起來，他說：

「各位老兄弟，各位姐妹，今天我到鄉來找你們鄉長，」說著把頭轉到鄉長那邊看一下，鄉公所的人立即肅然坐正，接著說：「鄉長就提議到咱打牛湳來，打牛湳一向是很好的，社區做得壯觀徹底，在村長領導下又當選模範選村，實在是不簡單。」

縣長說著，金邊的眼鏡因為點頭都落到鼻梁下來，大家都很高興。

「但是這次的水患對打牛湳來說實在是很不幸。」縣長又把話引入正題：「今天我們到這裡來就是要來替大家解決問題的，在還沒討論辦法以前，我要請一位農林專家來講解現階段的糧政。」

想不到縣長這樣親切，這樣有人味，打牛湳的人一聽都拍手。喧鬧一陣，農林專家便站起來，這個人穿著筆挺白襯衫，高級的夏褲，頭髮光亮，皮膚白皙，很有頭腦的樣子，他一上臺，很禮貌地向每一位父老行禮，然後就開始談到糧食價格政策，他首先就要來談中國歷史上的糧食政策，引用了許多秦始皇吞六國時期的典故，但因為文言文太深，打牛湳的人聽不懂，後來看到大家菸抽得多，話說得少，就換縣府的財政單位官員來談稻米生產，大家一聽是屬於現代的話，就豎直耳朵。他後來就要大家提供意見，相互研究。打牛湳的人一時便呱噪起來。

「稻子發芽了，實在不行，希望縣政府向上反映，說好話，一定要設法把稻穀全賣出去。」李臺西代表大道公廟的人先發言。

「我認為要減低田賦。」李清煙也說。

「叫政府補助。」另一個也說。

粿葉樹的人看到大道公廟的人講話，也不甘示弱地說：

「對，對，田賦和一切稅金都全免了吧！」

專家聽了，不禁笑起來，他說：

「田賦和稅金全免是開玩笑啦，各位不知道我們縣政府的財源就是靠著這些田賦啊。」

林鐸也站起來說：

「若田賦不能免，今年繳賦穀，大家的稻都發芽，應該不分損害深淺，一律徵繳，用不著過分要求。」

專家說這個意見他會向省糧食局反映。

公務人員也提議說：

「要增加農民的收益應該增加收購稻穀數量，減少大小麥進口，還要鼓勵餘糧輸出。」

專家也說會向糧食局建議。

大夥兒七嘴八舌，整個會場亂哄哄起來。

但是這時窩在角落邊的廖樹忠忽然站起來，大約是昨天他用鼓風機把好壞的穀分開後，發現只有四、五成，因為綠色的穀子一曬乾，都只剩一個殼，他的臉面自然是難看的，他一站起來就說：

「你們都很會講理論啦，但用不著說那麼多，我認為現在最重要的是價錢問題。以前東西稍漲時我們還可賣到六百多，現在東西漲了，只賣四百八，少二百塊，日後我們怎麼生活？」

「對！」萬福也代表粿葉樹站起來：「伊娘啊！一天到晚在田裡拚死拚活，辛苦得像鬼，到頭來，穀子都沒人要，還鼓勵我們多種，什麼意思？」

「有道理。」公教人員比較有知識，馬上站起來說：「要想辦法提高穀價，如果現在不能無限制地徵購，也要多徵一點，一公頃只收九百七十公斤，實在是裝作表面罷了。」

「所以徵購為第一重要。」廖樹忠終於走上來，砸著頭，便要來為縣長點菸，他說：「縣長，我有個建議，倉庫我們去建吧，每個村子派一百人，一兩個月就建那麼大的一個，如果沒倉庫，我們家的眠床願意讓給糧食局存糧，怎麼樣？」

「駛伊娘，講到倉庫，駛伊娘！」卡春也搖著傻愣的頭說。他是要來說前年農會就說要建大倉庫，但到現在一個影子也見不到，但他一時不知道怎麼說，只好在縣長的面前比手畫腳起來。

全場大亂。

司儀的村幹事一看要惹禍，便喊一聲「肅靜」。於是大家又坐回原位，官員和專家都面露為難的神色。

「以後發言的人請舉手。」村長說。

「我有意見。」這時坐在最後排的新團仔把手舉高，站起來說：「我建議政府撥一些款來救助我們。」

「對。」有人附議說：「撥款來補助補助。」

官員聽了，馬上站起來說：

「這是不可能的。縣政府也沒錢啊！」

「怎麼沒錢？」公教人員機敏的站起來說：「剛不是說每年都徵我們的賦稅當經費嗎？怎麼沒錢？何況還有其他財源。」

「太多村子浸水啊。」

「管他多少村子。」新團仔打斷官員的話說：「打牛湳村是最慘了，撥款來救助像打牛湳這樣的村子就可以。」

「這……這……」

「伊娘啊！」新團仔又說：「要賦穀時就得我們乖乖地一車車地運到農會去，硬度乾度差一些時就打回票，能刁難就盡情地刁難，一逢災害就都不理。」

會場又喧鬧起來。

「要諒解我們的苦衷啊！」

官員只好抹汗地哀求著。

「諒解什麼？」廖樹忠以三十年前在爪哇巴里島逃亡的雄姿說：「你們來諒解我們這個乾癟的肚皮才應該！」

鬧了半天，大家談不出一個好辦法。最後有一個人在門口邊發言，大家回過頭去，在昏晦的光影中沒能瞧清他底臉，大約是個胖壯的人吧。他說吵鬧不是辦法，大家要面對現實，什麼樣的穀糶什麼樣的價。他並且說再一二天，一批穀販要到打牛湳來，而且林白乙也開始要購穀了。

五月二十一日，天氣：晴

農會來了通知，要打牛湳的人去領美濃瓜及梨仔瓜的種子，因為在第一期與第二期之間，打牛湳通常都善用地利，種這一種短期的果類。

林鐸準備在理髮店邊設一個小木板房，他本想賣農藥，但村子的人恐嚇他說：你賣了農藥，你老爹一定會把它當汽水喝。林鐸一聽，不敢貿然行事。於是又有人建議他，不如賣飼料，伊的瘋老爹若吃了飼料，頂多變成一條大肥豬，不礙事！

大道公廟永遠都有事。老鼠仔在晚間又跳童，他說靈異現在到了打牛湳的莊頭，一道霞光正籠罩在天空，不久打牛湳就可獲救了。他為了證實自己的話是大道公附身所說的，用著一根兩面尖利的鯊劍把自己的背部砍成血跡斑斑。粿葉樹的人都很欽佩。

五月二十二日，天氣晴，地點：粿葉樹附近

自從開完村里大會，打牛湳的人便分成三種樣態了。一種好比黑面祖師公一般，黯黑著臉，他們都信服著官員的話，這種事政府也是愛莫能助的。另一種好比是紅臉的關帝爺，過五關斬六將，橫著心，就想勒肚子來度難關了。伊們說：以前農村慘敗於都市的那段日子，還不是照樣地度過去，只是一期的欠收，怕什麼？當然偶而他們還是要罵著農林單位：幹伊娘，唆使我們種這樣多的稻，災殃一發生，竟什麼也提不出辦法。還有一種人就像彌勒佛，他們總是哈哈地笑著說：人生海海，要達觀啊！要達觀啊！

但是，不論哪一種人，他們還都是冀望天窗會開個洞，稻價突發地漲起來。然而，他們也絕然想不到，天無絕人之路，彌勒佛式的樂觀事實竟然在今天發生了。

在粿葉樹右邊的馬路，有著一幢竹造簡陋的舊房舍，在逐漸邁向現代化的農村，竹屋的確是少見了，在城市裡固然也有竹蘆之類的房子，但那是用來做咖啡廳或觀光用的。在打牛湳，竹屋是用來住窮人的。這一幢黑矮朽汙的房子是屬於李罔生的，而毫無疑問的，李罔生是屬於粿葉樹那一派的。

早晨，太陽光耀耀的，這家人十分勤奮，把排除了粕穀的良穀又披晾一次，唯恐乾度不夠。而粿葉樹的人竟也不約而同地來到他家的大門歇坐。

原來李罔生的兒子李金河從城裡的鐵工廠回來，李金河是很肯用功的後生，在種田賺不了錢的那陣子，他就外出謀生，按月把錢寄回家補貼，二十七歲，任勞吃苦，從沒有娶某的表示。粿

葉樹的人也有很多子弟在城裡，其中有些還和李金河一樣在鐵工廠。

屋簷下就聚了許多人，一時嘻嘻哈哈地談天著。

「金河仔，你不該回來呀，還是住在城裡的工廠好，回轉來只有多吃去你老爹的米糧。」新團仔用長輩教訓晚輩的話說。

「新團伯，你莫宰啦。」李金河把耙穀的桿子放下，便伸出了右手來，在大家的前面晃著：「老闆答應我回來休息幾天。」

「喔。」大家睜眼一看，才看清，原來金河的右手只剩一隻小指頭，像殘冬僅餘的枯枝在那裡瑟抖著。

粿葉樹的人本來也都知道李金河的右手指曾是殘缺過的，那是幾年前被機器軋去的三根，現在又少一根，八成也是被軋斷的。粿葉樹的人是最講感情的，所以驚異是不免的。

「金河仔，你真是衰哪。」扁鼻子萬福和旁邊的人說：「怎的時常碰到這種衰事。」

「幹！」金河仔苦哈哈地笑著，擺一擺手：「眼看這隻手的手指就要用完了，只剩這根最無用的尾指了，當初我阿爸若多生給我幾根指頭就好了。」

粿葉樹的人一聽李金河的自我解嘲，便朝著李罔生的臉望著，要來看看他的反應。

「我早就勸他，不要再待在鐵工廠裡。」李罔生說：「他老不聽，講也莫用，現在吃飯都用左手了，我這次不放他走，如果穀價還好，我就強留他來種田。」

粿葉樹的人一聽都無意識地嘻嘻哈哈笑著。「喂，金河仔，廠方貼你多少錢。」到底是廖樹忠的頭腦反應快，他總是想到別人所理想不到的地方。

「怎樣？問這事幹嘛？」李金河說。

「探聽，探聽。」

粿葉樹的人一向都知道碰到這樣的事，總是有津貼的，對粿葉樹的人有時候往往會因意外的不幸而發一筆財，好比在路上被車子撞傷，破房子被風吹垮，小孩在學校被訓導人員打傷，他們都可以依法請求一筆賠償金，錢財要來時是擋不住的。

起先金河不肯說，最後把左手還齊全的指頭都伸出來，說：

「五萬！」

「五萬？」粿葉樹的人都震驚一下，他們從未聽過這樣好的代價。

「斷一根指頭五萬。」廖樹忠不禁很羨慕起來：「這樣算起來，五根指頭就二十五萬了，好價格！」

廖樹忠一面說一面砸頭，好比斷指的人是他一樣。

「嘿。」廖樹忠閃著亮亮的眼睛下結論說：「你們有誰給我二十五萬，我願意砍去這五根指頭。」

他一面說，一面把左手伸出來，再用右手來放在上面，做著切砍的模樣。

「幹您祖公！」光榮靈一看，氣起來，罵著：「你免費把頭砍掉，我都不要。」

說完，光榮靈為了鄙薄廖樹忠，便做一個砍頭樣，粿葉樹的人一看笑得更大聲了。

也便在這時，庭院外駛來一輛三輪貨車。

碰碰碰，車停了。

車上跳下一個穿白色夏紗的人和三個打赤膊的後生。穿夏紗的人有個健梧高大的身子，中年後發胖的面頰垂掛一串的肉，腳蹬著木屐，穿一件短齊膝蓋灰藍褲子，小腿肚上浮著錯雜筋脈，大約是很善買賣，並且當過一陣子農夫的生意人吧。

「喂，罔生。糴穀的人來了。」扁鼻子萬福說。

粿葉樹的人立即站起來，倚著破陋的竹籬邊，打量著。

「頭也，坐坐。」

還是廖樹忠靈巧，趕快砸頭過去招呼伊。

「謝了，謝了。」

商人很和氣地就坐下來。

「頭也，你是哪裡來的？等你們等死了。」廖樹忠說著。

「是啊！你們來得真慢。」

大家都說。

「我是林白乙那裡來的。」商人掏出菸來請大家，說：「莊頭古厝的林白乙。」

「跛腳乙。我們知道。」廖樹忠點上菸，一面抽一面說：「我們幾天前就看到他回來，開村里大會時，又有人說他要開始購穀。」

「是的，那晚說話的就是我。」穿夏紗的這個生意人說：「我們要買許多，今天先看罔生和莊尾幾家。」

「囝生，他說先買你的。」

「好頭彩啦。」光榮靈仔說。

「多少？」

粿葉樹的人一齊問起來。

「五百五。」商人說。

「哇！每百斤五百五十塊，好價格！」

粿葉樹的人終於大大地叫起來，幾乎要震垮竹屋。

五月二十三日，天氣：晴

想種小黃瓜和美濃瓜的人都舉棋不定，伊們不知道會不會有收穫，因為只要一陣大風和大雨，所有的瓜仔就會遭到嚴重的摧殘，但是李鐵道認為五月下了這麼多雨，六月七月一定是晴朗的好天氣。

今天全村子都傳頌著一個神讖，他們說廟裡的水龜和跛腳乙有密切的關係，靈異就降落在林家的古厝，跛腳乙會來拯救打牛湳，在粿葉樹下，竹篁裡，水柵邊……凡是暗地的角落都吱吱喳喳地傳動著這個傳說。

但是公教人員很生氣了，伊們憤怒地說：這是什麼時代，還信這種鬼話！這是什麼時代！

五月二十四日，天氣：大太陽，地點：大道公廟

太陽發狂般地掛在社區的上空，亮得像銀球，萬里的蒼穹一絲雲也沒有。樹梢紋風不動。鵝鴨貓狗也不敢到外面來，它們窩在石榴樹叢、屋簷底下，吐著舌頭，伏著羽翼，一動不動地避暑。

便在這樣底日子，打牛湳的大道公廟前卻熙熙攘攘地停滿曳拉車，上頭載滿了穀，這廟場在還沒鋪下水泥時為了演戲，都設了樁洞，現在一根根的木柱都撐高起來，湛藍的帆布給搭在半空中，一波波的帆布像連綿的海浪，整個廟場就是個市集啊！

原來，自從林白乙開始購穀，因為價格高出一般的糧商，又好買賣，從不分良穀劣穀，即使出芽得十分嚴重的，他開出的購價也不會低於五百，這樣終於把打牛湳的人給弄得沸騰起來。他們爭先恐後地跑到林白乙的古宅去，要來把稻穀賣給他。林白乙拐著腳，站在大門口那兩棵紅柿樹下，總是笑著要請鄉親來奉茶。

伊娘啊！跛腳仔對人真禮貌。打牛湳的人都說。

自然林白乙派人挨家挨戶地去購穀就顯得像老牛拖破車伊樣的慢了，最後經協議：就在大道公的廟前搭棚子，凡是想賣給他的人都運過去。

果然從購穀以後，林白乙就公開露面了。小時候，剛光復不久吧，日據時代的小學改制成祖

國的小學，大地在戰亂中都還沒有甦醒過來，粿葉樹一帶，大道公廟一帶，理髮店一帶，在烽火中出生的小孩都一起玩耍在打牛湳這個破陋的村廓上。林白乙當然不例外，那時的林家剩一片廣大的田地，三七五減租就要來改革它，林烏順水推舟便賣了土地，向城市裡求發展，大約有其父必有其子吧，那時的林白乙不喜歡念書，長得醜怪極了，右腳短一截，大家都跳到他背上玩騎馬打仗。但自小林白乙的頭腦就精得很，詭計是一流的，花樣真不少。大概是跛腳的人總是多算計吧！

現在的林白乙果然不一樣了，他就站在秤邊，穿一件方塊狀白底襯衫，漩渦紋的領帶，西裝便脫下來掛在木桿上，銀亮的眼鏡閃著光，很是文明教化的樣子，和小孩時大大不同了。他是專門來決定買穀的價錢的，林白乙先聲明，糶穀時先領三成的現金，方今到銀行提款很不便的，等完全收購完後，大夥再到林家古厝去領錢。打牛湳都因為能把穀子賣出去，而且馬上就可以領三成的現款而高興著。

太陽依舊火火地在天空怒張著，大道公廟前一列的兔子花給烤得枝葉軟垂，粉紅斑白的花瓣都睡著了。

慢慢地理髮店那幫人就輪靠到前頭來。打從天未亮，他們就排隊，量穀的速度真慢，天又熱，林鐸、鄭木森、水金仙都坐到車底板下，用著笠子搧著風。

「終於翻身出頭了。」水金仙說：「我以為沒救了，好在殺出了這個跛腳乙。」

「福氣到了都是難料的。」林鐸十分雀躍了：「我老爹的醫療費有著落了。」

「嗯，你老爹真嚇人。」水金仙說：「一下子把釘子釘在頭上，一下子把刀片掛在頸上，他怎麼不會想到要把錢掛在腰帶邊？」

「沒伊法啦，我也想不通。」林鐸說。

「說不定在練功啦。」卡春嚴肅地說：「電視上都有人在表演著刀槍戮喉的神功啦。」

「練你的鳥功。」水金仙一聽，說：「不懂又愛說。」

說著他們笑動了。

「伊娘！」

忽然鄭木森大聲叫起來，像得了猴症一樣。

「什麼事？」水金仙問著。大家都把頭轉過去看他。

「我倒忘了，出芽的穀能賣這樣好的價錢，不但是打牛湳的奇蹟，也是我的公媽有靈有聖。」

鄭木森點了點以前幹過保鑣的保鑣頭說：「我開個馬殺雞店。」

「什麼？開什麼？」水金仙說。

「我說我想開馬殺雞店。」

「開店？」林鐸不相信似的：「開在那裡？」

「在打牛湳啊。」鄭木森因為突發的興奮而露了滿嘴黑牙：「在這裡。」

「這裡。」林鐸有些吃驚，但仍然不相信似的：「真的？」

「真的，還假得了？」鄭木森肯定地說。

「想不到你是這種人。」林鐸馬上由驚異變得沮喪起來：「這款的朋友。」

「怎樣？」鄭木森鬼迷心竅一般地說：「開了馬殺雞，打牛湳一律八折。」

「哈！」卡春很興奮了。他說：「八折，我也八折吧。」

「當然。」

「我八折，水金仙，我八折。」卡春快樂地叫著。

「你冷靜一下吧。」水金仙說。

「你說你真的要開。」林鐸終於變得憤慨起來，認真地問。

「真的。」鄭木森說。

「好，你去開吧！我也不怕你！」

林鐸氣憤得罵起來。

「喂！」忽然有一個人喊：「林鐸，換羅你的穀子。」

林鐸慌忙地站起來，上了曳拉機，把稻穀拉進涼棚裡去，幾個幫手就走來搬下稻穀。林鐸小時候是和林白乙一起在國民小學念書的，當然曾欺侮過他那條腿。現看他那樣發達，便有些難為情，像一條咬過人的狗，現在那個被咬的人反而要來餵養他一樣。

我林鐸是一條狗麼？偏不是人？他為自己這種怪異底觀念而覺得突梯好笑起來，大約這是見到富人的自然反應吧！

「林鐸兄啦！」

林白乙一拐一拐便走過來，伸出手來要和他握著。

「哈哈，很高興，很高興。」

林鐸趕快伸出髒破的右手，笑嘻嘻地說。

「今年的稻子怎樣，嗯。」林白乙拐一下，從口袋掏出三五牌，遞一支過來：「很不錯吧？」

「發芽了。」林鐸說，但馬上又後悔，改了口氣：「一、二成吧，只有一二成發芽。」

「還幸運嘛！」林白乙說，一副大買賣的樣子。

林鐸有些被林白乙的這種大買賣迷惑住了。他是具有判斷力的人，很想問明原因。

「要這樣多的稻穀啊？」林鐸指著堆聚成山的穀子說。

「不多。」林白乙吸著菸，懇款地說：「我在別的村子也買很多，每年都一樣。」

「一定賺很多錢吧。」林鐸說。

「有時候賠。」林白乙說：「託我們村莊的福，希望今年不要讓我賠太多。」

說著，笑得很健朗，城市的商人都有這種笑。

「明年還來吧？」

林鐸終而覺得林白乙實在是可親得很，畢竟是同一塊泥，同底根來成長的呀！

「看情形。」林白乙說：「如果你們要價不高，我還會來。」

說著，量好的穀都堆上去了。

林鐸便走到會計小姐的旁邊來領三成的先付金。這裡有三個算錢的小姐，長得都很標緻，據說都是林白乙的姨太太。

嘿，跛腳的人也會有這樣旺盛的桃花命！

五月二十五日，天氣：大太陽

為了種美濃瓜和梨仔瓜，打牛湳都陷在一種猜測中，有人又提出建議，他說去年瓜仔大豐收，中南部的瓜農狠狠賺了一把錢，今年一定有許多人爭著來種，價格也許要大跌了。所以有些人就決定不種瓜仔，改種小白菜或捲心菜，但是又有人認為每年種菜都是不可靠的，每逢菜刈時，你到果菜運銷市場去看，黑壓壓地擠滿黧黑著手腳的菜農，一堆堆的菜像廢棄物般地堆滿市場，菜販連天的殺價，從早到晚熱哄哄地一片鬧，到頭來運走的只有幾百斤。每天新聞都報導，北部南部菜價大漲，一斤小白菜要賣到二十元，但鄉下菜農們的小白菜卻沒人要。

但是不論怎麼說，打牛湳的人是要選擇一樣來種植的，這一期的稻作損害得太厲害了，非要靠瓜果菜來補貼不可。

四健會和民眾服務站在鄉裡舉辦著土風舞會。晚間一輪殘月晶亮地掛在天空，星兒滴滴答答地明滅，大家跳得很高興，但是跳舞的人都不是打牛湳的農友，因為老傢伙怎會跳舞？跳舞的人都是城裡的青年。

粿葉樹的人在晚間也爆發了大爭吵，以萬福仔和新團仔為首的人認為老鼠仔仙所說的靈異應該沒有疑問地指跛腳乙，伊們的論點是①水龜跛一隻腳，跛腳乙亦然；②他的購穀行動確實拯救了打牛湳。伊們認為跛腳乙將來一定會當水利會長或議員。但是光榮靈仔和廖樹忠為首的人固然也同意靈異就是跛腳乙，不過他們認為跛腳乙只當水利會長是不夠的，因為往後打牛湳還要遇到很多問題，非要更大的官來解決不可。他們認為跛腳乙應該當農林廳長或糧食局長。

且莫要用公教人員的眼光來看粿葉樹的人，伊們是很有尊嚴，很正經的人，是很認真來參與這個問題底。

五月二十六日，天氣：大太陽，地點：農會附近

林白乙的收穀消息立刻震動了打牛湳附近的村落。同樣浸著水的十二聯莊的人都親自跑到打牛湳來看這種的盛況，他們真不相信有這樣的好買賣。但事實畢竟勝於強辯。當他們目睹了大道公廟場的景況，才知道打牛湳確實是走運的，難怪早前的地理仙就說過，打牛湳是個龍穴。

看來伊莊出了救世主也是真的。

但是，並不是所有打牛湳的人都把稻穀糶給林白乙一人。比如說李高山就是把稻子賣給他一個做穀販的親戚。還拖了幾個人下水，當然價格是要少於林白乙的，不過也有好處，他們是銀貨兩訖，當場賣斷。最少賣給林白乙的是公教人員。這些公教人員一方面是領國家的薪水，不像其他純耕民只靠那些穀子來生存，種田只是副業，另一方面公教人員對稻價的消息頗有研究，頭腦都較靈光，像在國民學校當教員的陳文治，伊有三個小孩都念著大專的經濟和財政，在鄉公所辦公的李太平，伊的兒子就在縣政府的財務課，至於像農會的廖大慶，祕書的李其然，鄉代表的柯百金……更不用說。

大約有三成吧，有三成的人截至這個時候還不願把稻穀賣給林白乙。

而不把稻子賣給林白乙的原因是從闊嘴鴦仔的嘴中吐露出來的。

原來闊嘴鴦仔和萬福仔的訴訟案現在告到高等法院去了，闊嘴鴦仔於是便接到一張傳票，她一向不識字，只知道重要的事來了，便找到陳文治的家來，她和陳文治的太太未嫁前同是貓子干的人，從小就認識了。她一眼瞧見陳文治家裡的廊道，洗澡間都放置著稻穀，一時七嘴八舌地就問上了。

「你不曉得。」陳文治老師便說：「你想想，林白乙怎麼會那麼好心，他一定有一種計策。」

闊嘴鴦仔問什麼計策。

「有的。」陳老師說：「他一定要來冒用農民的名義，聯合農會的職員，以保證價格每百斤六百九十元把徵收穀賣去，其他的非徵收穀再在城裡市場拋售，因為這是第一批稻穀，價格總會在五百五十上下，所以林白乙是要賺錢的。」

「哦。」闊嘴鴦仔似懂非懂地點頭。

她雖然似懂非懂，但老師說的話一定不會騙人，一定有道理。

因此，伊每逢上人就叫著：

「憨人！我們的錢都被林白乙賺去了！」

人們一聽，也把話傳開了，而闊嘴鴦因為第一個揭發別人愚行的人，自然帶著媽祖婆一般未卜先知的心情，把「憨人，我們的錢都被林白乙賺去了！」這句話傳得更熱烈，彷彿忘了伊現在正與萬福仔在訴訟中。

今天是農會開始徵收保證價穀和繳納田賦的第三天，已經繳了兩天了，但是打牛湳的人彷若未聞一般，大約都被林白乙的購穀沖昏了頭，保證價穀他們也不準備運賣給農會了，因為農會的驗收標準太高，專找麻煩，何況一公頃只有九百七十公斤，太少了，乾脆放棄權利，都賣給林白乙，至於田賦徵穀，伊們是一定得運去的，本來田賦是可以用錢來繳納的，但糧政單位為了掌握糧源，所以規定一律用實穀繳納，而打牛湳都是守規定的人，這天，他們就大大地出動了，一載載的曳拉機響遍村道上。然而打牛湳卻慢了一步，原來十二聯莊的人早就運到了，從農會倉庫的秤子邊開始往外排隊，直排到野外的馬路去，怕有一、二公里吧。

今天，陳文治和李太平都來了。

天氣十分地炙悶，農人都縮著臉躲在笠子下，滿身是汗，為了長等，伊們的家人都把飯送來了，吃著乾飯，飲著菜湯，汗滴在湯裡，也顧不得地飲下去，飲下去又化成汗從身子流出來。

前二天，打牛湳就聽說今年的農會絞緊了神經，從嚴來審核這些發芽的稻穀，不合規定地就遭到拒收，加以農會檢驗和過磅人員太少，必須一袋袋秤量，莫要看那小小一曳拉機的穀子，非要半個鐘頭是秤不完的。

伊娘啊！進展的速度像蝸牛，三進二退！等候的人都罵起來。

陳文治老師和李太平特別請了今天的假，種的田本來就不多，賦穀再加上保證價穀也只不過五六百斤，就借了手推車從打牛湳拉到農會來。他們依次排在馬路上，太陽毒辣得很，照得天地暈頭轉向，連竹笠子也快抵擋不住。每個人都希望快點把賦穀繳完，回家休息。但人數實在太多，他們只能遠遠地看著農會巨靈般的建築，那高牆上騰蒸著粼粼的水氣，像一座觸及不到的天堂。

「文治兄，」李太平抱怨起來：「大半天了，怎地一點移動的跡象都沒有？」

「八成又是農會那批人在搞鬼。」陳老師：「先秤他們認識的人。」

「今年還是這樣啊？」

「當然。」陳老師說：「積習難改！若沒有農會，農民還不見得怎樣，有了添麻煩。」

「哈！」李太平便因燠熱而苦笑著一張皺皺的臉：「我下一期不種稻了，要專門來養豬，好歹只有二三分地，用不著這樣費神費力。你看從收刈以來，又擔憂市價，擔憂出芽，又擔憂田賦……一大堆的，什麼意思？」

他們說著，扒了口飯。

便在此時，李太平看到前面一輛車往前移動了一點，於是慌忙放下飯來，把車子拉動了，便想擠進去，但立刻就被旁邊的一輛車占了，還把他們擠向後頭去。

「好快。」陳文治說。

「喂！老兄弟，用不著那麼火急嘛！」李太平說。

「怎能不急？」那人回過一頭霧水的臉面說：「我等了兩天囉！第一天早晨開始，整整二天了！」

那人說著，還用手指著車上的蚊帳和枕頭。

伊們一起笑著了。

「喂，文治兄，」李太平說：「我看用不著繳賣保證價穀了，全賣給林白乙，省麻煩。」

「我也聽說市穀一直降低了。」陳文治考慮一回，便說：「我本不想賣給他，照這種情況看來，我只好全部賣給他了。」

這天晚上，陳文治和李太平都找跛腳乙去。伊們把賦穀也賣了，因為怕被農會打回票。他們寧願用現金買好的穀繳給農會，這樣他們便可省麻煩。

自然，他們對林白乙的疑慮就冰釋了。

五月二十七日，天氣：晴時多雲山區陣雨

雖然種瓜的人議論不一，但賺錢的志向則無兩樣，陳文治老師不打算種植的田就被廖樹忠租去了。他們分帳的辦法是這樣的，農藥、人工、搬運、肥料、除草費用都由廖樹忠支出，而淨賺的金額由他們兩人平分。廖樹忠一共準備種八分地，他是想狠狠發一筆財的，然則全村的人都笑他說：幹！死挑硬幹，生命都不要了！

農會又執行發展農村的政策，要來打牛湳推行耕作機械化，他們在大道公廟場展示一輛刈穀機，漂亮而新穎的，一次可刈六行稻，打牛湳的人很興味，便派光榮靈到上頭去騎。每個人也都想要有一輛，林鐸問農會一輛多少錢。農會說：二十萬！打牛湳的人一聽都張大眼睛伸長舌頭，光榮靈一聽便從座位上跌下來，一時之間沒有人說話！

五月二十八日，天氣：多雲

一早上，老鼠仔仙召開大道公廟委員會，重要的人員都到齊，老鼠仔仙就以水龜顯聖的名義要求演一次布袋戲，並且請修廟頂的屋瓦，但村長說要再召開一次村民大會才能決定。

晚間，無事。

五月二十九日，天氣：多雲

無事。

六月一日，天氣：晴，地點：林白乙古厝

對於打牛湳來說，一連幾天的寧靜是稀有的，這是短暫性的寶貴的歇息時間，緊接就要忙碌了，為了種瓜種菜，伊們就要開始去翻土了。

今天，大家似乎是不約而同的從床上爬起來，一大早就熙熙攘攘，他們在陽光還只透一點在東方的翳薄雲層時，已各自聚在粿葉樹下，理髮店裡，大道公廟，像歌仔戲裡要去赴霸王宴的劉漢武。

但是，他們不是去請客的，也不是去翻田，原來，今天是跛腳乙約定要清帳的日子，伊們都摩拳擦掌要去領取那一大疊花花綠綠的鈔票。

陽光準八點亮亮地照在林白乙家古厝的琉璃瓦，嘎嘎的，一大群的人就擁來林家緊閉的大門前，一會兒，一個人便把大門打開，大夥兒因興奮而語音呱噪。

李鐵道一向在趨利奪錢上是不避艱難的，他排開眾人，以打牛湳僅存的大家族的榮譽身分，來站在隊伍的前頭，大家也都曉得他的稻穀是賣得最多的，所以都讓著他。

林家的厝地真空曠，兩棵紅柿樹結滿果實，巨大的枝葉覆蓋在屋庭，已廢棄的廂房和豬舍都頗具規模，大家都不明白，放棄這樣一個大宅院而不使用是為什麼？大廳早就打開了，看家的人要他們坐下來休息，抽菸、喝茶。

「這樣的陣勢，像打火的消防隊。」一度競選鄉民代表而落選的李清煙看了這麼多人就說：「林白乙的鈔票一定得用卡車給裝來。」

「領這筆錢就富足了。」李鐵道說：「我就是不分家！」
「四萬塊呀！四萬塊呀。」卡春樂得語音顫抖。
「開馬殺雞去。」大概是鄭木森說的。
「我也不控告萬福仔了。」女人聲，特別尖破，大約是闊嘴鴦仔。
至於許多的人，比如缺四根指頭的李金河說他不去工廠賣命了，陳文治老師和李太平都笑藹藹地和大家談著。

偌大的庭院像中了彩一樣。

喧鬧中，太陽已經爬升到屋簷邊了，時間大約九點鐘，東洋式的低矮側房攀爬著綠亮的牽牛花。大庭上偶而啄動著散養的土雞，但是老不見林白乙走下來算帳。

大群的人竊竊私語起來。

這一來，李鐵道就很不耐了，他站到最前頭來，代表大道公廟派的人要來詢問林家的人。
正當伊想跨進去時，便走出一個穿白夏紗和短褲的商人。
李罔生一看，認得是買他穀子的人，趕快併腳地站到前頭來，他說：
「頭仔，先算算我那五千斤的帳目吧。」
但是商人只是和氣地看著大家，大約不是由他來結帳的吧，不見他拿錢箱之類的東西。
「各位父老們，」忽然他便說了：「各位父老們……」

嘿！偏著頭揚著手，像在講演哩。

於是大家像開鄉里大會似的，都把聲音給歇停下來。

「很抱歉，讓大家久等。」商人說：「其實我也與各位伊樣在等。」

等什麼？他也在等？打牛湳的人都驚奇了。

「林先生本來是決定今天要來算帳的，一定得在今天把錢給你們。林先生說你們都急著用錢。」

「對，對。」

「所以昨天，他就回城裡去提款。」商人說。

「到底是回來沒有？」李鐵道大聲地問著。村長的兒子也代表村長站到前面來。

「你們不必急。」商人說：「他一定會把款提到的。」

「什麼時候嘛。」村長的兒子問。

「當然是現在，」商人說：「但昨天臨走前他說若十點鐘前沒回來就是耽擱在銀行裡，要等明天才把錢給你們。」

「哇。」大家因猴急而嘯叫起來。

「現在都快十點了。」粿葉樹派的人都吱吱喳喳地講起來。

「想做一次富翁也得這樣煩等。」大道公廟的人也說。

「如若領不到，今晚去鳳凰閣酒家都要剝衣服，吊猴了。」理髮店的人也說。

而公教人員因為教育程度高，都叉起手來靜觀變化。

太陽又把籬笆上的牽牛花影縮短了一寸，天氣逐漸酷熱，土雞啄飽後都縮到草叢去。商人一面抹著汗勸大家用菸用茶，天地愈發乾熱，扁鼻子萬福和新團仔趁著別人不注意時多拿幾支菸，躲到柿子樹下倚躺，其他的人不耐客廳的煩躁紛紛散聚到走道的陰涼角落。

陽光幾幾乎要筆直地照在大地，但是仍看不到林白乙的姿影。

漸漸大家不喧鬧了，興致大減。

「喂，阿吉桑，阿巴桑，」村長的兒子就站到客廳前，他說：「不用等了，既然林先生事先交待，我們還是明天來好了，現在都快十一點了，還是回去煮飯好了。」

大家聽了，還是不甘心就此走開，但慢慢有了往外移動的意思。

李鐵道最是依依不捨，但他也只得吩咐村長的兒子，若看到林白乙回來，就用擴音器通知。最後他才愛戀地離開，像離開情人似的！

夜裡，大道公廟前，村人聚得就尤其多了，因為由這裡可直接看到林家古厝的動靜。

六月二日，天氣：晴，地點：林白乙古厝

雞仔棲在矮牆上啼著，冷冷的一輪殘月搖擺在椰林梢，社區內潔挺的屋宇、破陋的房舍一齊朦朧地兀立在空中。

在這樣靜寂的時刻，正是福摩莎島所有的農村最舒適的時候，打牛湳的子民正沉沉地睡進五更天的夢鄉裡。

忽然，啪啦一聲，清脆的皮鞭聲在村道響起，一隻牛和戴笠子的農夫出現了。哦！原來是勤奮的打牛湳人趕到田裡去翻土的。

等他們過去，村道又恢復寧靜。

林白乙的古宅在大清早也是寧靜的，高堵的牆垣依樣伸攀出那兩棵高聳的紅柿樹，門還是沉寂地關閉著，天地黯闃，往古宅飛張的屋脊向空望去，三兩顆晨星還高掛著。

但雖說靜寂，卻可以見到高牆下有著點點明滅的火星。

是螢火蟲吧？或是紅頭昨夜作法後留下的香火？

都不是！

都不是？

哦，原來是一叢人。一叢吸菸的耕民。

東方那一抹殘雲漸漸灰青了，清晨黯藍底天光罩在打牛湳，古宅邊農人們的臉便可以看清了，他們在這裡等了大半夜，有的披著草睡，有的支著肘仰望天空，像一堆渣滓。

轉眼，又不聲不響走來一群人。

唰地！陽光終於探出頭，像昨天一般地照在古宅的屋脊，雞鵝一陣展翅，呱呱地便飛竄出每一個人家的欄柵了。

「喂！林鐸！守了一夜，你覺得怎樣？」理髮店派的鄭木森問林鐸，他抹一抹短髭邊宿了一夜的露珠。

「怎樣？」林鐸回答著，自從鄭木森心生異志想開馬殺雞店後，就與他不談話了。他只用手捧著愛睏的臉。

「我是說你看到林白乙沒有？」

鄭木森惺忪地問著，從口袋掏出一支金馬牌，要遞給林鐸。

「沒看到！我是下半夜才來的，你問水金仙，他是昨天傍晚就窩在這裡了。」

林鐸見到他拿菸，本來要拒絕的，但又覺得可惜，終於很不情願地接過來，他徹底地不屑鄭木森這種見利思遷的朋友。

「幹您老爸，」鄭木森半睡半醒地搖著水金仙說：「守了一夜，像守墓伊樣，你究竟見到什麼沒有？」

「哦。」水金仙矇朧中聽到鄭木森和林鐸的話，但他委實很困乏，沒心來回答，只揮一揮手，又沉沉進入他底睡鄉去了。

八點了，大夥兒一齊躍動起來。所有該到的人都到了，並且有一些打牛湳底家人因為聽說今日林白乙必能把錢發下來，都歇了作息，攜老扶幼地要來分享快樂底一刻。

終於，村長今天親自出馬了，他站到列子的前頭來，說：「你們把隊伍排好，先到的排在前面，後到的排後面，領錢時免得亂成一團。」

村長果然有領導力，三兩下，打牛湳便排好了。

「喂，領了錢，大家可要自己保管好。」

李鐵道以優越的家族身分大聲地吩咐所有排長龍的人，像副村長咧！

「大家跟我進去。」

村長一招手，於是所有的人就走動了。但大約是過度興奮的緣故，隊伍老是呱噪著。

不一會兒，他們就來到大廳，所不同的是，古宅已有準備，傢俱、家當都收拾得較為乾淨齊整，大廳門口擺好了兩排長寬凳，兩邊放了兩桶冰水，大批的菸、檳榔。

村長走進大廳裡。不一會就和那商人走出來了，但身邊多幾個打雜的人，都是外地來的。

商人一走出來，李鐵道就踏到門檻上，說：「喂，頭仔，昨天你說林白乙會回來，到底回轉了莫？」

商人的臉一下子變得苦兮兮，但他還是很有禮貌地站到外面來說：

「用啦，用啦，不要客氣，吃檳榔，抽菸。」

他一邊說一邊比著手，像喪樂隊的指揮一般，有板有眼的。

「頭仔，我們可不是來坐凉的，我們急著拿錢。」

廖樹忠也不客氣地從隊伍後面跑到前頭來。他固然沒糶出很多的稻穀，但起碼是代表粿葉樹那一派的。

「不用急啦，不用急啦。」商人說。

「喂，好歹今天不要又不來。林白乙是打牛湳有頭有臉的人，說話可要算數。」廖樹忠又說。

「真不夠意思，我在牆圍外睡了一夜的覺啊。」水金仙也說。

「失禮，失禮！」商人說：「現在他還沒回來。」

「什麼？」李鐵道眼睛睜得像天伊樣大：「還未回來？」

「是啦。」商人低聲下氣地說：「失禮啦失禮。」

「又騙我們。」林鐸說：「你不用在那裡應付敷衍，到底什麼時候他才要回來？」

「九點。」商人說。

「又是九點。」廖樹忠說：「昨天九點，今天也九點，明天又要九點。」

「幹，不夠意思。」

成群成隊的人便大叫起來。

「大家不要吵！」村長看了，便把手舉高來招呼：「俗語說：急事緩辦，用不著急，今天大家都在這裡，等一夜都等了，不妨再等幾十分鐘，有我村長在，大家免驚。」

眾人一聽村長的話，就又停了呱噪。但這時最排尾的人喊起來：

「來了！來了！」

大家都把頭擺過去看。

便看到門口停一輛嶄新的大貨車，車上跳下二個人，一個是司機，另一個穿一件很派頭的西裝，高大身材，一頭梳得亮潔的白頭髮，臉面紅潤，高貴而威嚴。這個人一出現，使得打牛湳最有威勢的李鐵道也變成一隻小老鼠。

「哦，是林舍。」

打牛湳的人都雀躍地叫了起來，原來這個人就是林白乙的父親，林烏。風采真的好底。

「是鐵道兄和村長啦。」林烏走到門檻邊，就伸出手和他們握著。三十年終於碰在一起。

「久不見，久不見。」李鐵道和村長都說，熱絡起來。

打牛湳的人都弄不懂事情的究竟，但心底都喜歡得像娶媳婦，伊們知道只要林烏來了，錢一定也帶來。

「林桑。」廖樹忠就站出來說：「你兒子林白乙說今天要拿錢來，我們都等著咧。」

在林烏的面前，說話的口氣可溫得很。

「我知道。」林烏笑得很祥和，他說：「所以今天我才來。」

「哦，由你帶錢來。」林鐸說。

「莫莫莫。」林烏連連搖頭，說：「這就得對鄉親們說失禮了。其實鄉親們生活在打牛湳裡，不知道外面的變化，話到提款，那有那麼簡單的事，乙仔這次生意做得很大哪！幾千萬啊！他現在一直忙著，提款怕又要慢一兩天。」

「一兩天！」

打牛湳一聽，都露出失望的臉色，但是在林烏的面前卻都噤著，充其量只竊竊私語。

「嗯！林桑。」忽然便有人站出來說：「你說慢一兩天，這沒關係，你是有身分地位的人，大家都相信你，但也得指一個確定時日，大家有個依據，光這樣等著總不是辦法。」

大家一抬頭，才看清原來是陳文治老師發言，畢竟是受過教育的人較有膽識。

「這個當然。」林烏把手一揚，比了二天，說：「二天後，我叫乙仔和我媳婦親自把錢送到各位的府上去，好不好？」

「哦，親自送去，你說不用我們再等了。好！好！」

打牛湳都受寵若驚起來。

「各位，林桑是有地位的人，一言九鼎，不會食言底。」村長說：「他現在這樣說，大家就可以安心了。」

「林兄，」李鐵道也站起，像演歌仔戲的老旦一般拱手說：「就以你的話為憑。」

「當然，當然。」林烏很開朗地笑。

打牛湳的人也都眉開眼笑，各自散去了。

六月三日，天氣：晴時多雲

這天，不管種瓜和種菜的人都開始翻土，遼闊的原野又見到勤耕的農人。李鐵道把兩甲地都種了瓜，管不著有無收成。

當公教人員的陳文治在今年秋季要把念財政的兒子送到美國去，他用土地做抵押，向銀行借貸一筆款項，大家都不曉得去美國有什麼用，但聽說去美國的人，都十分偉大。

夜底，大道公廟場上聚了許多乘涼的人，大家數著星子來過夜，李太平一向祖傳著洞簫樂曲，就坐到防空洞上吹起東洋風的「霧夜的港口」。簫聲淒涼，大家都覺得有一種不祥的預兆。

六月四日，天氣：晴，地點：村道、村長家、林家古厝

固然，現代的農村因農藥噴灑多了，用來偵卜天候的蟲都死亡了，但打牛湳的人都曉得若蜻蜓、螞蟻紛然低飛時，天一定要落水了。若月亮濛一層溼溼的光暈一定會刮風。若夜裡大霧則是大晴天，反之，若大晴天的早晨也通常是有霧的。

果然，今晨霧就濃濃地罩在打牛湳的村莊和野外，大約得在十尺之內才見得到物體的影子。可便在大霧的這個早上，事情終於爆發了。

大約六點鐘，大地溼濡，太陽被霧摒擋了，鄉道上來往種田的人也見不到彼此身影，只能聽到牛兒被鞭韃時發出的噼啪聲。

在這時，忽然村道上有人大喊了：

「壞了！壞了！」

因為大霧下的村路靜寂著，所以這句話像呼口號一般地響亮，一下子震動了所有的人。

聽到的人都停下來，摸索地來到粿葉樹下，從霧裡便瞧見廖樹忠一臉露珠地站在那裡。

「喂，樹忠，什麼事情？」秋霜嫂和伊底老丈夫把一輛雙骨的腳踏車停了，問道：「什麼事壞了？」

「秋霜嫂，你們莫宰呀！昨晚我去十二聯莊，伊們說林白乙也沒有把錢發給他們，十二聯莊底人大約也是慢了咱莊兩天才把稻子賣給林白乙的，伊們找到城裡頭的林白乙的公館，發現家門口貼了封條呢！」

「什麼封條？」秋霜嫂問。

「當然是法院的封條。」

「哦，夭壽，這不就是說林白乙的家就要被抵押了？」

「就是！」廖樹忠說：「林白乙倒閉了！」

秋霜嫂一聽，手腳一齊發慌起來。滿頭的霧珠像冰雹一樣，滾到頸項，涼到脊骨。

一會兒，在霧底的村道上，人們接續地出現了。

陽光融蝕了薄霧，終於在椰樹梢潑辣起來，照在每一家的厝瓦上，發出鬱暗暈花底光。

這種天氣，像非洲。

但在這個熱炙的近午，村長的厝已經聚滿了打牛湳底人，他們從廖樹忠那裡得到了消息，顧不得再種果菜，從田裡趕來，伊們異常地騷動起來。

「村長。」李鐵道站到辦公室的桌前來，急切地說：「再用不著等了，直接就找去吧，伊在古厝裡不知變什麼把戲，我們在這裡鵠鵠等，像憨人，這是什麼道理？」

「林烏向不食言啊。」村長也亂了方寸，也不安地捲著褲筒，一張剛從田底混土回來的臉塗滿泥巴：「伊是有地位有面目底人啊。」

「管不了那麼多了，我們的錢要緊哪。」林鐸也站出來：「別莊既然有了壞消息，我們不趕著去看怎麼行，林烏說要把錢送到每一家去，八成是瞞騙著我們。」

「去去。」

打牛湳底人都呼喊起來。

「好。但別對林烏失禮才好。」村長說。

林家的牆壁還是那樣的高聳，陽光猛烈，使得景物都變得像鍋底的煎餅一樣。大夥的人就停在門口，鷹覷鶻望了一陣。林烏的聲名還在這時發揮著它底震懾作用。

「管那麼多。」光榮靈顧不得腳痛或什麼地，猛力就把門給踢開了，一班人走了進去，便到了大廳，但是，今日特別地奇怪，一個人也沒有。所有的東西全搬得乾乾淨淨。

「我們被騙了！」李鐵道終於大聲地叫起來了。

這一聲頗具驚動天地的威力，大家一下子彷若從惡夢中清醒過來，又從清醒中墮入惡夢，他們怔了好一會，忽然像刮颱風一般，呼呼地狂走起來。

「你說什麼，你說什麼？」李清煙一下子衝到前頭，像競選失敗時一樣地不相信地說：「我們被騙了！」

「林烏騙了我們嗎？他敢嗎？」萬福仔掀動扁鼻子，說話聲因驚惶而彷彿有些要嗚咽的樣子。

「駛伊娘！這下完了！」鄭木森痺痺顫地說：「完了！」

「啊！啊！」

全打牛湳的人都震動起來，他們奔到古厝的每個角落，想尋出林家的人，像狗扒墓一樣呼天搶地！

「村長，趕快想辦法呀。」

公教人員的陳文治和李太平趕到村長面前，究竟吃頭路的人心裡較安定。

「你要安頓大家。」李太平也說。

「是的，是的。」村長慌亂地站在臺階上，大聲地嚷：「不要慌恐吧，好歹惡賊不偷自家物，大家冷靜冷靜，還是有望的啊。」

一些人便站定了，用瘋憨伊般的臉來看著村長。

「鐵道兄！」村長終於恢復了他指揮的本領：「你現在立刻和陳文治兄到城裡去。一定要找到林烏，若沒找到也要問個究竟，現在去，快！快！」

六月五日，天氣：晴午後偶多雲

種下的小黃瓜和菜蔬正是必須要鋪草的時候，但看起來，大家都沒有心情，只做了兩下就回家。女人們都倚在簷下看天，有些口裡一直念著：夭壽，夭壽林烏，夭壽林白乙，真沒良心，天譴雷劈！

暑假就在這刻開始，許多念大專院校的打牛湳子弟都回鄉，他們對這件事略有所聞，但他們都沉湎在愛與真善美中，無暇來管這件俗事。

老鼠仙又跳童，伊要來說明救世主實在還未出現，林白乙不過是假的邪孽。但許多人都不信伊了。光榮靈就曾當面罵伊：幹你祖公，你再跳童，我就打斷你的腿。

六月六日，天氣：晴，地點：陳文治家

午時，炊煙突突地從打牛湳家家戶戶的屋頂冒起，那種飄渺的味道使漂亮的社區變成像詩一般的卡通漫畫。現在正是吃飯的時候，但大家都沒有圍在自家的飯桌上。打牛湳一向是以食為天的，好的茶飯也好，壞的茶飯也罷，打牛湳總是儘量來吃飽它，但現在他們或者沒有心情或者沒有時間。

他們都惶顫著一雙赤腳，來到陳文治的家。

陳文治自從去城裡找林烏後就忙到現在。因為事情果然如十二聯莊的人所說，林烏的公館貼了封條，他回到打牛湳，把狀況講解一番，陳文治比較懂得新知識，就被推為處理事情的代表。

從早晨，他們就開始圍在陳文治小小的平房裡。大致說來，社區後的人家不像社區前一樣敦親睦鄰，一堵堵的圍牆把每家隔開了，大家便各自為政，因此家宅的設計亦各有不同。陳文治是一邊教書，一邊來承襲祖先耕業的，又栽培幾個小孩，宅屋是小格局的，紅牆、柏油庭院，養些雞鴨，乾乾淨淨，大致上與粗亂式的民宅是不一樣的。為此有時公教人員便和耕民站在相反的地位，相互暗地的爭吵，但都像夫妻啦，床頭打床尾和，尤其在緊要的時節是相互來提攜的。

陳文治當然是拚生命也要為打牛湳來與林烏爭到底的。

這時，他們圍在陳文治小小的會客室裡，嚼檳榔，流溼著汗，努力要檢討出一個好對策。伊們都籠罩在一種憂慮及憤慨的情緒中。

大道公廟派的人一向都是走正路的，說話都是講求公理的，在這情況下，他們就來提出計議。

「陳老師，」李清煙的臉掛著汗珠，他說：「我們應該向法院提出控告。」

「對。」李鐵道用張飛伊般的喉嚨大聲說：「控告他，我們這一方受害太大了，一定起訴，林烏非身敗名裂不可。」

「駛伊娘，這款偽君子，做出這種丟他十八代祖公的事。」李臺西也說：「我告他。」

他們說著，李臺西還把袖子捲起來。

「聽說十二聯莊的人也提出告訴。」李清煙又說：「這下子，林白乙一定受不了。」

大道公派的人果然具備了理法的本質，句句都站在法律觀點，伊們相信，只要告得有理，就是一個圓圓的地球也可以把它給告扁。據說美國總統犯法都遭到罷免啊！

理髮店的人自然是同意大道公廟派的主張，但善於層次分明的林鐸想一回，他說：

「告伊！告伊什麼罪？」

「詐欺！」李臺西氣怒地唾沫縱橫說：「詐欺了整個打牛湳的穀子，禽畜不如的東西。」

「對，詐欺，」李清煙說：「我們要求法院把穀子歸還我們。」

大道公廟派的人義正辭嚴地說著。

「不會起訴的。」忽然冷靜的陳文治老師搖頭說：「他沒詐欺。」

「怎麼沒有？他不是拿了我們的穀子。」李臺西問著，袖子都快捲破了。

「沒有證據，我們當初沒有叫他立據。」陳文治老師說：「我們太相信他了，偌大的打牛湳沒有一張憑據。我們只靠口頭，每百斤五百五是口頭底，賣了多少穀子也是口頭。只靠雙方講話成立協議是不會起訴的。」

「但是，這是事實啊！」李臺西掙扎地說著。

「好，你想，現在我們沒有憑據，如果你向院方控訴他拿了你一萬斤穀子，但林白乙說只拿你一千斤，你有什麼辦法。如果你說每斤五百五，他說每斤三百元，你又有什麼辦法？他也可以說穀金是三個月後才付的，你也沒有證據。」陳文治老師說：「這等於是我們把穀送給他啊。」

「哦。」李臺西一聽，像被迅雷給擊中的猛牛，顫著手腳，結結巴巴起來：「但是……但是啊！」

大夥兒一聽，才知道情形的嚴重。

從出生到現在，伊們固然是沒有看過或聽過法律的一字半句，但伊們都是相信法律的，好比天主教徒相信聖經一樣。伊們還從未想到法律是這樣的需要講解，大約人家說上法院要聘律師就是這個道理。

無措中，他們就更哄鬧了，汗也愈流愈多。

「對。」萬福仔想到一個絕妙的辦法，便代表粿葉樹派的人說：「我們抓他回來，等發完了錢，才放他離開打牛湳。」

「對，把林白乙捉回來，要林烏來談判。」光榮靈仔說：「由粿葉樹的人出馬，我們綁他回來，把他當成猴子伊樣吊在粿葉樹下，他做霸王買賣，我們可不能縱容伊。」

「不，不行。」陳文治又搖搖頭說：「這樣要犯綁架罪。」

打牛湳一聽犯罪，又嚇一跳。

天氣繼續炎熱，但伊們還是繞著圈子。

「對，告他搶劫。」卡春忽然興奮地跳著腳，衝出來說：「搶劫的罪是要判死刑的，他一定怕死了。」

「幹你祖公，」鄭木森聽了，啼笑皆非地罵他：「告個鬼！詐欺都不起訴，搶劫怎會起訴，他又沒搶你，是你自己把穀子送給他的。」

大家聽了，對著卡春苦笑。然則伊們更加深深地陷入憂鬱的哀愁中。

「陳老師，」秋霜嫂終因憂哀交迫而悲泣起來：「陳老師，我們到底要怎麼辦？」

「哦，妳不用著急啦。」陳文治趕快安慰著她，說：「我們還有一條路可走。」

「真的。」光榮靈說：「那條路？」

「我們去求他。」

「求他？不幹！」廖樹忠憤慨起來，他說：「死了我也不去求他。怎麼，他騙了我們的穀子，竟要我們去求他歸還。」

「是的。」陳文治說：「唯有這個辦法了。」

「是麼？」

打牛湳的人這時都激動在一種狂燃的悲傷中。

「來，大家現在就要攜手起來。」陳文治說：「凡是與林白乙有親戚關係的人更要幫忙。我們要去求他。叫他多少看在同村的分上，來歸還一些穀子吧。」

「是麼？是麼？」

打牛湳都沉沉地憂愁起來。他們張著大大的嘴巴，要來問這個偌大的天地。

六月七日，天氣：晴午後陣雨

聯考日子到了，打牛湳的子弟一向艱苦向學，用不著陪考，有的隻身往北，有的隻身往南，李臺西因為心情不好，告誡他的兒子說：你若考不上省中，也不要回來種田，你將來若給我拿鋤頭，我就用鋤頭柄斃死你！

闊嘴鴦仔在二次上訴中遭到困難，因為她底傷並非全是萬福仔毆擊所致，是伊底宿疾。

李火獅因為聽說打牛湳被騙了，趕回來安慰，但他的拳頭在法律之下恐怕無用武之地。

晚上，大道公廟前第一次傳出林白乙的訊息。原來今天中午，李鐵道和李清煙以及林烏的親戚在城裡遇到林白乙的妻子。大家就和伊議論起來。伊說白乙現在恐怕沒能力來付這批穀錢，其理由有三：①林白乙的城裡企業倒閉了；②林白乙目前急需一筆款項來另謀發展；③對林白乙而言，打牛湳只是許多村莊中的一個，微不足道。

李鐵道就懇求伊看在同一村莊的親分上來歸還穀錢，林白乙的妻子只是笑著。笑得很漂亮哩！伊應該去當影星！

六月八日，天氣：晴

一大早，光榮靈就失魂落魄地跑到廟裡去，他要來看那隻水龜，畢竟水龜曾帶給一些人希望。但是今天卻見不著牠了！

伊娘啊！早就被捉去熬成甲魚湯了！

有人就笑話地告訴他。

老鼠仙則不敢再露面。

這天晚上，粿葉樹的人也有林白乙的大消息。原來廖樹忠和萬福仔與粿葉樹的人到城裡去，守在最熱鬧的地區，便發現了林白乙帶著他的姨太太在逛街。他們跳上去，就圍住他。廖樹忠警告他，若不還錢就把他打扁在街上。但林白乙可毫無懼色，他說若有人敢動手，他就控告那人傷害罪。後來小巷子又走出幾個笑嘻嘻的青年人，他們說，若有人敢對跛腳乙怎樣，他們也要對那個人怎樣，粿葉樹的人都被嚇住了。

秋霜嫂因憂愁而病倒了，大家去看她時，只見她黃疸著一張臉。

六月九日，天氣：晴時多雲，地點：林家古厝

太陽突然躲進雲層裡，氣象局報告有一個冷鋒中心在北移動。

但天氣炙悶。

在莊頭一帶，林家古厝的地方，人慢慢地愈聚愈多了，他們都捲高袖子，汗都流溼在前額，有些人還學著狗吐著舌頭。

一層鬱鬱的雲開始在天空凝聚，顏色由白逐漸黑濃，像很膠著的畫彩，停著、黏著，宛若在企待一種巨大的災變。

真悶，真悶呀！每個人都在心底叫著。

「幹！好歹錢、穀都沒有了，還客氣什麼！」一個人突然在人叢中跳出來，原來是光榮靈，他拿了一支手斧，比手畫腳：「用不著再看林烏的面子了。」
「對！沒有錢拿東西也好。」卡春呼嘯地說。
「你老爸！」鄭木森怨怒地拿卡春當出氣筒，罵他：「他們的東西都搬光了呀！」
「沒東西拆房屋也好。」光榮靈仔大聲地對眾人叫：「誰先搶到古厝的那支中柱梁，就賺錢。」
「對！大家過去拆林家的厝，有事我負責！」李鐵道指揮著大家。
「拆呀！拆呀！」
碰地一聲，林家的大門就被踢開了，新團仔因為新近壞了一個豬欄，一時間便看上了這個門板，在衝進去的同時趕快蹲下來，抱著門腳不放。
「我來鋸樹。」萬福仔尤其需要柴燒，所以早就準備一支鋼鋸，要來伐木，自然他的力量是不夠的，所以叫廖樹忠來做幫手，但廖樹忠進入庭院後，看到一個大理石的桌椅，便叫著：「你自己鋸好了，等一下才幫忙你。」說著趕快搶坐在那個桌面上。
李鐵道比較雄才大略，大早就看上了古厝的那些琉璃瓦。若把這些瓦搬來裝在他的房屋上，則打牛湳所有的光采就屬於他了。他指揮著兒孫們，繩梯齊備，便要來拆除。
其他人就都占好崗位。
正鬧著，村長和二個警員趕到。警察吹起哨子，於是大家都驚惶地歇了工作。
「你們這是幹什麼，嗯？」時常來戶口校正的那位林警員很生氣了，說：「這樣隨便地侵占別人的財物，嗯！」
「這是犯法的啊！」比較親民的歐陽警員也趕過來，忙著解釋：「這是犯了侵占罪啊！」
「大人！」萬福仔捨不得那棵柿子樹，還拿著鋸子不肯放下，他說：「我們沒做什麼不對的，只是拿林烏的東西來抵帳。」
「這我曉得。」歐陽警員說：「但也得循法律途徑，你們隨便拆拿別人的東西是不行的。那位是帶頭的？」
大家一聽知道事情嚴重，便噤著了。因為帶頭的人是要帶回警局去問口供的。
「我。」李鐵道卻站起來說：「我。」
「好。」林警員幹練地站起來：「李先生，是你，很對不起，你要跟我們去一趟。」
「去什麼？」李鐵道不知情地問。
「警局。」林警員說著，便來捉他。
「喂，林警員，慢一點。」林鐸一看情形不對，就出來理論說：「你說侵占別人的東西是錯的，為什麼你不去把林烏父子捉來，他拿我們那麼多穀子，你們吭都不吭聲，哦，今天我們只拆他一片瓦，你就捉我們，什麼意思？」
「對！伊娘！搶一塊錢判死刑，搶一百萬一千萬的人卻連一點罪也沒有，這款的法規！」廖樹忠也罵著。
打牛湳又洶湧欲動起來。

警察一看情形不對，就放了李鐵道。

村長也站出來說服雙方。

但警員要打牛湳退到大門外，之後林警察和歐陽警察就拿著警棍把守在那裡。

天地開始下起豆大的雨。

六月十日，天氣：西北雨

天開始變起臉了，天未亮，淅淅瀝瀝的雨就頂真地下著，沒有穀曬的打牛湳現在冷清多了，看來社區愈發齊整漂亮，大家在雨中細細地思量起一個月前，浸滿著水的那些日子，從那時到現在，像夢伊般。

今晨，雨中，在候車牌下有兩個背著包袱的年輕夫婦在等客運。大家跑過去看，原來是林鳳尾夫婦，伊們又要到城裡去做工，再不種田了。伊們的父母都來送行。點點的雨珠落在小水渚，濺溼了伊們的褲角。

中午時，新團仔抱著他剛出生的小孩去找密醫。因為他知道穀錢領不到時，就不讓小孩吃高貴底奶粉，只用米麵來餵養他，幼嬰一吃到米麵，肚子脹得像氣球。

最有趣的還是光榮靈，自從一個月前他在溝裡看到囝仔鬼後就少在夜裡電魚。但如今為了維持三餐，三更半夜都還在溝裡走。伊娘！若再看到囝仔鬼，我也要把它電網回來。賣給參觀院！

他說。

至於林白乙的消息，一點也沒有！

六月十一日，天氣：晴時偶陣雨

廖樹忠衰運不減，早晨許多債主都到達他家，要他來還錢，尤其以刈稻班討得最凶，廖樹忠笑臉來接待，卻拿不出半文錢，大家就罵他是跛腳乙第二，眼睛鼻子都被揍歪，他底尊嚴都掃地了。

闊嘴鴦仔最為忙碌，她這一次非告贏不可，若贏不了萬福仔的賠償金，她一定要餓扁。除此之外，她又往秋霜嫂的家跑，唯恐秋霜嫂經不起打擊去尋短見。

天下第一憨的是卡春，他此刻變得愈呆了，雨連天下著，他還是低頭在村路上走，老是念著人生海海！人生海海！彷彿真的要瘋起來。

大道公的廟裡沒有人再放錄音帶來誦經，因為老鼠仙不敢再住裡頭，怕喪了生命。

六月十二日，天氣：小雨，地點：粿葉樹下、林家古厝

黃昏底雨還沒完全過去，一抹斜陽從西邊燦燦的彩霞中照射過來，小小的雨絲隨風飄飛，飄在大屋宅上，也飄在破陋的草房。

啪啦啪啦，成群的囝仔都打溼了腳丫子，奔到鄉道來，他們喊著：太陽雨咧！太陽雨咧！

這時，正是打牛湳下工回來不久的當兒。

糶葉樹下照樣聚集許多人，稻穀的事件還沒完全過去，伊們都沉湎在一種想望的天地裡。然則那個天地是由於伊們過度的受挫所產生的，若要伊們講出來，就會揭露自己的創傷，所以他們只是沉默著，而沉默使他們的臉更黯淡。都像嘔氣的小孩子哩。

「伊老母！」忽然光榮靈仔跳起來，伊佝著瘦巴巴的身子，背了手，開始踱蹀，眼睛因電魚失眠而充血，他說：「再做牛做馬來拖磨我都願意，再把我所有的稻子浸在海裡撈出來，我都願意，再怎麼困頓都無所謂，但被騙了實在不甘心，我……我光榮靈仔啊……」

「你發神經了，睡覺去吧！」萬福仔也跳起來，和他踱蹀，他說：「你不甘心，我們就甘心？」他們都不耐這種沉默。實在需要跑到遠遠的天邊去和天公吵一架，或大哭大笑一陣。

他們倆人就來來往往地走，有時故意去推糶葉樹，杯狀的花和雨水就吧嗟吧嗟地掉在地上，有些就掉到人的頭上去了。

「對。」新團仔忽然叫起來，大約是剛剛一朵糶葉花掉在他底頭上令伊想起新觀念，他說：「我們何不寫一封信去給糧食局長或省主席，來表達我們這次遇到的災厄。」

「你做夢咧！」萬福仔說：「伊們大官又不是你親戚，他們的事多著，管不著你厝的私底事，而況知道又要怎樣？法院都沒伊法，大官就有辦法？」

「是啦！你爹若是大官員我們還可以寫給他，你爹現在只在地獄，寫去給閻羅王好了。」

糶葉樹的人都喧譁起來，罵著新團仔的想望。

正在這刻，莊頭傳來一陣嗩吶和鼓聲，像荒涼天地裡傳出來的慶生節目。

「喂，莊頭大道公廟在演布袋戲。」光榮靈仔說：「我怎麼都沒聽老鼠仙說過。又沒有吩咐我們備辦牲禮。」

「八成是大頭崁仔演的布袋戲。」新團仔說：「伊搭的戲又快又好。」

正猜著，看見水金仙從那頭騎車過來，光榮靈仔就跑上去問。

「演你的祖公戲啦。」水金仙罵著他說：「人死了你們都不曉得，林鐸的老爹又釘一根五寸釘到腦殼上去了，這次沒救，明天準備出山。」

「哦，我好像聽到風聲說村中央死一個人，原來這樣。」光榮靈仔悾悟著腦袋。

「快，快去幫喪去，幫喪去。」

粿葉樹部分的人就站起來，像義勇軍伊樣地出發了。

「喂，水金仙，等一等，有些不對勁。」光榮靈仔說：「林鐸住在村中央的理髮店，不在莊頭，嗩吶聲怎會在莊頭？」

「憨人！」水金仙說：「林鐸把喪儀設到林烏的厝去了，他說他爹的死要由林烏來負責。」

「有這款事。」光榮靈吃一驚。

「對。」粿葉樹的人聽到林烏就又動怒起來，伊們說：「死也要死在林烏的家。」

像鴨伊般，粿葉樹的人便趕到祭處來。只見一個白帆布棚搭在林厝的庭院裡，剛巧在紅柿樹下，圍著樹四周設了煮菜的廚房、親朋的歇處，客人的坐地……棚外放滿了輓環、花圈、水燈、聯竹、像亭……宛若四健會舉辦的野營，只差外頭停一口紅棺，孝子賢孫哭得很頂真，鐃鈸鏗鏘聲響，胡琴咿咿呀呀。

粿葉樹的人不都是按部就班地來，伊們先跑到道士誦經和兒孫跪拜的壇前來，看見八仙桌供滿了鮮花果菜，一隻豬仔像待嫁的閨女，咬著鳳梨，怯怯趴在那裡，牲禮豐盛，伊們就放心了。

萬福仔和新團仔最快速，他們跑到後頭的廚房來，吃了幾塊大肉，才依依不捨地走到親友休息處來，要來安慰林鐸。

棚子早就擠滿了林鐸的遠戚，鄭木森、卡春和理髮店派的人都在這裡，尚有一隊牽亡陣。

林鐸整個臉面都黯黑了。他哀慟異常地和大家談著話。

「想不到這樣快就謝世了。」他說。

「是啊。」旁邊的友人說：「生死由命啦，林鐸。」

「去的時候，他說：我做神後會回來保佑你們。」林鐸轉過頭來看著每個人說：「你聽他說話多清醒，一點都沒有瘋模樣，但是怎會啊……怎會啊……」

說著，捧著臉。

「唉，天底下總多著想不到的事。」

「伊時，我們很火急送到醫院去，但上次我的債未清，院方不肯我辦住院。他看著這一切，你猜他怎麼說？」

大家都沉默。

「伊說：我沒救了，你們的稻穀被騙了，你們是沒錢的，用不著再浪費冤枉錢。」林鐸想持平一下，但終於忍不住要大叫起來：「你看，他還曉得打牛湳被騙的消息啊！」

「節哀啦。你要保重。」大家趕快過來安慰他。

「所以您一定要盡力。」林鐸忽然對牽亡的人說：「盡力引導他走向一個正確的，寬大的極樂世界去啊！」

說著，苦澀地噤聲了。

萬福仔和新團仔看得心裡難受起來。

「駛！」萬福仔說：「林鐸還幸運嘛，還能把他爹的靈魂安頓在這幢大房裡。不像我們一點報償也沒有。」

「喂，萬福仔！」新團仔又突發奇想說：「若讓你的靈魂住在這古厝，你願不願意死？」

「不願意！」萬福馬上回答，但想一回又說：「我是還不想死的，但如果能把古厝讓給我那些小孩當財產，我立刻死給你看！」

說著，他們一齊笑起來，然則，不知為何，伊們的心沉向更深的一層憂愁中。

六月十三日，天氣：午後雷陣雨

大家還是不能看破林白乙的事件，吃飯、睡覺都不忘談論，但行動上則化整為零，他們不再成群結隊去城裡了，只是單一個人偶到城裡買東西，就不忘跑到林烏的公館去看究竟，雖然明知沒有結果，還是習慣性地跑去，像兒童去逛樂園伊樣。

聯考已畢，打牛湳的一些人就叫他們的子弟去工作，光賴在家裡，會把米缶給打破的。

有一團賣補腎藥的康樂隊到打牛湳的廟埸來表演，夜晚的燈光閃閃爍爍，裡頭的歌星儘量把衣服脫光來跳舞歌唱，但賣不到幾文錢，賣藥的人哪裡知道打牛湳的口袋裡是空的。不過打牛湳的人都努力地拍手，來給予他們精神的鼓勵。

六月十四日，天氣：晴時多雲

擴音器裡廣播，今日來了一批社區生活示範小組，大家都要儘量把環境打掃乾淨，以便接受指導。這批人大半是城裡的學子，伊們拚命講解衛生底重要，還在李臺西的平房裡指摘著廳堂和廚房的擺置，由於說得過於真善美，李臺西一時怒起來，他說：你們統統給我滾出去，並且叫了一隻狗要來咬幽雅高尚的指導員。

賭博暫停。其中的原因很多。但主要的是沒錢。

六月十五日，天氣：晴

連續下的雨在今朝停了，陽光照在潔淨的田野，一點都不燠熱，大家便跑到菜田和瓜田裡去，細細地拔著草，伊們的手像極了細巧的鳥嘴，啄動在大地上，種子也開始長出嫩嫩綠綠底細葉。

近午時，打牛湳傳來一個驚動天地的消息，原來李鐵道終於要分家了。他的兒媳們都眉開眼笑起來。很多人說，從這個觀點來看林白乙，他底騙穀對於李家是有貢獻的，他在無形中把李家的兒媳給解救了。

傍晚時，城裡來了戲院的廣告車，大約是宣傳一齣歌舞團，漂亮的海報一貼到公告欄就被撕掉了，大家的情緒還未平靜。

六月十六日，天氣：晴

今日很意外地傳來好消息，說縣政府忽然大發良心，專案建議臺灣省政府，田賦准予折征現金，必要時再繳穀。看起來還是有人關懷著耕民的，打牛湳都很感動。

另外，有人在報紙的小隙縫中看到了嘉南一帶的發芽穀，現在沒人要，一百斤只要三百元，對於打牛湳而言，這個消息好像具有安慰作用，伊們說：若我們的穀子現在還在，只能賣到三百元！

六月十七日，天氣：晴

十二聯莊到打牛湳來進香，把大道公的金身迎回去，並且要演戲。打牛湳就準備去讓他們請客。打牛湳的人說了：你看十二聯莊不也一樣遭了殃，但他們還不是一樣樂觀，我們為什麼不學他們？

六月十八日，天氣：晴時多雲

瓜仔和菜長得好極了，要施肥了，大家都忙著。慢慢的，粿葉樹、理髮店、大道公廟都以果菜來當話題。

林白乙的事慢慢少人再提了。

六月二十日，天氣：晴

無事。

六月二十一日，天氣：晴時多雲

無事。

……………………

……………………

……………………

六月三十日，天氣：午後陣雨

晚上颱風警報。

但不在打牛湳過境。

七月一日，天氣：暴風雨

雨下得很大。

但無影響。

……………………

……………………

……………………

……………………

七月十四日，天氣：晴，地點：大道公廟場

連續幾天的好天氣，太陽像發光的寶石一樣亮在天穹，天氣比往常都熱，把打牛湳的柏油都曬得軟炙起來，這時也正是打牛湳逐漸從創傷中恢復過來的時候。

電視上播送著北部氣溫高達三十八度。

然則，打牛湳卻不怕熱，他們反而把肌膚裸露在外面。

在野地的田裡，到處是伊們勤奮的姿影。

原來，伊們的梨仔瓜和美濃瓜及蔬菜有收穫了。

市價高漲。

伊們得救了。

中午，炙陽又曬在大道公的廟埸上，所有的人都從家裡跑出來了，有些人拿著竹桿，有些人拿著帆布，又要來搭蓋巨大的篷帳，但這次不是商人搭的，而是伊們自己來動手。

午後，一個個瓜果的商販都駕著貨車來了。

大道公廟派的人早就占了最靠近出口的位置，鋪起髒木板和稻草，準備要來買賣，李鐵道不忘記要抽著菸來指導他的分家的小孩。他的聲音一向是最高的，但語調要謙和許多了。

萬福仔等粿葉樹派的人就被擠到靠排水溝的角落，他們種地不多，一些小商販就徘徊在這裡，用較高的價錢來購買。但是有一個人最揚眉吐氣，伊就是廖樹忠，他種了八分地，是粿葉樹派最多庇人。他坐在曳拉機上大喊：「我說我要賺一筆就是賺一筆！」伊喊著，要用一分一毫的勝利再重新建構伊底尊嚴！

理髮店的人比較靈活，把東西給擺在路邊，連天和果販叫價。

「八塊三毛。」水金仙大叫著，一生都不曾這樣揚眉著：「八塊三毛，再低的價我就不賣你！」

商人都客客氣氣，小心地來撿選。

吵著，忽然大道公廟裡一陣山崩地裂。

卡春匆匆地跑出來說：「大家……大家來看啊！」

大夥好奇起來，就走進廟裡去。

原來是老鼠仙又作法，但這次可不同往日，破法鈴、符讖、經文都摔落在地面，三牲散得一地，他底人卻一下子竄到八仙桌下去，一顆癩痢頭塞在桌腳的楞隙中，正努力地拔不出來。

大家想不通是啥道理，好好一顆大頭怎能塞到那個小楞隙去。

只見他又一陣掙扎，咿咿呀呀地叫動了，聲音卻不像他的，也不像神的，卻像跛腳乙，至於一條腿也做出跛樣來。

「我曉得。」光榮靈仔就站到前頭來，他說：「大道公一定拘到跛腳乙的神靈，現在附在老鼠仙的身上，要來懲治他。」

「是麼？」大家都興味起來。

「就是。」光榮靈仔堅決地點著頭：「你莫有看到，他快被桌腳給夾死了。」

「呵！」

打牛湳的人都叫起來。

「喂，快點。」林鐸趕快叫卡春：「回去拿柴刀來，把神案砍了，救老鼠仙出來，快呀！快！」

卡春一陣慌亂，找不到手腳，大夥兒一起笑起來。

一群廟鳥停在廟頂啁叫著，由它們明朗底叫聲中，可以看出，他們也期望著一個光明的大晴天。

蘋果的滋味

黃春明

◎一九七二年十二月二十八日至三十一日首次發表於《中國時報》人間副刊

車禍

很厚的雲層開始滴雨的一個清晨，從東郊入城的叉路口，發生了一起車禍：一輛墨綠的賓字號轎車，像一頭猛獸撲向小動物，把一部破舊的腳踏車，壓在雙道黃色警戒超車線的另一邊。露出外面來的腳踏車後架，上面還牢牢地綁著一把十字鎬，原來結在把手上的飯包，被拋在前頭撒了一地飯粒，唯一當飯包菜的一顆鹹蛋，撞碎在和平島的沿下。

雨愈下愈大，轎車前的一大攤凝固的血，被沖洗得幾將滅跡。幾個外國和本地的憲警，在那裡忙著鑑定車禍的現場。

電話

「……他上午不會來……嗯、嗯，沒關係，這件事情我二等祕書就可以決定。……嗯、唔……不、不，聽我說，你要知道，這裡是亞洲啊！對方又是工人，啊？——是不是工人？……是工人！所以說嘛，我們惹不起。嗯？……聽我說完這個。這裡是亞洲唯一和我們最合作，對我們最友善，也是最安全的地方，啊？……聽我說完嘛！美國不想雙腳都陷入泥淖裡！我們的總統先生，我們的人民都這樣想。……唉！不要再說別的，送去！……嗯！好的，一切由我負責，……好，我馬上就掛電話，……對！……對，就這樣辦。再見！」

迷魂陣

一個年輕的外事警官，帶著一個高大的洋人，來到以木箱板和鐵皮搭建起來的違章矮房的地區。這裡沒有脈絡分明的通路，一切都那麼即興而顯得零亂。他們兩人在這裡面繞了一陣子，像走入迷魂陣裡打轉。「嗨！在這個地方小孩子玩捉迷藏最有意思啦！」跟在外事警官後頭的洋人笑著說。

「是的，我也有同感。」不管怎麼，他總覺洋人雖然笑著說，但是語意是曖昧的。洋人會不會笑我找不到江阿發的住家，有虧警察的職責？他想這實在太冤枉了，洋人大概不會知道外事警察只是協助管區派出所，處理與外國人有關的案件吧。他後悔沒先去找管區，直接把洋人帶到這兒來。現在連自己也陷在摸索中。

他稍低著頭，一個門戶挨一個門戶，尋找門牌號。跟在後頭的洋人，整個頭超出這地方的所有房子，所以他看到的盡是鐵皮和塑膠布覆蓋的屋頂，還看到拿來壓屋頂的破輪胎和磚，有些屋頂上還擱著木箱和雞籠之類的東西。他回頭看到洋人對這裡屋頂的景色，臉上露出疑惑的神情時說：

「他們的新房子快蓋好了，河邊那裡的公寓就是。等他們搬過去，這裡馬上又要蓋大廈。」說完了之後，他為反應的機警而自傲，也為撒謊本身感到窘迫。他想要不是洋人堅持要來拜訪江阿發的家，他才不會帶外國人來這種地方。他一直注意對方的回話，但是他只聽到那種意義極有彈性和曖昧的美國式對話間，聽者不時表示聽著的「哼哼」聲，而使他專心尋找門牌號的注意力，叫一時想知道洋人此時的種種想法分心了。

他們沉默地走了幾步，在巷間遇到一個揹著嬰兒的小女孩。但經他們問她的時候，她才一開口，他一下子愣住了。洋人卻在旁輕輕地叫「噢！上帝。」原來她是一個啞巴。

他們走遠了，那個啞巴女孩望著他們的背影，還「咿咿啞啞」地喊叫連著手勢比個沒完。

一陣驟雨

停歇過一陣子的雨，又開始滴落下來。每一滴滴落下來的雨點都很大，而在這以各種不同質地當材料的屋頂上，擊出一片清脆的聲響。年輕的外事警察內心的焦慮，經雨點催打，一下子就升到頂點。他正想是否告訴洋人先回管區派出所，恰在難堪的猶豫間，突然發現前面的門牌號就是二十一號之七。

「在這裡！」

「真的？」洋人也跟著他高興的叫了起來。

雨勢也一下子落得緊密，他們顧不得文明人造訪應有的禮貌，當阿桂母女兩人，從醃菜桶猛抬頭時，已經和這未經請進的外人駭然照個正面。儘管那位洋人滿臉堆著親善和尷尬的笑容，由警察和洋人突然闖進，母女兩人瞬間的想像中，意識到大事臨頭而教恐怖的陰影懾住了。

密密的雨點打在鐵皮上，造成屋裡很大的噪音，警察不得不叫嚷似的翻譯洋人的話。阿桂聽不懂國語，只看見警察那麼使勁張嘴閉嘴，再加上手勢，使她更加懼怕的望著阿珠，希望阿珠能告訴她什麼。但是她看女兒驚駭而悲痛的用力抿著嘴的臉孔，驚慌的問：「阿珠，什麼事？」

「媽——」緊緊抿閉的嘴，一開口禁不住就哭起來。

「什麼事？快說！」

「爸、爸爸，被汽車壓了——」

「啊！爸爸——？在哪裡？在哪裡？……」阿桂的臉一下被扭曲得變形，「在哪裡？……」接著就喃喃念個不停。

警察用很蹩腳的本地話安慰著說：「莫緊啦，免驚啦。」他又改用國語向小女孩說，「叫你媽媽不要難過，妳也不要哭，他們已經把妳爸爸送到醫院急救去了。」洋人在旁很歉疚的說了些話，並且要求警察替他轉告她們。

「這位美國人說他們會負責的，叫妳媽媽不要哭。」當他說的時候，洋人走過去把手放在阿珠的頭上，自己頻頻點頭示意，希望她能明白。

這個時候，那個揹著嬰兒的啞巴女孩，淋了一身雨從外面闖進來。她不知裡面發生了什麼事，一進門看到剛才遇見的警察和洋人，驚奇的睜大眼睛大聲的連著手勢，咿咿啞啞地叫嚷起來。阿桂仍然恍惚而痛苦的呻吟著，「這怎麼辦？這怎麼辦？……」當啞巴意識到屋裡充滿著悲傷的氣氛時，咿咿啞啞的聲音一下子降低，而悄悄的走過去靠在阿珠的身邊。

「她是妳妹妹？」警察驚訝的問阿珠。

阿珠點了點頭。警察難過而焦急的，「快把圍巾解下來，嬰兒都溼了。」然後轉向疑惑著的洋人說：「是她的妹妹。」

「噢！上帝。」洋人又一次輕輕地呼叫起來。

雨中

阿珠在頭上蓋一塊透明的塑膠布，急急忙忙走出矮房地區，向弟弟的學校走去。

雨仍然下得很大，她的背後有一邊全溼透了，衣服緊緊貼在身上。其實只要她一出門，好好把塑膠布披好，就不至於會淋溼。她一路想著。她想沒有爸爸工作，家裡就沒有錢了。這一次媽媽一定會把我賣給別人做養女。這一次不會和平時一樣，只是那麼恐嚇她：「阿珠，妳再不乖我就把你賣掉！」

但是，這一次阿珠一點都不害怕。她一味地想著當養女以後，要做一個很乖很聽話的養女，什麼苦都要忍受。這樣養家就不會虐待她，甚至於會答應她回家來看看弟弟妹妹。那時候她可能會有一點錢給弟弟買一枝槍，給妹妹買球和小娃娃。

她想著想著，一點也不害怕，只是愈想眼淚流得愈多。不知不覺，弟弟的學校已經在眼前了。

公訓時間

早晨公訓的時間，學校裡沒有半聲小孩子的聲音溢出教室外。幾個嗓門較大，聲音較尖的老師的聲音，倒是遠遠就可以聽見。老校長手背後，像影子沿著教室走廊悄悄走著。

三年級白馬班的女級任老師，右手握教鞭站在講臺上，指著被罰站在她左邊牆角的江阿吉對大家說：

「這個學期都快結束，江阿吉的代辦費還沒繳。」她回頭看阿吉，「江阿吉！」低著頭的阿吉趕快抬頭望她。接著說，「你每天的公訓時間都站在那裡，你不害羞嗎？」阿吉趕快又把頭低下去。「林秀男今天繳了，只剩下你一個人站，你有什麼感想？」座席間的小孩子，都轉頭望著林秀男，林秀男先得意的仰頭笑笑，而後又害羞似的低下頭。「嗨——江阿吉，你什麼時候可以繳？」老師走到講臺的盡頭，靠近阿吉，用教鞭輕輕觸了一下小孩的肩頭：「啊？」江阿吉抬頭想回答什麼，望到老師的眼睛，小孩又垂下頭。老師又用教鞭觸一下問：「阿吉！什麼時候繳？」

「明，明天。」江阿吉小聲的說。

「啊？——」老師把聲音揚得很高。「你的明天到底是什麼時候？」全班的小孩子都笑了。「我已經不相信你說話了。老師不要你明天繳，下個禮拜一好了。你不要以為一站，站到學期結束就可以不繳了。反正你不繳老師還有別的辦法。記住！下個禮拜一一定要繳，知道了吧！」阿吉點點頭。「好！知道最好。」

阿吉深深地點了一個頭，頭都沒抬，就往座位跑。

「喲——喲！」老師叫起來了。阿吉被喊住，他在同學們的席間回頭望老師。同時同學都笑了。「你幹什麼？你這樣幹什麼？回來，回來，你還沒有繳，還是要站啊！你要是明天能夠繳，明天開始就不要站，不然老師對林秀男太不公平啦！」同學又轉向林秀男看看，林秀男又得意、又害羞，一時不知叫他怎麼好地低下頭。

對江阿吉的事好像告了一段落，老師回到講臺的中間向臺下的學生問：「小朋友，這一週的公訓德目是什麼？」她目光往下一掃，沒有一個不舉手的。「好，大家把手放下，一起說。」

「合——作——」全班齊聲的叫。

「對了，合作，像江阿吉，大家的代辦費都繳了，只有他一個人不繳，這叫不叫合作？」

「不叫——」全班的學生又叫起來。

才鬆了一口氣的阿吉，一下子又聽到老師提他，他又緊張起來。他想他是一個不合作的人。但是想到代辦費就想到爸爸的一雙眼睛直瞪著他。這時他懷念起南部鄉下的小學來了。他想不通為什麼在南部爸爸一直告訴媽媽說北部好？要是在南部，代辦費晚繳，楊金枝老師也不會叫人罰站。

阿珠一走到三年白馬班的教室，一眼就看到阿吉站在那裡。她一下子靠近窗口，禁不住地帶著懼怕的聲音叫：「阿吉！」阿吉一看是姊姊，心裡「啊」地叫了一聲，隨即把頭低低的下垂。有點受到驚擾的老師，急忙的走出教室。所有的小孩子往教室外面望，裡邊的都站了起來。

「江阿吉是妳的弟弟嗎？」

阿珠點點頭，然後說：

「我爸爸被美國車撞倒了。」

「有沒有怎麼樣？」

教室裡跟著一陣騷動。

「不知道。」阿珠哭著。

「好。你不要難過。」老師回頭走進教室，學生很快的坐好。「江阿吉，你快跟你姊姊回去看你爸爸。」阿吉反而沒顯得比罰站難過。他向老師深深鞠個躬，慢慢的回到座位收拾書包。

這時全教室的眼光都被阿吉的一舉一動牽動著，一直到他走出教室和阿珠走開。

「阿松的教室在那裡？」阿珠問。

「那邊。」阿吉用手指向教室盡頭的那一邊。

上天橋

雨勢並沒有減弱，阿珠蹲下來替阿松把塑膠布包好，「自己都不會穿！」她又一時想到自己將被賣做養女的事，她縮回一隻手，分別把兩邊的眼淚揮掉。「不要難過，姊姊會回來看你們的。」

其實阿吉和阿松並沒顯出絲毫的難過，只是茫然，而又被阿珠的話弄得更糊塗罷了。「走！快一點，媽媽在等我們。」阿珠牽著阿松，阿吉隨在身邊，他們三個一道走出學校的大門。

當他們在學校附近的馬路口，望著兩邊往來的車子想穿越的時候，一聲尖銳的哨子聲，從對面的候車亭傳過來。

「阿吉，不行！警察在這裡。我們上天橋吧。」

阿吉走在前面，輕快的蹬著臺階，阿松有點焦急的叫，「阿兄——，等我一下。」

「你自己不快，還叫人等你。」阿珠抬頭望著以天為背景站在那兒回過身子來的阿吉叫，「阿吉——等一等阿松。」她又低頭催著說，「快！阿吉等你。」

阿吉一邊等著姊姊趕上來，一邊俯覽底下往來的車輛。最後看著還差五六級就上來的姊姊和阿松。

「姊姊，我不想上學了，」阿吉開始帶著悲意的話，使在下面的阿珠停下來抬頭望他。阿松不停的往上爬。

「阿吉，」她低頭一邊沉思，一邊跟在阿松的後頭上來，「阿吉，你這話教爸爸媽媽聽見了怎麼辦？」她拉著發楞的阿吉一把，他們在天橋上走著。

「我們繳不起代辦費！」

「等爸爸有錢就會繳啊。」

「人家學期都快結束了，……」

「沒關係！」阿珠安慰著說：「等我去做人家的養女，我會給你錢的。」

「妳要去做人家的養女？」阿吉驚訝的問。

「嗯！」儘管她回答的這麼堅決，一時淚水湧上來，隨她怎麼揮也揮不盡。

「媽媽要你去做人家的養女？」

「這一次會是真的啦，爸爸被美國車撞到了……」

阿吉還是不能瞭解，同時也想像不到爸爸被美國車撞到的時候，和他們以後的關係。相反的這時的注意力，卻叫他注意到阿松不在他們身邊。「噫！阿松呢？」他們猛一回頭，看到阿松蹲在天橋當中的一邊欄杆，望著底下過往的汽車出神。

「阿松——」阿珠叫著。

「阿松最討厭了，每天帶他上學，他總是這樣，他還帶小石子丟車子哪！」

「阿松——」阿珠見阿松沒理，氣憤的跑過去。

阿吉在這一頭，看著阿珠拉阿松過來的樣子，禁不住笑了一下。

「我回家一定告訴媽媽。阿吉說你每天都這樣！」

「阿吉也是，是他先做的！」阿松瞪著阿吉說。

「我哪裡有？」阿吉又禁不住地笑起來了。

「走！走！媽媽一定急死了。上天橋就上了半天！」

「姊姊，揹我下去，」阿松站在往下的階梯口不動。

阿珠一句都沒說，蹲下來讓阿松走過來撲在她的背上。

坐轎車

阿桂聽說丈夫流了很多血，現在正在急救中，想到這裡只有無助地哭著，口裡還喃喃地咒詛說：「我說做工哪裡都一樣，他偏不聽，說到北部來碰碰運氣。現在！我們碰到什麼呀！天哪！我們碰到什麼來著？……」

當他們走到大馬路的時候，阿桂還哭著，她顧不得路在哪裡，任憑阿珠帶她走。原先的那一位警察和洋人，站在一部黑色的大轎車外面，向他們揮手。

「媽媽，美國仔在那裡，阿吉，帶他們往這邊走。」

那洋人看到他們走過來，隨即鑽到車子裡面，開動引擎等著，警察也鑽了進去，坐在洋人的旁邊。到了車旁，阿桂的哭聲有意無意變大聲了，至少她是有一種心理，想要美國人知道他們正遭遇到絕境哪。

警察探出頭說：「進來啊！」

阿桂只顧傷心哭泣，阿珠望著緊閉的車門，也不知如何下手好。在猶豫間，阿吉伸手拉住把手，拉不動。索性左腳踏在車身，雙手握緊把手，使勁用力往後拉，還是不動。這時洋人才發現他們還沒把門打開，他「呃」地叫了一聲，就在前座半轉身，探身過來從裡邊打開門，阿吉差些就往後翻過去。

要不是警察替他們安排座位，阿桂母子，他們真不知怎麼入座哪。還好，因為帶著幾分不慣與懼怕鑽進車子，所以阿桂的頭撞上門沿並不很重，只是受到一點驚嚇，同時沒料到車子裡的那分豪華的氣氛加在一起，使阿桂一時變得木訥不哭了。

車子才開動不久，阿桂意識到自己坐進車子裡突然不哭的情形，反而使剛才慟哭的樣子，顯得有點假詐。於是乎她又喃喃的低吟，逐漸放聲縱情地大聲號哭起來。

警察心裡不忍聽見阿桂傷心的哭聲，他回過頭說：

「江太太，好了好了，不要哭得太傷心，說不定江先生只是一點撞傷。但是妳哭得太傷心了，會使他變嚴重，說不定會死掉哪！快不要哭了！」本來他也很難過的，但是差一點就為自己所說的話，逗得笑起來。他趕快回頭朝前，緊緊咬住下唇。

阿桂不但真正很傷心的哭著，雖沒聽清楚警察對她說什麼，總覺得他們關心著她的哭聲，因此她更大聲的哭，並且模模糊糊的說：

「……叫我母子六個人怎麼活下去？怎麼活下去？……」

警察又想好了另一句話想勸阿桂，回過頭來看她哭得渾身抽動的樣子，已經湧到喉頭的話又給吞進去了。他想到她這樣哭泣，是不容易勸阻的。換個角度來看，一位窮婦能這樣發洩，未嘗不是一件很合乎個人的心理衛生的事。想到這裡，他覺得自己是自私的。

阿珠抱著小嬰兒緊靠著媽媽，沉入做一個養女可能遇到的事情的想像裡。阿吉、阿松還有啞巴跪在後座，面對車後窗望著遠去的街景嘻笑。爸爸撞車的事，早就隨遠去了的街景，拐個彎而不見了。

車子沿著一條平穩的山路跑，後座上的三個小孩，都擠到靠風景的邊窗，看山腳下一直變小的房子，阿吉和阿松還能夠互相指著什麼，興奮的說看那邊看這邊地小聲叫，然而那個啞巴女孩，她也興奮極了，但說出來卻變成大聲叫嚷：「咿呀——！巴巴巴……」

白宮

一座中型的潔白醫院矗立在風景區的山崗上，旁邊的停車場雖然停了不少的車子，但是沒看到人走動。其中幾輛白色的轎車和救護車，還有圍欄著朝鮮草的白色短籬笆，尤其是在雨後顯得更醒眼。

車子到達停車場，阿桂仍然傷心的哭著。

「好了，好了，到了不要再哭了。」警察說。

但是，這時候的阿桂，看到白色冷冷的醫院，看不到有人走動所產生的幻覺，想到丈夫就在這裡面，她已經快接觸到問題的答案，死了？殘廢或是怎麼的？本來可以抑制的情緒，變得更禁不住。她蒙著臉由阿珠牽她走，因為過於抑制悲痛的哭聲，聲音悶在喉嚨裡聽起來有點像動物殘喘的哀鳴。

當阿桂他們跟著那一位洋人踏進醫院，阿桂內心裡那一股湧溢不住的悲傷，給醫院裡嚴肅的氣氛鎮住了。她清醒的來回看看有一點受新環境驚嚇的孩子們，把他們拉在一塊，然後蹲在啞巴女孩的面前，用手語比比自己的嘴，同樣的又在啞巴的嘴邊比一比，要啞巴安靜。啞巴點了點頭，隨著咿啞地叫了一聲，自己馬上意識到犯錯，同時看到阿桂怒眼瞪她，她本能的往後退一步，阿桂把她拉近，用手勢在嘴邊比著用針線縫嘴的樣子，啞巴嚇得猛搖頭。

警察從詢問檯那邊走過來，告訴阿桂說：

「江先生的生命沒什麼危險，只是腿斷了，現在正在手術。等一等就出來。」

阿桂從警察的表情，和聽他的語氣，再猜上幾句，也概略知道意思。她望著詢問檯那邊，那位洋人帶著安慰的微笑和一位洋護士走過來，洋人很努力地一邊說，一邊彎下腰在左腿上比一比，在右腿上比一比，然後點點頭，這時很出乎大家的意外，啞巴女孩似乎聽懂了什麼，走到洋人面前，拍拍洋人的腿，咿啞地比手畫腳起來。洋人微笑著向她點頭。

洋護士帶他們到一間空病房等江阿發。一聽阿發沒有生命的危險，阿桂的心安多了，她和孩子們一樣，開始注意醫院裡能看到的每一件東西，每一個走動的人，她心裡想在這種地方生病未嘗不是一件享受。當洋人和警察走離開病房的時候，阿珠問阿桂說：

「媽媽，爸爸要住在這裡是不是？」

「我不知道。」

「要住好久？」阿珠有點興奮的說。

「死丫頭咧！妳在高興什麼？」她自己差些要笑出來。

阿珠也看出媽媽不是真正在生氣，所以她放膽的說：

「我要小便。」

阿珠沒料到，阿桂竟然笑著說：

「我也是，從早禁到現在。糟糕！這裡要到那裡去便尿呢？」

「不知道。」

「糟糕！」正在叫屈的時候，看到阿吉和阿松跑進來。「你們兩個死到哪裡去了？」

「我們去小便。」阿松說。

「你們到哪裡去小便？」阿桂急切的追問。

「那裡！」阿吉隨便一指，「這裡出去彎過去再彎過去就到了。」

「死孩子，你們真不怕死，這裡是什麼地方，你們竟敢亂跑！」阿桂說：「在什麼地方？帶我去。」

「那裡！」阿吉高興得奪門就要出去。

「等一等！慢慢走，不要叫。」

阿吉和阿松帶著阿桂她們到廁所，兄弟兩個就回到空病房來。

「阿兄，這裡什麼都是白的。」阿松驚奇的說。

「這裡是美國醫院啊。」

「他們穿的衣服是白的，帽子鞋子也是白的。」

「房子也是白的。」阿吉一邊看一邊說：「床單被子，還有床也是白的，窗戶也是白的，……」

阿松心裡有一點急，看得見的，能說的都給阿吉說光了。他翻著白眼想了想，衝口說：「小便的地方也是白的！」

「還有……」阿吉想說什麼的時候，阿桂和阿珠她們已經回到病房來了。一進門阿桂就責備著說：

「妳這個死丫頭，放一泡尿好像生一個小孩，等妳老半天才出來。一個男的美國仔一直對我說：『諾！諾！……』誰知道諾諾是說什麼死人，真把我急死了。」然後她轉了口氣問，「那麼妳怎麼小便？」

「是不是坐在那上面？」

「妳坐了？」她看到阿珠點了點頭，才安心的說：「我也是。」這時，她無意中看到阿珠的胸前突然鼓出來，她伸手去抓它，「這是什麼？」

阿珠退也來不及，只好隨阿桂探手把它拿了出來。

「這衛生紙，好好哪！」阿珠不好意思的說。

「呀！妳這丫頭。」她從阿珠的胸前掏出一團潔白的衛生紙，稍做整理說：「真是！妳被人看到了怎麼辦？」她轉過身背著孩子，把疊好的衛生紙，塞在自己也在廁所裡藏好的部分。她看到肚子鼓得太厲害了，向阿珠抱過小孩放低一點來掩飾。她又說：「這孩子今天怎麼搞的？睡死了。」她打量著自己拉拉那裡。

這時候，警察突然走進來，阿珠和阿桂嚇得連警察都看得出來。警察馬上安慰著說：

「不要怕，不要怕，沒有危險了。馬上就可以看到他了。放心——」才說完，那一位原先一起來的洋人和一位護士，匆忙的走進來，看看裡面，和警察交談了一下，警察就對阿桂他們說：「大家都出來一下。」

阿桂帶著小孩子們走出走廊，然後兩個男護士走進去，把原來的空床抬出來。不一會兒，帶輪子的病床，平放著江阿發默默的被推了過來，推進病房裡面。

看到這情形的阿桂他們，她和阿珠又哭起來，但是聲音不大，阿吉、阿松和啞巴，站在門口愣愣的望著裡面，看護士在那裡忙碌。小孩子簡直就不敢相信那就是爸爸，除了閉著的眼睛，和鼻子嘴巴，其他地方也都裹著繃布。

阿松心裡懷疑，禁不住悄悄地拉阿吉的袖子，小聲問：

「阿兄，那白白的也是爸爸嗎？」問後他的眼睛和嘴巴張得特別大。

帶翅膀的天使

現在整個病房都是江阿發一家人。因為全身麻醉藥效還沒退淨的關係，阿發還在昏迷狀態。阿桂又悲傷起來了。這和開始時想像所引起的害怕不同，現在的悲傷是著實面對著一個全家大小依靠他生存的主宰。他已經兩腿都斷折，頭和胳臂都有撞傷，極可能變成殘廢者。這怎麼辦？這怎麼辦？她喃喃飲泣，眼望阿發的眉目，期待他趕快醒過來。阿珠抱著嬰兒，流著淚又開始編織她做養女的遭遇。這次重新想起來，沒有早上去帶阿吉的路上想得那麼勇敢了，她害怕得有幾次差些就哭出聲來。其他三個小孩，看到媽媽和姊姊都那麼悲傷，自己也就不敢亂動亂吵。他們靜靜的這裡看看，那裡看看，有時心裡想到什麼，想一想，看一看，也就不敢說出來。

過了一陣子，有一位修女護士走了進來，看看病人，又看看阿桂他們，然後說：

「有沒有醒過來？」

除了那位啞巴女孩，可把阿桂他們嚇了一大跳，他們簡直不敢相信他們聽到什麼。修女看到他們的表情，知道他們為什麼驚嚇，所以她笑著說：

「我會說你們的話，我是修女，我在聖母醫院工作，現在我奉天主的名字，由美國醫院借調到這裡來，為江先生服務。」她看看阿桂他們大小，「妳一家大小都在這裡了？」

阿桂除了向她點點頭，不知怎麼才好。要不是自己正悲傷著，看一個完全和自己不相同的外國女人，說本地話說得那麼流利，實在滑稽得想笑。孩子們都瞪著驚奇的眼睛露出笑容來，使他們想到卡片上帶翅膀的天使來。不管怎麼，這位修女的出現頓時使他們一家人，感到世界開闊了一點。就因為這樣，阿桂更覺得應該讓外人明白她的困境。怎麼辦？她想了想，還是老方法，剛才一直就這麼悲傷過來的，她馬上恢復到修女未到之前的樣子，望著江阿發的臉，手沒什麼意義的摸摸，開始喃喃的哭泣著說：這怎麼辦？這怎麼辦好呢？一家大小七口人啊，不要吃不要穿啦？啊！這怎麼辦？為什麼不撞我，偏偏撞上你？阿桂真的愈想愈難過，隨修女怎麼勸也沒什麼用，反而愈勸愈使她激動。修女也知道，這種情形對阿桂這樣的女人，讓她再面對殘酷的事實，很快就會叫她堅強起來。修女趁阿桂還在哭的時候悄悄的走避一下。

阿桂仍然哭她的……悽慘哪！這怎麼辦好呢？這怎麼辦好呢？

「媽媽、媽媽，修女走了。」阿珠抬著淚眼說。

阿桂馬上抬頭回過來，看了一看，然後用哭紅了的眼睛瞪著阿珠，有點惱怒地說：

「她走了關我們什麼事！妳叫我幹什麼？」看阿珠低頭，接著又說：「妳爸爸撞成殘廢你們都看到了，以後你們每個人都要覺悟，眼睛都給我睜大一點。」

阿珠一下子又聯想到養女的事。她沒想到告訴媽媽說修女走了，媽媽會生那麼大的氣。她完全是好意，以為媽媽是在訴苦給修女知道哪！冤枉哪！這麼一想，阿珠不知道哪裡還有淚水，一下子又簌簌地落個不停。

「阿吉和阿松！」阿桂看到阿珠的樣子，覺得有點委屈了她，於是她轉了目標，「你們兩個也一樣！爸爸不能打工了，你們就要替爸爸打工。」

不知怎麼搞的，阿吉心裡有忍不住的好笑，咬緊下唇低頭避開媽媽看見。站在旁邊的阿松，聽媽媽威嚇著說要替爸爸打工，他竟認真的，乖乖而順從的說：「好。」

這一下阿吉可忍不住了，嘴一咧開竟格格地笑起來了，儘管阿桂咬牙罵：「呀！好好！死孩子，你瘋了！快死啦……！」這一下沒讓他格格的笑聲傾個光是不能罷休的了。

信主的有福了

一方面麻醉藥效的退盡，一方面是阿吉格格的鏗鏘笑聲，同時使江阿發甦醒過來。他微微的呻吟一了聲，全室的氣氛馬上又變了另一種。阿桂一手按著他的胸：「不要動！你的腿更不能動。」

阿發躺著用力勾頭，想看清楚自己的腿：「我的腿怎麼了？」

「兩腳都斷了。」

阿發聽說兩腳都斷了，勾起來的頭，一下子乏力似的跌回枕頭嘆了一聲。「我以為這一下子死了，」望著天花板沉默了一下，眼睛還發楞說：「小孩呢？」

「都來了。都在你的旁邊。」

「爸爸。」阿珠小聲的叫。阿吉阿松也叫了。啞巴雖然沒叫，她悄悄地和大家排成一排，靠著床沿和媽媽相對。阿桂看阿發默默地一個一個看著自己的孩子的時候，忍禁不住另一邊哭起來了。這時大家好像都變很笨，木訥得不知說什麼好。愈是這樣，每個人的心裡愈是難過，每個人都期待有誰先開口說話。這時阿珠手裡抱的嬰兒「哇」地哭了。

「孩子給我。」阿桂說，阿珠繞過去把嬰兒給了媽媽。「這傢伙好像知道你出事了，早上到現在沒哭半聲。現在一定餓了。」阿桂一邊說一邊把乳房掏出來給小孩餵奶。整個房子，除了小孩吸吮的聲音之外，又沉默下來了。

阿發的心裡實在難過，想到自己的傷殘和眼前的這一群，他在懷疑自己是不是死了？為什麼不死？要嘛就死掉，不然讓我這樣活下來怎麼辦？……
「這裡是什麼地方？」阿發驚訝地問，好像現在才意識到似的。
「美國醫院。」
「啊！美國醫院？我們那來的錢？」
「我也不知道，是美國仔和一個警察把我們帶來這裡來看你的。」阿桂說。
「他們呢？」
「他們說等一會兒就來。」
阿發再也不說一句話了，好像有很多心事地躺著，臉上的表情，一會緊，一會鬆，讓阿桂猜測到他多少是在自責。於是阿桂說話了。
「你想一想，我們以後的日子還那麼長，怎麼過？」說到此，鼻子一酸淚也下，聲音也怨，「我告訴過你，當初你就不聽。我說要是打工的話，到那裡都一樣，你偏不信，說什麼我們女人不懂，到大都市可以碰運氣。打工又不是做生意，有什麼運氣可碰？有啦！現在我們可碰到了吧。……」
「媽媽——好了。」阿珠急得叫起來了。她看到爸爸沒說話氣得臉發青，她知道媽媽要是不停的嘀咕下去，爸爸一定會大發脾氣，一發不可收拾。這種情形阿珠看多了，他們每次都是這樣吵起來的。阿桂也知道，只是一到了這種情況，自己也不知道該怎麼辦才好。總算阿桂及時不再講下去。沉默中只聽到阿發激動的大口的呼吸聲。阿桂記起護士的交代，有必要時，按床頭邊的電鈕。她按了電鈕，沒有一下子，那位和藹的修女就跑進來了。

「醒過來了。」修女一進門看到阿發就說，然後一直走到阿發的身邊，手放在他的額頭：「有沒有感覺到怎麼樣？」

阿發和阿桂他們剛才一樣，頭一次聽外國人說本地話給嚇住了。

「很好，沒發燒。」她從袋子裡取出體溫計，拿在手裡甩一甩，看一看，「嘴張開。含著就好了。」她把體溫計放在阿發的口裡。然後眼睛忙著看每一個人笑著說：「你們現在還怕不怕？嗯？」

「怕也是這樣，不怕也是這樣。煩惱就是啦。」阿桂說。

「你們信不信天主？」她看到阿桂啞口無言，接著說：「信主的必定有福！」

這時候，原先那一位洋人和警察一道進來了。他們抱著好幾個裝滿東西的袋子。修女和他們打個招呼，天主的事情也暫且作罷。

他們把一樣一樣的東西放在桌上：「這是三明治，這是牛奶，這是汽水，這，這是水果罐頭，還有這是蘋果。」警察一樣一樣念著。「中午你們就吃這些。」

小孩子們都望著紙袋出神。修女把阿發的體溫計抽出來看，「很好，沒有發燒。」隨即她在床尾拿起紀錄表填寫紀錄。洋人和警察靠近阿發，對他笑笑，阿發也莫名的跟著笑笑。

「這位是格雷上校，是他的車子撞到你的。」警察對阿發說。

格雷上校連忙伸手去握住阿發的手，嘴裡巴拉巴拉地說個沒完。阿發從他的表情也可以猜到幾分對方的歉意。

警察翻譯說：「他說非常非常的對不起，請你原諒。他說他願意負一切責任，並且希望和你的家庭做朋友。」

阿發和阿桂不會聽國語，但是他卻猜到是格雷撞到他，所以他抱怨而帶著呻吟的聲音說：「呃！——是你呀！你應該要多小心一點，我遠遠看到你的車就先閃讓開了，想不到你卻對準我衝來，噯唷！現在你撞上我，連我的整個家也撞得亂七八糟了。……」格雷上校很想知道阿發說了什麼，他望著警察，警察望著他搖搖頭。後來還是在後頭的修女，把阿發的意思說給格雷先生聽。

從此修女就替格雷上校充當翻譯。

「……除了保險公司會賠償你以外，這一次在道義上格雷上校自己，還有因為公事的關係，他的服務機關也願意負擔責任，不會讓你們因為江先生的殘廢，生活發生問題。並且格雷先生想徵求你們的同意，想把你們的啞巴女兒送到美國去讀書。」一下子大家目光都集中到啞巴身上，害啞巴嚇得發楞，要不是格雷先生把手放在啞巴的頭上撫摸她，啞巴可能想像得很可怕。阿桂和阿發互相看了一看。修女又說：「沒有關係，這等以後再商量好了。那麼這裡有兩萬塊錢。」她從格雷手上接過紙包，放在阿發的胸上，「你們先用它生活，以後還要給的。」

兩萬！這可把阿發和阿桂弄昏頭了，錢已送到面前，不說幾句話是不行的，說呢，說什麼好？在不知所措的當兒，他們兩個只覺得做錯了什麼事對不起人家似的不安。

一直站在旁邊的警察突然開口說：

「這次你運氣好，被美國車撞到，要是給別的撞到了，現在你恐怕躺在路旁，用草蓆蓋著哪！」

阿珠湊近爸爸的耳邊把警察的意思說給他聽。阿發一下子感動涕零的說：「謝謝！謝謝！對不起，對不起，……」

蘋果的滋味

他們一邊吃三明治，一邊喝汽水，還有說有笑，江阿發他們一家，一向就沒有像此刻這般地融洽過。

「阿桂，回去可不要隨便告訴別人，說我們得到多少錢啊。」

「我怎麼會！」阿桂向小孩說：「你們這些小孩聽到沒有！誰出去亂講，我就把誰的嘴巴用針縫起來。」

「我不敢。」

「我也不敢。」

「爸爸，這些汽水罐我要。」阿吉說。

「我也要。」阿松說。

「這些汽水罐很漂亮，你們可不能給我弄丟了！」阿桂認真的警告著：「弄丟了，我可要剁你們的皮。」

「我知道——」孩子們高興的叫起來。

阿發有一種很奇怪的感覺，一種無憂無慮，心裡一絲牽掛都沒有的感覺，使它流露到他的臉上，竟然讓阿桂看起來，顯得有點陌生，做夢也沒想到，和她生了五個小孩的江阿發，也有這麼美的一面。她趁阿發沒注意她的時候，把自己的頭再往後移，然後癡癡的看他。看！什麼時候像今天這樣清秀過？今天總算算個人樣了。

阿發喝著牛奶，偷偷看了阿桂一眼，他心裡想，她怎麼不再開始嘮叨？並且希望阿桂又說：「你說來北部碰運氣，現在你碰個什麼鬼？」這一句話。我想等她那麼說的時候，我馬上就可以頂上一句：「現在這不叫做運氣？叫什麼？」呵呵，準可以頂得叫她啞口無言。阿發又看了阿桂一眼，正好和阿桂的目光相觸，兩人同時漾起會心的微笑來。

他們一家和樂的氣氛，受到並不討厭的打擾，那就是格雷帶工頭和工人代表陳火土來探病。工頭和火土一進房裡，一句慰問的話也沒有，只是和平常一樣嘻嘻哈哈地，開口就說：

「哇！阿發你這一輩子躺著吃躺著拉就行了。我們兄弟還是老樣，還得做牛做馬啦。誰能比得上！呵呵呵。」

「嘿嘿嘿，兄弟此後看你啦！」工頭說。

阿發和阿桂一時給弄得莫名其妙。

「喂！火土，你們到底說什麼？我給搞糊塗了。」

「別裝蒜，你以為我們不知道？美國仔都告訴我們了。而且你家的啞巴女兒也要送去美國讀書，還有……」

「誰說的？」阿桂問。

「我們工地一百多個兄弟都知道了。」

「應該嘛！不然我們怎麼會知道兄弟沒有受欺負，是不是？」

「對，有啦。這位格雷先生做人很好。」阿發說。

火土叫了一聲，然後狡猾的說：「喂，阿發，你是不是故意的？哈哈……哈……」

「他媽的，火土仔，虧你說得出，真他媽的……」阿發拿他們沒辦法，啼笑皆非地笑著罵火土。

但是大家都笑起來。

「火土，你要的話就讓你好了。」阿桂玩笑的說。

「我？我那有你們的福氣。你看嘛，我下巴尖尖的那裡像？」大家又哈哈大笑起來。

為了工作的關係，工頭和火土算是慰問就走了。

「他媽的，碰到他們這一群，裝瘋裝癲的真拿他沒辦法。」阿發突然覺得腳痛。「呀，腳痛起來了。」

「叫護士來。」

「等一等，她剛剛才來過，不要太麻煩人家啦。」他看到小孩子望著蘋果就說：「要吃蘋果就拿吧，一個人一個。」小孩子很快的都拿到手。「也給你媽媽一個呀！」

「我，我不，我不。」但是阿吉已經把蘋果塞在阿桂的手裡了。「你也吃一個。」

「我現在腳痛不想吃！」

「叫護士來？」

「說不用了，妳沒聽到？」阿發有點煩躁的說。

大家拿著蘋果放在手上把玩著，一方面也不知怎麼吃好。「吃啊！」阿發說。

「怎麼吃？」阿珠害羞地問。

「像電視上那樣嘛！」阿吉說完就咬一口做示範。

當大家還在看阿吉咬的時候，阿發又說：「一個蘋果的錢抵四斤米，你們還不懂得吃！」

經阿發一說，小孩、阿桂都開始咬起蘋果來了。房子裡一點聲音都沒有，只聽到咬蘋果的清脆聲，帶著怯怕的一下一下此起彼落。咬到蘋果的人，一時也說不出什麼，總覺得沒有想像那麼甜美，酸酸澀澀，嚼起來泡泡的有點假假的感覺。但是一想到爸爸的話，說一隻蘋果可以買四斤米，突然味道又變好了似的，大家咬第二口的時候，就變得起勁而又大口的嚼起來，噗嗟噗嗟的聲音馬上充塞了整個病房。原來不想吃的阿發，也禁不起誘惑說：

「阿珠，也給我一個。」

尋找名字

拓拔斯・塔瑪匹瑪（漢名田雅各）

◎收錄於一九九二年《情人與妓女》，晨星出版。

拓拔斯首次發覺鬍鬚穿透臉皮的那年春天，皮膚細嫩卻比漢人更凶悍蠻橫的日本人把搭瑪匹瑪家族人趕離「冬谷」，強迫遷入日本人早已開墾的山谷底，集合其他家族的布農共同建造人倫部落。布農熟悉與大自然共存，而無法適應日本人不自然的統治與管理，有些強大的家族反抗到底，善於狩獵的家族翻越太陽東升的山峰，尋找沒有管束的樂土。

布農每月的祭典尚未輪迴一圈，人倫部落裡許多人無緣無故死亡，大家相信是祖先的詛咒，因為後代子孫遠離布農家園。

拓拔斯的父母親也相繼離開人間，留下拓拔斯與他的弟弟與搭瑪匹瑪家族人共同生活。搬來人倫部落的第二年，拓拔斯的鹿皮「大比斯」（布農男子的褲子）底下的器官正成熟，準備將雙親生前指定的女人「撒菲」帶回家相配。不料遭身兼學校老師的日本警察阻止，因為「撒菲」的手不潔淨。日本老師有意培植心地善良的拓拔斯，於是將他保送到霧社讀書。

公車突然緩緩前進，然後很不情願地停住，前方似乎發生了啥事？祖父拓拔斯輕聲默念「霧社」兩字，以便待會兒把故事再銜接上去。

兩扇車門很不乾脆地打開，司機先生好像遭逢令他憎惡的事。而乘客慢條斯理地走下車，這裡是臨時終點站。透過車前窗望見一位警察先生手握警棒揮舞著，好像儀隊表演，但臉上表情怪異如家狗遇上惡人。我小心地牽著祖父下車。

通往陽明山的道路已被鐵絲網封住了，兩位右肩掛卡賓槍的警察守住三人寬的缺口，他們的眼珠隨著出入的人車不停地旋轉，當我們通過出入口時，警察的瞳孔縮小瞪著我。我走近一位排灣族樣的警察前，誇張地擴展寬厚的胸脯，把上衣燙印的「臺灣原住民」展現他眼前，我停頓一會兒，輕聲叫「原住民」。他迅速擺頭斜眼看我，好像他水牛色的肌膚不屬於原住民。我趕緊抽腿逃離令他尷尬的場所。

前面一位戴墨鏡的警察堵截祖父拓拔斯，傲慢地責問祖父，嚇得他站住不敢說話。我上前溫柔地告訴警察先生，帶我祖父去陽明山是探望就讀文化大學的妹妹。說完後我捉緊祖父手臂繼續往前走。我的兩片耳朵豎起來，仔細聽身後是否有跟蹤的聲音，如同擔心惡犬追趕般地警戒著。

拓拔斯在霧社學校的短期受訓結束後，回人倫部落的警所當「阿傭」，當時他已成年了，也換上了密不通風的文明人的褲子。有一天，拓拔斯去搭芙蘭（地名）高地松魯曼家找阿並，她是日警介紹的一位好女人，拓拔斯不想驚動鄰人，小心翼翼地打開籬笆竹門，如囉嗦的女人般愛叫的嘟嘟（狗名）偷偷撲向拓拔斯，他見狀欲轉身逃開。猶豫害慘了他，嘟嘟的長嘴逼近了拓拔斯的屁股，咬住文明人的褲子不放。

阿並聽見有人叫罵嘟嘟，趕緊衝出茅草屋外，看到拓拔斯正與嘟嘟拉拉扯扯，阿並趕緊叫住嘟嘟，責備嘟嘟魯莽的行動。

忠心的嘟嘟不為阿並嬌嫩的聲音感動，宛如牠對日本製長褲因陌生而害怕，但牠使勁地扭動頭頸，牠似乎感到厭惡透了。

拓拔斯兩手拉著纏繞綠藤的褲子，擔心嘟嘟扯下長褲而丟人現眼，然而出現令人不悅的「咧——」一聲，嘟嘟鬆開了牙關節立刻跳出籬笆外。

文明人的褲子破了一個大洞，拓拔斯右手指觸摸因緊張而冰冷的皮膚，紅著臉站立不知所措。沒有獸皮味也沒有樹皮樣的日本長褲令阿並感到新奇，瞄它幾眼，口中臭罵嘟嘟後，邀拓拔斯進屋子裡。

嘿、嘿、嘿嘿嘿。嘿，嘿，嘿嘿嘿……………………………………。

爭執似猛烈聲音直衝向布滿厚雲的天空折射落到馬路上的聲響依然使人心寒，祖父拓拔斯和我爬得愈急嘿聲愈清晰而響亮，繞了一個大轉彎，右側出現三人高綠灰色圍牆，牆頂上倒插許多碎玻璃片，帶刺的九重葛開了幾朵紅花，點綴陰森森的高牆，我們邊走邊猜牆內到底搞何種行業？路過深鎖的鐵門，我們斜眼凝視牆內，一排排的武裝憲兵凶悍地前撲後進，祖父好奇地停下來欣賞未曾看過的怪異鎮暴動作。

警衛像看門狗一般機警，手持黑亮上刺刀的步槍突然出現，跑到祖父前擺出驅趕的架勢。我趕緊拉開祖父，讓他先繼續走。我發覺警衛不再進一步干涉，我也掉頭離開，手掌冒了一些冷汗。

三月時節搭芙蘭森林色彩繽紛，喜愛陽光的杜鵑花趁溫暖天綻放開來。整天處於活潑狀態的拓拔斯，登門拜訪松魯曼。他探知阿並愛好吸吮杜鵑花蜜，一路上採集。當拓拔斯路經一處山谷，阿並正巧在溪水邊洗衣服，阿並看到拓拔斯手上的杜鵑花，忘了布農女人該遵守的禮節，興奮地接住杜鵑花，他們快樂地交談著。

阿並的父親正巧由地瓜田過溪回家，看見待嫁的女兒高興地與拓拔斯在一起，留住拓拔斯回家享用紅皮地瓜。

正直的拓拔斯直截地向阿並父親提親。阿並的父親高興地伸出兩個手指頭，然後大力的點頭。

小米收割結束後，拓拔斯帶著弟弟和搭瑪匹瑪長老們，殺了兩頭豬送到松魯曼家族分肉，然後把阿並帶回搭瑪匹瑪家。

我們走到一處平緩的山坡上，發現房舍及路人愈來愈多，我靈敏的眼睛看到幾位夾雜在人堆裡的特務人員，他們像烏龜般伸頸擺頭四處偵察。繞過一處寬大有官邸氣勢的庭院後，聽見吵雜的麥克風聲，仔細聽聽，原住民已經在前方不遠處集合了。

文化大學門牌旁停了三輛掛著「原住民」宣傳板的小貨車，車上的大喇叭傳來整隊的號令聲。我牽著祖父的手悄悄地走進隊伍裡。

上山似乎是件令人興奮的事，有些人四處相互問安，未曾參與此類活動的人明顯地神情凝重，臉色如戰鬥前般地蒼白，不安的氣氛漸漸感染我的情緒。

祖父將我搖醒後，我方知自己在發呆，祖父手指前排一群非原住民的青年，然後伸出大拇指，稱讚他們才是真正的臺灣同胞。

指揮車上的聲音與動作漸漸多起來，群眾們坐在地上大力合唱「玉山神學院」為正名運動創作的歌曲，慢慢製造氣氛調和群眾原本相異的情緒，做出發前的心理建設。

一聲接著一聲魯凱族式呼叫戰士的吶喊，群眾們也以戰士的吼聲回應，一遍又一遍，直到形成響亮的回音，指揮著高舉右手指向前方，大家踏著堅定的步伐邁向令原住民不解的國會殿堂。

三月陽光趕走滯留山谷的冷冽空氣，土地上各種生命活潑起來，年輕力壯的拓拔斯似乎被春的氣息充滿，十個月後隔年的墾土祭節前，拓拔斯的長子誕生了。

拓拔斯拿出早已製造好的「笛卡槍」（布農的竹槍），天天到附近樹林等候，他決心找大而有力的飛鳥。等了七天，拓拔斯走過竹林時巧遇睡覺中的貓頭鷹，射下來後急忙帶回家烤。將貓頭鷹肉細嚼後送入嬰孩口裡，雙親唸著「勞恩」會像貓頭鷹般英勇活下去，從此家族人與部落的人開始叫他「勞恩・搭瑪匹瑪」。

拓拔斯與阿並拚命地勞動，為了養活腳底日日長寬的勞恩，有一天，部落裡若干個未娶老婆的年輕人被日本軍帶離部落，因為日本人與中國人在橋上打架，而演變成日本與中國的戰爭。從此部落的日本警察忙碌起來，有天日本警察宣布日本天皇的命令，布農已受過數十年的日本教化，日本政府不再稱布農為「蠻人」，禁止沿用落後的布農命名方式，改用日本姓成為日本國民高砂族人。

拓拔斯接到通知後，無奈地接受不被天神祝福的姓名田中武男，長子換成失去鷹魂的田中良典。然而族人依然互叫布農姓名。

「原住民，原住民，不要山地同胞……。」一路上群眾們奮力吶喊，踏著忿怒的腳步前進。

勞恩三歲時不幸患了令族人懼怕的怪病，無緣無故地咳出大量血痰，身附神力的「靈嘴」（巫師）發現是祖先勞恩作祟，因而更改其名叫路斯基，經過十個夜晚的煎熬，新的名字使他逃過一劫。

經歷了幾年的戰爭，中國人接替日本人來統治布農。拓拔斯尚未見過中國人就要他把家族人的姓名改成中國名，才能成為中華民國高山族人。布農又一次莫名其妙地換了姓名。

遊行隊伍受巨石阻擋似，群眾的腳步漸漸緩慢而停下來，宣傳車停止播放訴求口號。大家遵照指揮蹲坐下來，我好奇地站起來，發現兩排黑色拒馬，數十位手持盾牌、戴頭盔的警察，緊接著是銀灰色的鎮暴車。

森林裡穿梭自如慣了的原住民漸漸煩躁起來，大家討論如何通過那小小障礙，高山族群提議分三路由矮樹林繞道而過，其餘老幼婦孺靜待關卡被打開後再集合前進。

這時，忽然出現一位胸前掛了奇形怪狀的動章的警察通過封鎖線來跟指揮者談判。群眾又安靜地坐下來，靜待下一步的動作。

為了祝福子子孫孫延續布農的生命，長老總是謹慎為每位新生兒命名，唯恐不敵自然不可抵禦的惡劣命運。富有想像力的祖先們絕對不相信，短短數十年內布農從蠻人、高砂族人、高山族人、山地同胞、山地山胞、然後變成早住民等族名。而拓拔斯也成了田中武男，而後又變成了田文統，從此被迫接受不被祖魂祝福的姓氏。近幾年來，詛咒漸漸應驗了，族人的土地如遇大風暴般大量流失，男人為了生存忍受無理的剝削，女人來不及成熟就淪落到令祖靈流淚的市場……。

有人已偷偷爬進矮樹叢林裡。有人計劃如嚇跑擋路的野獸般由山坡滾下石頭。指揮者漸漸擔心會激怒原住民而努力與警察協調。

上天好像覺得底下正發生件可笑的事，突然下起雨來。

警察編組成的鎮暴隊似乎有點動靜，是否因怕雨水而移動，兩排拒馬隨著愈快愈急的腳步聲後開啟，形成四個人臂寬的通道。

指揮者興奮地宣布起立再前進，群眾們立刻起身喊出勝利的歡呼聲，感謝警察又打開原住民正名的道路。我們就如提親似般快樂地通過封鎖線，並繼續溫柔地高唱為正名活動創作的歌曲。

請願隊伍全部通過封鎖線時，兩排拒馬又合起來封住道路。我內心想著善於鬥爭的國民黨政府的警察，這般輕易放手其中必有文章。

原住民各族被漢化的速度如野燕飛般地快，而尚存族群意識的長者漸漸消失，已年屆八十高齡的祖父拓拔斯不願含恨入土，因此執意參加此次正名運動去洗雪汙名，討回真正可以祝福後代子孫茁壯起來的好名字。

上天好像不是因覺得好笑而噴出雨水，反而像似傷心的母親不停地落淚下來，然而近千人的歌聲淹沒了風雨聲，大家毫不畏懼地繼續前進，並且邊走邊唱〈我們都是一家人〉的救國團統戰歌曲。

不知是不是大家唱錯了，或是前面有人反對「一家人」的歌詞，遊行隊伍在一棵巨樹下停住。

指揮者再次請大家蹲坐下來。

我好奇地站起身往前望，山坡地形讓我看清手持盾牌的警察把路塞住了，警察後面又是兩排拒馬，然後約近百人官階較高似的警察，兩列待命的鎮暴軍，近山頂巍然聳立的建築正是中山樓。

我祖父蹲著輕拉我的褲管，怕人偷聽似小聲告訴我：中國與日本差不多，警察一樣聰明，首先故意放遊行隊伍入山，然後封鎖道路，讓遊行隊伍在一處右側樹林左側高牆的斜坡上卡住，便利高處監控隊伍的一舉一動。

我們就像掉進陷阱又跌斷犬齒的山豬，獵人唾手可得，恐慌的氣氛在群眾裡快速地散布。多樣的山地形成多變的氣候，陣發性咳嗽般的雨水敲打鎮暴車頂，發出令人煩躁的聲響，好在緊密交叉的樹葉減緩雨水的落地加速度，細細地輕灑在我們身上，降低了內心的不滿情緒。

指揮者眼看身穿各族傳統衣服的老人無法承受落湯雞的折磨，宣布老人離隊去躲雨。有些人向路旁大樹幹下擠，有的人拿張報紙或找到大樹葉頂在頭上，而原住民的青年及非原住民青年縮緊胸腹部就地蹲坐下來，繼續與警察鎮暴車對陣。

無情大雨隨著陣風一波波地灑下來，我們附和陣陣風雨喊出句句訴求口號，風雨愈有勁，我們情緒更亢奮，響亮的呼口號聲溫暖了我們被澆冷的軀體與心情。

鎮暴警察隊伍裡突然出現一把黑色大雨傘，由一位穿中山裝碩壯青年撐著，雨傘底下一頂金光閃閃的警官帽子，一張營養過剩的臉，他胸前掛了一堆戰果，他可能是鎮暴警察的最高層指揮官，斯斯文文地通過封鎖線，走到我們請願指揮車前與請願代表見面。我們持續唱歌呼口號。

不久警察再次閃開出一條路，讓五位穿新西裝但仍看得出紅棕色肌膚的人走來，站在受保護的警察指揮官後面，輪流講幾句責怪原住民請願者的話，他們好像羞愧代表原住民似的，講了幾句便掉頭走回中山樓。卻由警察指揮官領著請願代表十人進入中山樓。

「山地同胞」是荒謬的稱謂，政府卻毫無膽量接受「臺灣原住民」的名詞。是原住民聲音太小？還是沒人聽得懂原住民的呻吟？驕傲的國民黨主席李登輝先生自創賜名為早住民。等待請願代表進去會商期間，長者們一一爬上指揮車控訴早住民的荒唐命名，堅持用「臺灣原住民」。

卑微的人永遠挺不起腰來，五位原住民籍的國民黨國大代表羞於接見正名的請願者，協商過程中恥笑請願者幼稚、無理取鬧，並斥回請願代表。請願代表團忿怒地走回指揮車上，宣布談判的結果。

群眾因著指揮官呈現豬肝般臉色早已起身漸漸騷動起來，像拉緊的弓箭一觸即發，逐步往前推進。

當群眾和警察的盾牌接觸時，敏感的群眾感覺了盾牌擠壓的力量，隨後可能出現警棍的捶打，加增了群眾忿怒夾雜恐懼的心理。不知是否已失去了理智，請願隊伍不停地擠向鎮暴警察的封鎖線。

警察敵不過健壯的原住民，遊行糾察與警察的封鎖被突破了，受過訓練的鎮暴警察突然改變了鎮暴隊形，推推擠擠中，警察早已躲回帶刺的拒馬後，同時鎮暴車發動了引擎，準備衝下來。盾牌、木棍、槍彈象徵著戰爭，武裝鎮暴車便更令原住民忿怒與不解，敵對的氣氛已漲到最高點，有人蠢蠢欲動想醞釀獵者行動，有人高喊：「重演霧社事件！」，然而原住民清楚沒有吉夢、沒有祖靈祝福的獵者行動必然失敗，更沒有臨時起義的獵首行動，我們請願的對象是可動手修憲的國大代表，並非這批無辜的鎮暴警察。指揮者請善良的原住民坐下來，鎮定將失去控制的鎮暴警察，並且靜待中山樓的回應。

等待容易讓人鬆懈下來，指揮者繼續帶動群眾唱歌呼口號，不知等待了多久，漸漸出現沙啞的呼口號及破音的歌聲。

天色晦暗，濃厚的霧氣終於撐不住了，無法抵抗地心引力，又下起更大更急的雨來。原住民仍舊盼望國大代表的出現。

路燈一盞盞地亮起來，我們又看清鎮暴警察，像站立的木乃伊，然而中山樓卻沒有燈光，我們原住民被耍弄了，國大們已不聲不響地偷溜下山了。

上天好像要告訴我們趕快回家了，風雨交加地催趕我們，大家互稱「臺灣原住民」後，迅速離開那令原住民感到恥辱的地方。

回部落的路上，祖父拓拔斯傷心又懷疑地問：為什麼國大代表要逃走呢？我們只是想請他們幫忙登記，原住民已找到了好名字……。

老人

陳若曦

◎一九七六年十二月二十六日首次發表於《聯合報》副刊

夜裡沒睡好，老人一早起來就感到腦袋有些昏沉，眼眶重重的，眼皮下彷彿梗粒砂子在裡面，幾次伸手去按揉。房間當中的火爐上坐著一鍋熬好了的粥，熱氣從虛掩的鍋蓋縫裡直往外冒，給房間裡增添了溫暖和溼潤。老太婆早在牆角的洗臉架上倒好半盆水。乘他洗臉的時候，她把棉被折疊好，又移走了飯鍋，在爐膛裡添了兩塊煤，封上鐵板，然後切開隔夜的饅頭，放在鐵板上烤。

老人淨過了臉，從窗沿上拿起棉帽子戴上，便去推開了一扇木頭門。一腳跨過門檻，迎面先撲來新鮮而清涼的空氣，直沁入心脾，叫他貪婪地多吸了兩口。朝陽爬上了西廂的屋簷，也照亮了廊前半樹的迎春花，但光線柔弱畏怯；灰色的四合院裡，仍是春寒料峭。

北京的早春最叫他懊惱。陽光是一年到頭都爽朗慷慨，唯獨在這個時候變得詭譎又小氣：不是颳風，就是下雨，否則就堆上滿天的烏雲，總要折騰一陣才露出笑臉。他一向畏寒，這時節不但脫不下棉襖棉褲，連腳上改穿了一雙夾鞋，便有「寒從足底生」的感覺。

東屋的小學教員正在門口伺候煤基爐子。他彎著腰，小心地用火鉗夾出夜裡燒透的煤基。老人見他上身還套著一件舊棉襖，但下身已經換上單褲和塑料底的布鞋。到底是年輕人身體好呀！老人在心裡羡慕著。

除了老人夫婦，如今是家家都把爐子端出門口來燒。這個時刻，幾乎戶戶都在封火。西屋住著一位工廠幹部，幹部的老婆一向缺乏公德心，這時正把燒溶的煤基隨手扔到天井裡，煤基碎成了粉，揚起一陣灰來。西南角落裡是公用水龍頭，用來洗臉、刷牙或接水洗碗的，一早上水流一直不斷。

老人悄悄走下臺階。穿過天井時，他習慣地駐足在小花圃邊，俯視一下這新近翻過土平整好的花床。天井是青石塊砌成的，兩旁各空出幾平方尺的花床。年年這個時候，他就種下向日葵，然後殷勤地澆水施肥。到盛夏時刻，葵花桿子會長到屋簷高，灑下滿院的綠蔭；朵朵葵花向著陽光，像是無數笑臉相迎，既光采又親切。

然而今春一切都亂了，雖然老婆子早把土翻好，他卻無心下種。一月中以來，他一直恍恍然若有所失，做什麼都乏勁。再經過天安門事件，他更是意興闌珊。別說葵花今年不開，就是永遠不開，他也無所謂。

踏上東廂的臺階，他看見公用廁所的門緊閉著，知道有人在內，就站在走廊上耐心等待。廁所和小學教員的房間毗鄰，老人看小學教員封好了爐門正直起身子來，便習慣地向他招呼著：「早！」

「您早！」

小學教員迴避不了，只好輕聲回答著，並蜻蜓點水地動一下頭表示禮貌。他把一壺水坐上了爐子，返身鎖上門，準備上班去。

往日這個時候，老人總要和他聊上幾句，聽聽他們小學裡的政治運動和「教育革命」的情況。然而從四月七日「兩項決議」發表，老人成了街道組織的「學習班」對象後，不僅是小學教員，整個四合院裡的人都對他疏遠了。這是政治運動期間的慣例，老人家歷盡滄桑，已經變得很識相，非不得已絕不開口，免得給別人為難。

小學教員與老人擦身而過時，低低說了聲「再見」。老人沒有作聲，只目送他出門去。院裡住著五戶人家，北屋的會計家是最老的鄰居，如老人只和小學教員比較談得來。這年輕人以造反派自居，敢作敢為，乘老人在「清理階級隊伍」那一陣被下放到黑龍江勞動，立刻搬進來，把原先是老人家的廚房占為己有。這跟另一對年輕的工人夫婦占去老人夫婦原先的臥房一樣，全是打著「革命行動」的旗號。老人深知這是大勢所趨，誰搬進來住都一樣，並不計較。正因為想得開，鄰居關係才處得和諧。

小學教員是時下典型的青年人，十分有自信，一副「世界是我們的」姿態。這常使老人想起自己的青年時代。那時他留學日本，參加了共產黨，腦子裡全是如何「光復臺灣，解放中國」的念頭，甚至抱負著「解放全人類」的雄心壯志。這年輕人對理想的追求抱著一份赤子之心，但近乎盲目。在宣傳教育下，他對「黨」和「領袖」充滿了迷信，而在理想與現實相衝突之際，能接受現成的解釋，永不失望——這一點反而使老人感到灰心。

圍繞著周總理的追悼儀式，兩人便爭論過。老人和大多數人都認為毛澤東和江青是有意貶低周總理的聲望，他卻竭力為之辯護。年輕人其實也敬佩周恩來，只是不能看穿毛澤東夫婦的狹窄善妬。然而在「四．五」事件的當天，他也和大家一樣激昂慷慨，大罵一小撮人別有用心，竟移走花圈來阻撓革命群眾的悼念活動；稱頌外交部的幹部為捍衛周恩來的聲譽而打架受傷是「革命的表現」；認為許多高幹子弟參加了武鬥也是「路線鬥爭覺悟高」。可是兩項「決議」一下來，平白罷黜了鄧小平，簡直是給他當頭一棒。在四合院裡，他忽然沉默下來，如同他剛封好的爐門一樣，大氣不出。

「赫呣……」

老人聽到背後有人輕咳，回頭一看，幾時住北屋的老會計也來排隊等廁所了。兩人四目相對，互相點點頭，算是招呼過。

十幾年的老鄰居了，老會計眼看老人連栽了幾次觔斗，不曾公開表示過同情，但也從沒當眾難堪過他，更不曾從老人的不幸中撈取好處。最先，這四合院只有他們兩家分租著。老人除了東廂的廚廁，還租下西廂兩間房給兒子住。「三年困難」時期，他自動讓出西廂的一間給一對工廠的幹部夫婦，留下一間給兒子。七零年，幹部乘老人落難到黑龍江去，藉口有孩子不夠住，把他兒子趕出來。這也沒關係，可是他占去的房間，每月的租金仍照舊在老人的工資裡扣除。還是小學教員看不下去，幾次仗義執言，終於在老人退休回北京時，照價償還。與老人相比，會計員在這鬥爭無休的年代裡，幸能保住三間北房，沒出過大事，難怪他愈發小心謹慎，抱著「自掃門前雪的」態度不放。

前幾天，街道連夜開會，揭發檢舉天安門事件中的「一小撮反革命分子」，會計夫婦一直是默聲不響。老人現在也還不知道是誰檢舉了自己，只猜想是院子裡的人幹的。因為只有朝夕相處的鄰居，才知道月初那幾天老人每天上天安門廣場去，事發前夕還被擠掉了一隻棉鞋，赤著一隻腳回家的事。

他並不埋怨人家告發他，悼念周總理是人同此心，毫無隱諱的必要。他們隔壁房間的工人夫婦，更是公開戴了四十九天的孝。這對夫婦在「四．五」當天就不曾回來，據說是參加了武鬥。第二天，北京二機廠的人拿了鑰匙來開門，捲去了鋪被，又鎖上了門，看來夫婦倆是雙雙被關進了「學習班」。老人只受了一天的圍攻，就被街道委員會放回來，在家裡寫檢討交代，相比之下，顯然是受了毛澤東「要區別對待」的遭遇。幾年來，他在各種形式的「學習班」裡打過滾，看它比家常便飯還平淡。倒是老伴談虎色變，這幾天是戰戰兢兢地數著日子過活。

幹部的老婆領著孩子出門了，經過廁所時，親切地招呼著老會計：「早呀！」

「早！早！」老會計客氣地回答她。

「我們走啦！」臨跨出四合院時，她提高了嗓門對著廁所喊了一句。

原來是幹部同志在裡面——老人默默點著頭——怪不得占用廁所這麼理直氣壯呢。

老會計掏出香菸，點燃了一支，默默吸將起來。老人等得無聊，就看廁所門上的排班表打發時間。這間廁所本來是老式的，還是當他結婚搬進來住時，他單位特地替他們改裝了現代化的抽水馬桶設備。自從院裡人口驟增後，五戶十多口人，廁所髒得特別厲害。小學教員提出輪流打掃的計畫，特地製作了一張表，排了打掃的順序，貼在門上。經過風吹日曬，表上的墨跡褪色，紙張變黃，四角也破裂了。老人在端詳小學教員的筆跡時，忽然發現這個星期竟該是自己這一戶打掃，而連日來事件迭出，弄得他茶飯無心，竟忘了這件衛生大事。

吃過早飯就來掃廁所，他在心裡提醒自己，這總比對著書桌枯坐，絞盡腦汁也無法下筆好些。幾天來，這才是第一件具體的工作，老人不禁喜上眉梢，覺得排隊等廁所也不是一件苦事。

吃完早點，老太婆在暖杯裡泡了香片，合上了蓋子遞給他，讓他坐在飯桌前品茗。

自從臥房被占去後，一張雙人床就挪到堂屋來，把原來的飯桌給擠到屋角，桌兩面貼牆靠著，其中一面正好在窗口下。這一調整也有好處，老人每日三餐時就對著窗口坐，不但可以欣賞到一角藍天和屋瓦，連院子裡鄰居的走動也一一收入眼底。為了這個緣故，風雪無阻，窗簾永遠是拉開的。以往，在早飯後，只要不颳風下雨，他總要到附近的小公園裡走走，跟著人家打十分鐘太極拳，或者坐在板凳上曬一回太陽。如今又是政治運動的對象，他只好困獸一般蹲在家裡。

老伴去院裡接了一盆水回來洗碗抹桌子。她在抹桌子的時候，眼角悄悄打量著丈夫的神色，見他仍是一臉陰沉，不免在心裡長長地嘆著氣。結婚十五年了，她摸熟了老人的脾氣，知道在他有心事的時候，最恨人打擾，因此這兩天便輕易不開口，三餐全是機械單調地打發過去。

一週來，全市抓拿反革命分子，大會小會的開，弄得人心惶惶，丈夫不幸又牽連在內，受到街道組織的圍攻。從他憤怒的神色看，她相信丈夫是無辜的，可惜無法替他辯白，又不敢勸他逆來順受，只好心裡乾著急。前幾天，為了貫徹出人意料的「兩項決議」，北京的居民被迫遊行，上街喊擁護華國鋒並打倒鄧小平的口號。老人體弱多病，街道上免了他這項差使，但她卻自動要求去遊行，連著三天都沒有缺席。自從四月五日老頭子一早出門，黃昏時刻才喝得半醉回來，一語不發倒頭睡下，她便預感到大禍要臨門了。因此政治活動就特別賣力，只求丈夫能安全度過這場災難。

老人並非不瞭解她的心思。看她誠惶誠恐地上街遊行，又跌跌撞撞地回來，他也有體恤之情。

明知她這麼做徒勞無益，但說了又減損她的一番心意，只好默不作聲。自從全市排查天安門事件以來，老伴就魂不守舍了。有一次，小學教員說他們學校被抓了兩名年輕的教員。老太婆聽了，蠟黃的臉登時轉成蒼白，捧在手中的茶杯抖得差些潑出水來。他知道她是敏感，已經聯想到「清理階級隊伍」時的情景，難怪不寒而慄。那兩年，老人被打成「漏網的右派」、「鑽進革命隊伍的投機分子」、「叛徒」……罪名將近一打之多，硬是把她嚇出了半頭的白髮。本來個子就瘦弱矮小的婦人，竟不知不覺間佝僂了背，在臘月寒冬的日子，就是穿了棉襖也還像柳條般單薄。每當凝視她那斑白的短髮，他必想起六八年冬自己被隔離審查的悽慘景象。那時，兒子以父親為恥，公然貼出大字報要斷絕養父養子關係，自然不肯給他送飯。老太婆只好每天包個黑頭巾，風裡來雪裡去的給他送飯，頭垂得低低的，躲閃著人家的白眼，默默忍受著譏諷。多少恩愛夫妻在這種時候都被迫著彼此「劃清界線」，而他們不過是出於生活方便而結合的夫婦，卻能患難與共，這就使他在生平最黑暗、艱苦的日子裡受到了啟示和鼓舞。他參加「革命」幾十年了，卻是在那一時刻才體會到婦女的解放與傳統道德並非對立，只有一味搞「階級鬥爭」才是婚姻和家庭的威脅。

這幾天，她又勾下了頭，眼光淒迷畏怯，然而在茫然無措中，卻又透露出一股堅毅不拔的神氣，好像肩背雖僂，卻隨時準備扛起十字架來。

老人呷了一口茶，隔著玻璃望出去，目光越過空蕩蕩的院子，照例停留在北房的屋頂上。清早那場怯弱的陽光忽然不見了，一抹灰藍的天立刻黯淡下來，底下是灰的屋脊，灰的屋瓦，一大片光禿禿的灰色。連著三天沒有鴿子的蹤影了，他卻鍥而不捨的盯著屋頂瞧，好像奇蹟會出現似的。

附近有個人家常年養著鴿子，早上放出來時，往往有幾隻會飛到這裡來。以前老人興致好，總讓兒子撒些麥粒和敲碎的玉米在屋頂上，招引牠們來啄食。自從孩子響應「上山下鄉」的號召去內蒙古後，恰巧老人也去了黑龍江的「五．七幹校」，鴿子據說十分念舊，還時常來顧盼一陣。等他退休回來，只好央求會計的女兒不時替他撒一把玉米，來報答鴿子的眷顧。久而久之，他們之間似乎成立了一種默契，鴿子路過必定駐足，而他吃完早點之後，總要出來觀賞一番，這已經成了退休生活的一部分。

「鴿子不來了，」老太婆忽然遺憾地說。

「是不來了。」他點點頭，終於把眼光收回來，捧起茶杯，又呷了一口茶。

「前幾天大遊行，敲鑼又打鼓地，八成兒是嚇了牠們，這幾天不敢飛出來。」

「也許。」

老人附和著，沒有再說下去。他想到養鴿子的人家，別是和自己一樣，也遭了噩運。看老伴為自己已是愁得眉頭打成死結，不好再煩她去打聽下落，只好不提。

她把飯桌碗筷收拾過，接著就是掃地。自從幾個房間的傢俱合併到大小兩間房以來，空地真是有限得很。她每天還照掃如儀，彎了腰，一絲不苟地把掃帚划過所有的空隙。他想，這種對習慣的執著不變已經成為她生活的意義了，就如同她近來堅持要做棉鞋一樣。

他轉過身來朝床上望去。果然，在疊得像方塊豆腐的棉被上擱著尚未完工的鞋底，頂針、尖錐和幾股棉線一古腦兒堆在一起。看到這，他的目光不期而然地移到床底下去。那隻被擠掉了伴兒的棉鞋正孤零零靠床跟挨著。

雖是孤零一隻鞋，眼睛每一觸及，腦海中就浮上四月四日天安門廣場萬人空巷的擁擠場面。那一天，整個北京的人好像打破了頭也要擠到「人民英雄紀念碑」前。男的女的，老的小的，摩肩接踵地，爭睹供在碑四周的花圈。花圈愈擺愈多，愈做愈大，有個工廠甚至用不銹鋼澆鑄，來加強悼聯上「永垂不朽」的敬意。有人即興演講，有人朗誦貼在花圈上的詩詞，更多的人抄錄。這裡貼上一張小字報，那邊唱起「國際歌」，儘管擠得水洩不通也沒有人叫怨，似乎在擁擠中才令人心胸舒暢，才感到揚眉吐氣。老人視力差，就為了要親眼瞧瞧「西太后，你別太猖狂！」的抗議字跡，特地擠向毛澤東當年親筆題字的「人民英雄永垂不朽」這一邊來，結果被捲進人潮，腳上一隻棉鞋活生生被擠掉了。他本想彎下腰來尋找，可是還沒有等到彎腰的空隙，那邊有人高聲朗誦「警告後宮枕上人」的打油詩，人群又是一陣浪捲而過，他就和那隻棉鞋永遠拆了夥。

老太婆看到他光了一隻腳回來，二話不說，立刻翻箱倒櫃，把夏天裡糊好的布底子拿出來裁剪，然後穿針引線衲起鞋底來。老人說，「五・一」轉眼就到，棉襖都要脫下來了，還做棉鞋幹麼？她只是搖頭。他建議去買雙現成的，她也不肯，好像年年給他做慣了，輕易改不過來。也許做鞋子可以幫著忘記提心吊膽的日子，打發無聊的光陰，他就不再堅持。

院裡響起了腳步聲，是塑料鞋底敲擊著石板地而迸出的像炒豆般的脆硬聲響，一聽便知道是居委主任上門來了。他回頭瞧一眼窗外，可不是她，正操著尖嗓子同會計家打招呼。

「早！早！都準備好啦？回頭我們就開始學習！」

話聲才落，炒豆已經撒到南屋門口。老太婆趕緊敞開了門，謙恭地道聲：「您早！」她還頻頻點著頭，本來就有些駝的背，一下子拉成了半月形。

老人也掙扎著站起身來，手裡捧了暖水杯。

「早，」他說。

居委會主任不理睬這些客套。她一跨進門檻便拉長臉，劈口衝著老人問：「你的交代今天可以交了吧？」

「明天，明天可以交。」老人隨口回答她。

「又推明天！你有幾個明天可以推？」主任的聲調猛地提高八度。「太不老實！」

「明天一早準能交，」老人聲色從容地答應著。「早上我要掃廁所，下午可以寫出來。」

「掃廁所？」

主任詫異了，掃把眉像被起重機拉起，一下吊得老高。

在一旁惶惑著臉的老太婆趕忙委婉地解釋：「是輪到我們打掃廁所，給忘了。廁所髒得很。」

主任對這鄰里間的瑣事瞭若指掌，知道說的是事實，就冷冷地說：

「掃個廁所也用不了多少時間。你既然說明天早上交，我明天一早就來拿，交不出來一切後果你自己負責！市委有指示，檢討交代要和批鄧緊密結合，從思想上挖根。主要是批鄧，矛頭並不是對準革命群眾。江青同志說：『反革命只是一小撮。』是革命的就要徹底揭露，堅決打擊反革命，以行動來保衛毛主席和他的親密戰友……。」

說著，主任竟激動起來，而且兩片唇皮一開啟，便再難合攏來，滔滔不絕引了一大篇報章文件的辭句，無視邏輯，只管劈頭蓋臉扔過來。老人早聽厭了，這耳進那耳出，只管自己低了頭喝茶。這種人來批鄧，真是可笑不自量呀！他不知道是該嘲笑，還是該感傷。

同住一條胡同十多年了，哪個人不知道這個政治上的暴發戶呢？她本來是個長舌婦，與頭任丈夫吵翻後，忽然走了運，改嫁給一個入黨的工人幹部。這下她已經高人一等，趕到兒子參了軍，躍為「軍眷」，更加身價百倍，把自己封為積極分子。文化革命練就她一張鐵嘴，開口不離《毛主席語錄》，堂上供奉著《毛選》，可是難得有幾句是讀通的。老人自七二年退休，脫離了原單位，便被劃歸街道組織。在里弄的學習會上，讀報紙和文件成了他的任務，但是註解的工作她是當仁不讓，還擺出一貫正確的姿態。

他還記得上次參加的批判會上，主任為了批鄧小平一句「今不如昔」的「黑話」，指手劃腳講演了半小時。她罵鄧小平要搞資本主義復辟，要把中國拉回「解放前牛馬不如的生活」。看她一本正經說得臉紅脖子粗，他差些當場笑出來。稍有頭腦的人誰不知道鄧小平的今昔之比指的是文化大革命這個時間界限呢？鄧小平喊叫「讓赤腳醫生穿上鞋」，主任跳著腳罵他是破壞毛澤東的醫療革命措施。她忘了自己三番兩次把娘家的人由鄉下接到城裡來看病的事。她攻擊鄧小平搞物資刺激，尤其不得人心；只因為開會的全是些老弱和家庭主婦，沒有人敢反駁而已。鄧小平第一次當權的年代裡，對北京的市民還發過澡票，誰不感激呢？

「我們都是按照毛主席的指示辦事，坦白從寬，抗拒從嚴，毫不含糊的！」

主任又彈起交代政策的老調，老人仍是一聲不吭。他避開了她灼灼逼人的眼光，端詳著她花布棉襖上的扣子，兩隻手緊緊抱住暖水杯。這樣從容不迫的態度使她大感氣餒，說的話好比空洞回音，響是響亮，卻是十分虛弱。

「走，我們學習去！」

主任見再說也沒用，時間又不早了，立刻改口催促起老太婆來。後者溫馴地依從著，去洗臉架旁的窗口上拿了一隻塑料包，就跟著主任走。臨跨出門檻時，她輕輕地對丈夫說：「廁所，回頭我來掃。」

「不礙事，妳去吧。」

透過玻璃窗，他目送這兩個女人走出院門。她們後面跟著匆匆趕上去的會計老婆，一邊走還一邊伸手理頭髮，平整衣角。這是個溫良的家庭婦女，每天忙著一家五口的生活，柴米油鹽樣樣精，就是對政治不感興趣，也不求甚解。但她被迫每天擠出時間來遊行、學習，跟著吶喊「打倒鄧小平」，從來不敢說個不字。

罪惡的浪費呀！老人不禁在心裡叫喊。為了掩飾害怕民意和強姦民意的事實，竟不惜興師動眾，把個北京攪得雞犬不寧。光是這小小的四合院，除了關起來的和被迫交代的，其他上學、上班的，甚至家庭主婦，都打破了生活常規，依樣畫葫蘆來批判一個與事件本身毫不相干的人。明明是個別的行動，硬說成是預謀，而人民要求民主自由卻打成了反革命造反！為了扶植江青，毛澤東不惜打擊老戰友，甚至斬草除根。這本來是「欲加之罪，何患無詞」的一貫伎倆，偏要偽裝民主，像婊子做慣了又貪貞節牌坊一般可笑。共產黨打了幾十年「相信群眾，依靠群眾」的招牌，哪一天不是把群眾當阿斗呢？想到這裡，老人心如刀鉸。

「中國已不是過去的中國，人民也不是愚不可及，秦皇的封建社會一去不返了！」

他默誦著天安門廣場上無名氏的抗議詩，嘴角難得地裂出一絲笑意。雙手捧了茶杯高高擎起，以茶代酒，他仰著脖子，痛飲了一口，表示對無名氏的敬意。

院裡悄無聲響，屋裡也靜寂冷清，牆角五斗櫥上的座鐘便響得刮耳，滴答——滴答，刻板又單調。老人一看鐘，十點半了，趕緊提醒自己要掃廁所去。

他放下了暖水杯子，捲起了寬大的棉襖袖子，準備去打掃。許久不幹打掃廁所的工作，現在又來做，倒也沒有陌生的感覺。將近七十年的歲月裡，許多往事在記憶裡逐漸淡去，這掃廁所的記憶卻是鮮明無比。從臺灣直掃到黑龍江畔，場合儘管千變萬化，心情則泰半相同，總感到「萬般皆頭痛，掃廁最輕鬆」。前幾年在邊疆勞動，為了超額完成生產任務，莫不搶著掃茅棚，好多撈些肥料下田。在隔離審查那一年，每天受逼供，真是絞盡腦汁，逢到「監督勞動」的通知，很有遇赦的喜悅。而他們為了打擊他的自尊，往往叫他掃廁所。監督的人怕他尋短見，亦步亦趨地跟著，只能猛抽香菸避臭，他卻怡然自得，毫不在乎。記得六七年時，黃鎮將軍從巴黎被叫回來，受紅衛兵批鬥，罰掃外交部的廁所，老人見他泰然自若，心裡曾一度引為知己。

自己的黨致力於人的思想改造，半個世紀了，始終沒有改掉掃廁所是低賤的觀念。文化革命前，劉少奇煞費苦心地樹立了一個北京挑大糞的英雄時傳祥，一時帶動了中小學生搶挑糞桶的局面。那時工廠忙著製造小號糞桶，業務著實興旺了一陣子。然而隨著劉少奇變為「內奸」、「工賊」，這位英雄耿直過頭，不會隨風轉舵，結果被打成「糞霸」，推上卡車遊街去。遊經燈市口時，老人正好撞見，見他怒目圓睜，一臉的怨氣，似乎不甘心挑糞的黃金時代這麼草草結束掉。

說起老人這個入茅廁而不聞其臭的功夫，也非一朝一夕鍛鍊出來的。早在四十年代，他在臺灣被日本人抓進監獄時，便開始體驗掃廁所與呼吸自由空氣的辯證關係了。頭一年是幽閉，除了食物，最渴望的是陽光，而陽光是只有在早上端尿桶出去時才有幸見到的。那時，想到陽光就想到尿桶，成了條件反射了。以後他被轉到大牢房，每天早上挑糞桶的工作他一直搶著幹，還自告奮勇代別的囚犯掃廁所。屈指算算，他跟廁所結下的緣分也說得上日久天長。

「有信！」

老人剛找出一塊抹布，便聽到背後郵遞員叫喊。他轉過身來，見送信的把一封信丟在走廊裡一隻破凳子上，人已返身走掉。

寄信地址是內蒙古，他知道是兒子來信了。收信人雖然是自己，他決定不拆看，留著給老伴自己拆閱，讓她專享捧讀兒子來信的幸福滋味。在他們的生活裡，這是她最大的樂趣。

他小心翼翼地把信拿進屋裡。

老太婆政治學習完畢時，順便去菜場買了小菜回來。她滿臉疲憊，一進門，放下蔬菜和提包，便先在飯桌前坐下來，歇一口氣。

老人掃完廁所後，感到精疲力盡，正坐在床沿，一手支著床欄，背靠著棉被堆，也在休息。

「兒子有信來，」他告訴老伴，「在桌上。」

一聽到有信，她臉上的倦容一掃而空，立刻拿了信，找來一把剪子，細心地沿邊剪開，從信封裡抖出兩張信紙來。顧不得再坐下，她就原地站著把信仔細讀完，這才走過去，遞給了老頭子。

老人看信裡說的是準備春耕的瑣事，一些日常生活的敘述，卻在最後一段提到「四．五」事件。原來他們旗裡連夜開大會一致通過上電「毛主席」和「黨中央」，表示擁護和支持，並且「誓死保衛首都」，但是大家都不知道事情的真相，因此希望父母來信告訴他一點「事實」。最後一句說：「爸爸在事發當日不知去了廣場沒有，很掛念。」

他放下信，低頭沉吟了一會，等抬頭要跟老太婆說話，發現她還站在桌邊發呆，眼角正滾下淚珠來。每逢收讀兒子來信，她十次有九次是先喜後悲，老人習慣了，知道勸也是徒勞的。特別是今天，他更缺乏安慰的詞句，只好簡單的說：

「妳回信就說都安好，別的不提了。」

「就是。」老太婆點著頭答應。

忽然想到這不是傷心落淚的時刻，她馬上用手背揩了揩眼角，走去掏米洗菜，準備做中飯。

「你真掃了廁所？」她把鍋坐上爐子後，便關切地問老人。

「掃了。」他說完，正好挪動下身子，忍不住哼了一聲。

「哎，叫你不要動手的！」

她盯著他瞧，眼光是憐惜多於責備。

「不礙事的。」

為了使她放心，他不但強掙出一絲笑容，還撿起兒子的信，又從頭讀起來。

兒子這次總算沒有再提到別的知識青年上大學的事，謝天謝地，至少讓他母親少煩惱些。他去內蒙古已經五個年頭了，因為出身不好，大學的門永遠對他關閉著，眼看別人一個個調去念書，自是羡慕得很。老人倒是不敢奢望他念大學，只盼望他能調回北京來工作。如今年紀二十出頭一大截，他還沒法養活自己，老人也焦急。自退休以來，老人每個月領有八折的工資，省吃儉用著，還能支援他。局勢若不改觀，老人身後，他母親別說依靠這個唯一的骨肉，還不曉得拿什麼去接濟他。

老太婆為著兒子調不回來，日夜懸著一顆心，幾次嗔怪老人不設法找後門。可惜他自己政治上沒有解放，又年老多病退休在家，難以向人求告，也有說不出的苦衷。雖說不是自己的親骨肉，撫養十五年了，感情也頗深。嘴裡沒說，心上卻像壓了塊大石，沉甸甸的。

老人知道兒子很尊敬他。十五年來，彼此也有過不少衝突，他從來沒有把責任歸在孩子身上——相反，只更加憐憫他。他的生父是國民黨員，做過憲兵隊長，解放後幾經改造，仍不服氣，對共產黨一向抵觸，「反右」時終於被殺。父親死後，他母親找不到合適的工作，為了生活，只好再嫁人。正好老人多病，乏人照料，他單位上明知他有妻子和女兒在臺灣，仍勸他再婚，結果和她結了婚。

那時候孩子十歲不到，已經被迫著同死去的父親劃清界線。小小年紀就背了個「反革命」父親的重擔，又要面對一個老共產黨員的後父，不免自卑自憐。他變得陰沉而且多疑，嘴閉得緊緊的，很難使人接近。結婚頭兩年，老人健康尚沒有現在這般差，加上工資每月有一百出頭，經濟比較寬，常常帶他們上館子、看電影、逛書店，把自己對女兒的愛和思念化為對養子的關注。他希望以往政治上的恩恩怨怨不要在下一代的身上留下疤痕，讓他們有機會健康、正常的成長。

老人的苦心有了收穫。兒子到念中學的時候，長的高大活潑，已經忘記了生父給他的羞恥。他不再低人一等地勾著頭縮在牆角舔傷口，而是有說有笑，跟其他孩子一樣，對未來懷著憧憬。在六十年代初期，他們這個家庭是和諧的。雖然夫婦的結合沒有愛情可言，而是出於彼此生活上的需要和方便，但是老人的慈祥和慷慨贏得他們母子的尊敬。做兒子的孝順，肯追求上進；做妻子的勤儉持家，對丈夫照顧得無微不至，臉上總掛著一分溫順滿足的笑容。

可惜文革一來，一切都變了樣。

在「清理階級隊伍」和「整黨」階段，老人一次也沒過關。他的地主家庭出身，早年在日本留學的經驗，被捕下獄的表現，「二二八事件」中的作為，「百花齊放，百家爭鳴」時代的言論……全部都拿來重新審查。其中，獄中表現一節成了他的致命傷。原來他在東京參加地下工作時，獲知日本政府要逮捕他，就潛回老家，先後在山裡躲藏了兩年，終因有人告發而被捕下獄。據他當時瞭解，自己是同一組織中最後一個落網，因而在不堪拷打之下，他就供出一些無關緊要的情報來搪塞臺灣總督府。就為了這個個人歷史上的汙點，老人在文化革命中弄得身敗名裂，至今翻不了身。他被指控「苟且偷生」、「變節投敵」、「出賣同志」等叛國叛民的罪行。哪管他寫了幾十萬言的檢討，一再申訴自己不曾出賣過同志，但臺灣的檔案材料這裡看不到，在「寧可信其有，不可信其無」的教條下，如何洗刷得清呢？黨齡更高，功勞更大的劉少奇尚且以「叛徒」「內奸」而含怨以終，他區區一個中級幹部，又算老幾？

由於他堅不承認出賣同志的指控，組織上幾次發動群眾批判，他也不低頭認罪，於是，在一大串的罪名上又加上了「頑抗到底」、「死不悔改」，對黨有「抵觸情緒」等罪名，成為茅廁坑裡的石頭——又臭又硬了。

對黨有抵觸情緒，這一點他倒直認不諱。眼看一個個下過獄的同志被打成叛徒，重新在精神上入獄，對這「狡兔死，走狗烹」的作風自然想不通。毛澤東喊「槍桿子裡出政權」，手中有了槍，就忘了千千萬萬手無寸鐵的地下工作者。明知沒有這些在獄中進進出出的黨員，他是進不了北京城的，卻在事隔多年後，清算老帳，責備黨員不能「成仁取義」。真出賣過同志的自然是罪有應得。但文革中這樣大整肅，搞「逼、供、信」，無端打擊了一大片，造成叛徒成群。似乎這自稱是「偉大光榮正確」的黨，全窩藏些投機取巧，寡廉鮮恥之徒；除了當年鬥爭中犧牲的，真正的共產黨員只剩下毛澤東及其身邊的一小撮了。老人絕不服氣。

那一陣子，好些臺灣同胞因為有家人在老家，背了「海外關係」的黑鍋。受到沖擊時，為了少吃些眼前虧，往往逆來順受，承認了莫須有的罪名，譬如思想積極說是「投機取巧」，投奔祖國只為了當「特務」。老人每次聽到都頓腳長嘆。正因為這麼多同鄉受了委屈，他更覺得自己不能屈服，必須堅持到底。鄧小平寧可丟官而不認錯，他絕不能為了求得暫時的解放而丟掉僅剩下的一點硬骨頭精神。

當然，他的固執給自己帶來了精神和肉體的折磨，也給家人帶來了災難。再婚的妻子愁得一頭青絲轉成花白，五十歲不到，已經肩駝背僂，十足的老婆婆模樣；溫順滿足的笑容只能在記憶中尋找。兒子受到的打擊更大了。他不但當不了紅衛兵，還要再一次同後父劃清界線，白紙黑字貼出大字報，不認這個「叛徒父親」。明知老人在世的時日已不多，而母親年紀也大了，他卻沒有勇氣要求留京照顧，只能跟著報名「上山下鄉」，結果被送到內蒙古去插隊落戶。

老人相信，有一段時間兒子很恨自己。他不同老人說話，在老人被關的一年裡，拒絕送飯，也不曾去探望過一次。但不管是愛是恨，在他離家的一天，這些錯綜複雜的感情都被淚水淨化了。

那時老人剛被放回家來，立刻拿出銀行裡的儲蓄，給兒子張羅衣物。將要出遠門，兒子的臉上既不是喜，又不是憂，只是默默地陪著針線不離手的母親。好不容易把老人盼回家，老太婆在他跟前要強顏歡笑，背後卻暗彈眼淚。人還沒走，老人已經嚐到一股淒涼辛酸的滋味。做為一個共產黨員，他在原則上要支持這項上山下鄉的運動，充分認識到它對中國建設的重大意義。他不能苟同的是整個措施缺乏全盤計畫，加上官僚腐化，弄得怨聲載道。

上火車的日子來了，整個北京城敲鑼打鼓，一片歡送景象。北京站裡更是張燈結綵，插著一排排的紅旗，到處是猩紅的標語和對聯。青年個個胸前佩戴了紙做的大紅花，臉上是稚氣未脫的笑容，而家長也張著淚眼，扮著笑臉，共同製造著雄壯熱鬧的場面。

兒子臨上火車時，緊緊握著老人的手，用渾濁的嗓音對他說：「謝謝您，爸爸，我一直都是相信您的。」

兒子的背影很快消失在擁擠的車廂裡。看著那冷冷的、永遠是黑色的車廂皮，老人忽然想起在老家坐過的小火車，想起自己親生的女兒，還有結髮的妻子。離開臺灣時，女兒才是三歲大的小姑娘，如今不知長成什麼模樣，讀了大學沒有，而妻子是否安然無恙？

他浸在濃濃的思念和鄉愁裡，早忘了身外的事物，直到耳邊響起哭聲，才猛然醒過來。原來火車已經開動，門口和車窗全是伸長的脖子和揮動的手臂。送行的人已經熬不住，終於放聲大哭了，適才張張笑臉全成了模糊一團的淚臉；個個眼光迷離地追隨著漸行漸遠的朵朵紅花。他看身旁的老伴，早已泣不成聲，瘦弱的肩膀只剩下一起一伏的分兒。扶著她走的時候，他覺得人影模糊，大紅的標語和旗子來回搖晃，伸手一揉眼睛，才發現蓄滿了一眶淚水。他來不及分辨是為兒子離家難過，還是思念女兒才掉淚，只急急把這個哭得快要閉氣的母親扶回家來。

轉眼五年了，兒子共回來五次。他種的莊稼夠他吃飽肚子；一年一度的探親假，火車票由公家支付；其他零用和衣物則由家裡負擔。老人以前的工作單位裡，不少同事的子女上山下鄉去，沒有一個不寄錢去貼補。有個工資高的幹部，不但在兒子結婚後連帶著貼補媳婦，最近媳婦生產，又接著養起孫子來。這件事在單位裡當笑話流傳著，老人聽了也當笑話講給老伴聽，只是兩人都笑不出來。她的心事更重了，每逢接到兒子來信，先喜一陣子，接著必是哭一陣子。

「吃飯吧。」

幾時老太婆已經把午飯整治好了，兩菜一湯，連碗筷也擺得齊整。她這聲招呼，總算把老人從回憶中拉回來，而且把他從床上拉起來。曉得他這幾天沒有胃口，她挖空心思做他喜歡的菜。看到菜上有一盤豆腐，他立刻就領會她的心意了。每人每個月才一張豆腐票，吃豆腐對他自然是一樁樂事。

「月中還不到，我們的豆腐票吃光了吧？」他特意提起豆腐，表示領情。

「不礙事，你吃吧。」她含糊地應著，還補上一朵溫柔的微笑。

老人怏怏地拿起了碗筷，不辨滋味地吃起飯來。

晚飯後，老人坐在桌前閒眺。透過玻璃窗和敞開的屋門，他看著暮色從天而降，灰藍的屋瓦逐漸泛黑，剝漆的廊柱暗紅斑斑；看著婦女的頭在院裡來回穿梭；小學教員為了熱剩飯和剩菜，正彎腰搧爐子；而廁所的門一開一閉，裡面最早亮起了燈。不到天黑得使人面目模糊，老太婆是捨不得開燈的。他習慣了在暮靄中靜坐，閒眺著窗外，讓時間在指縫中溜過，直到外面漆黑成一團，才背轉身來。年紀愈大，愈怕黑夜來臨。正因為長夜漫漫難以打發，黃昏這一刻便顯得分外寶貴，非要親自守著它來去不可。

天一黑就刮起了風，緊一陣，慢一陣的。呼嘯聲叫他想起黑龍江和北大荒，想起那裡淒清的黃昏和冰冷的黑夜。而那冷漠的傍晚往往引起對比，叫他無數次地懷念起嘉南平原的落日和晚霞，尤其是那溶化一切的光和熱。想到故鄉，老人就失去時間的次序，過去和未來都交織在一起，一剎那間化作了永恆。他最喜歡黃昏的一刻。

老太婆收拾完了家務，封了火，亮了燈，把房門掩上，又拉上了門閂，準備要過夜。手一閒，她立刻坐在床沿衲起鞋底來。偶而她從眼鏡底下覷一眼老人，見他枯坐著不動，不知在想些什麼，書面交代一個字也不寫，不免為他發愁。

「嘎」一聲，四合院的院門被誰推開。老倆口的目光都朝屋門望過去。誰這麼晚才回來呢？腳步聲愈來愈靠近，上了臺階，接著停在家門口，立刻就是叩門的聲音。一聽見叩門，她猛可吃了一驚，針頭幾乎戳進手掌裡。她趕緊起身去開門，心裡七上八下的，甚至來不及和丈夫交換一眼。門閂一拔開，隨一陣風吹進來的是區裡黨小組的組長，居委主任的丈夫。見是他。老倆口稍許放下點心。同是黨員，組長一向對老人存著一分對待老幹部的敬意。

「吃過飯了？」

組長客氣地問，臉上儘量做出一副平板而不帶表情的神色。比起以前見面就點頭含笑，這副臉色相信頗費了一番克制功夫。

「早吃過，您請坐！」

老太婆把自己坐慣的椅子扶正了，請客人坐，接著又去把門掩上。

組長兩手抓著椅背，卻並不坐下來。他抓牢椅背的姿勢就像一放鬆坐下來會跟著心軟，只好硬撐到底。

「書面交代寫了沒有？」他盯著老人問。

老人遲疑了一下才說：「還沒有寫好。」

「你是真沒寫好，還是壓根兒就沒寫？」

老人避開了他的目光。「真的沒寫好。」

組長平板的臉登時起了波浪，嘴角抽動起來。他想發作兩句，但記起對方的黨齡與自己的年齡相差無幾，也就忍下來了。

「聽著，」他俯身向前警告老人，「街委會普遍反映你態度頑固，有意拖延，要我正告你嚴肅對待整個事件。要交代的人不止你一個，都這麼頑抗到底，他們的工作就沒法做了！你是老黨員，應該知道黨的一貫政策『坦白從寬，抗拒從嚴』，老實交代出來，不要躲躲閃閃。其實你的問題應該是簡單明瞭的，看到什麼說什麼，就是這麼一碼子事！我們也不相信你參加了武鬥——」

說到這裡，組長還露齒一笑，眼光停駐在老人那大步向裡延伸的禿額和稀疏花白的幾根頭髮上。

「但是你一整天不在家，究竟跟誰在一起？說了什麼？做了什麼？看到什麼人參加武鬥？你說在酒店裡喝了酒，那個酒店？有誰可以證明你呢？毛主席說：要相信群眾，要相信黨。我們的排查工作，打擊的對象並不是你，只是要排出那一小撮反革命分子。至於你『四．五』以前，每天早上都出門，是不是去天安門廣場？總之，你結合對鄧小平的批判，自己深刻檢討！」

老人聽到「結合對鄧小平的批判」時，想起不久以前組長還在吹捧鄧小平如何能幹，如今自打嘴巴子，忍不住露出嘲諷的笑容。

組長猶疑了一下。他自己也還沒有想通這整個事件與鄧小平之間的來龍去脈。

「總之，我今晚來是為你好。如果你不能按時寫出交代和檢討，街道組織打算把你做成專案，轉到你原來的單位去。我是通知你了，你自己決定吧！」

老太婆一直坐在床沿旁聽，這時忽然開口了。

「明天，明天早上交吧，」她代替丈夫答應著。「晚上就寫好。」

老人側頭看老伴一眼。可憐她聽到「送回原單位」，已經嚇白了臉，八成是想起六〇年代挨整受折磨的情景。

「行，明天一早交。」他點頭附和。

「行，我們一早來拿！」

組長說完，順手把椅子推向飯桌靠攏，表示談話結束了。老人掙扎起身子送他，老伴早過來把門打開。老倆口看著組長走下了臺階，這才重新閂上了門。

老人跌回椅子裡，兩隻手按在身後的腰上，覺得腰背痛得要支離破碎。

「還疼？」老伴深深蹙起了眉。

她下午去街道托兒班代人看小孩，回來見老頭子和衣躺在床上，就知道他老毛病發了。早上掃廁所一定累了他，一個下午竟沒有休息過來。

「給你拔火罐吧？」她瞅著老人的臉，柔聲問道。

「也好。」老人痛得無奈，只好答應。

她從五斗櫥裡取出四個竹筒子。櫥上擱著酒精燈，她劃根火柴就點燃起來。結婚後不久，她發現老人風溼關節痛很厲害，就去學針灸和火罐，在他痛得難受時，替他減輕些痛苦。頭兩年扎針還管用，以後常扎就不靈了，只有拔火罐能收到暫時緩解的功效，老人就一直讓她拔去。十幾年下來，四只竹筒都熏得黑光發亮。

老人解了衣服，臉朝下，平臥在床上。她拉了棉被過來給他遮護著上背，然後熟練地點燃了酒精棉球，「卜卜」幾聲，四隻竹筒壓上了後腰，上面再拉過被角來蓋上。

他靜靜躺著，享受腰上火辣辣的溫熱感。僵硬和酸楚果然被這股暖流消解軟化，身子沒有動彈，關節卻自然疏通，人也感到輕鬆起來。

年老多病的人幸好有個家，他閉上了眼睛對自己說，這才得享溫暖！像他這樣多病的人，腸胃、氣管都種下了病根，但發作最多的卻是風溼痛。這毛病還是躲日本人時，輾轉藏匿在山中，受寒引起的。之後在監獄裡，有一度住得太悶熱潮溼，竟釀成了痼疾，遂如影隨形，再驅逐不去。再婚後，妻子溫柔，照料周到，倒也不算太苦。最難堪是前幾年在黑龍江勞動，逢到朔風凜冽，關節便痛得節節呻吟，整個人動不得。這種時候，不但勞動不了，還要麻煩同事來照料自己。有一次，他躺倒了一個多月，輾轉床褥，又淒涼又無奈。就是在那個絕望的時候，他想起了「周總理」。在衝動之下，他給周恩來寫了一封信，請求照顧他退休。信寄出後兩三個月沒有下文，他便不存指望了。開春的時候，組織上忽然通知他返北京辦理退休，倒把他一時喜得呆若木雞。

他不知道「周總理」是否還記得他這個臺灣人，或許僅僅是出自對一個老幹部的憐憫而准他退休，他就不得而知了。

他生平只見過周恩來一次，還是在大鳴放一年前。在「十．一」的招待會上，周恩來召見了幾位臺籍黨員，親切地詢問了他們的工作。臨走時，對他說：「好好努力吧，臺灣的解放全在你們身上。」

他那時真有大任在肩，光榮和沉重兼而有之的感覺。可惜一年後，局勢就改變。

大鳴大放對誠實的幹部來說，是一場大騙局。本著對黨知無不言的原則，他對幹部政策執行的偏差提出了懇切的意見，批評了對臺統戰政策的錯誤措施。沒想到忠言逆耳，毛澤東忽地拉下臉來，右派帽子漫天拋撒出去。他是屬於「帽子拿在手裡」的一群，幾次做了違心的檢討，才僥倖沒有被戴上。

不久，國務院選派通曉日語和日本民情的幹部去東京開會。照理他是最佳人選之一，卻被排在候選最末一名。如果不是周恩來發現，朱筆一圈拉上來，他怎麼也出不了國門。

為了報答周恩來的知遇，也清楚周圍監視密布，他在日本逗留期間，真正是目不斜視，連給臺灣的妻女告個平安的信也不敢寫。飛機飛越太平洋時，俯視碧波如鏡，一時鄉愁爆發，有如波濤洶湧。可惜他沒有人可以訴說，就硬向肚裡壓縮，結果像揣了一隻重量鉛球，被壓得氣也喘不過來。

那一次回北京不久，他就大出血，發了胃潰瘍，在西山療養了半年才勉強上班。領導和同事不放心，極力勸他再結婚，好有個人照料飲食起居。他們鼓勵他說這是「革命工作的需要」，不犯重婚罪。他倒不是怕重婚罪。黨政領導人物僅出於喜新厭舊，就公然遺棄糟糠，而美其名為「重組家庭」——劉少奇一個人就重組了五次——他再婚，才是真正落實「重組家庭」的口號，又何罪之有？以前遲遲未再婚，實在是想念老家的妻女。

離開臺灣時，他原以為兩三年就可以回去的，一直存著團圓的希望。然而這次出差日本回來，他忽然看淡了。望著一口口鮮血在地上發暗發黑，他覺得希望也像這鮮血一樣發暗凍結。島民的固執成性使他依然懷著骨肉團圓的希望，只是怎麼回鄉，卻使他茫然。

「感到好些嗎？」

老太婆柔聲問他。看他寂然不動有一刻鐘之久，以為他睡著。

「好多了，」他感激地說，並翻過身子坐起來穿衣服。「這下腰才是自己的，下午簡直硬得沒有知覺。」

「都是打掃廁所惹出來的呀！」她乘機勸他，「下次別再攬事了，還是我來吧。」

「醫生說，勞動可以治關節炎的。」

「也要看年紀呀！」老伴嘆氣了。「你好歹寫幾個字吧，明天可以對付過去！」

說到這裡，她拿乞求的眼光瞧著他，可憐巴巴，好像她才是真正挨整的人。在昏黃的燈光下，她半白的短髮和瘦得顴骨畢露的臉看來就像剛從病床上爬起來。

「我現在就去寫！」

他不忍拂逆她。每次看到這默默乞憐的眼光，他腹中那鉛球般的凝塊就受到震動，終竟軟化下來。記得頭一回同事介紹他們相見，他便發現這個特點。那時她還是中年婦人，不大不小的杏眼就流露出委屈求全的神色，還攙揉著一股少女特有的羞澀，看來特別動人。如今衰老了，她的眼光變得更加悽楚哀憐。一向話不多，可是有求於他的時候，她就這麼瞧著他，像鴿子一般馴順，使他不忍拒絕。

在他被關起來的那段日子裡，他曾經動過自殺的念頭。她似乎有預感。來送飯或探望的時候，有時也這麼望著他。不是悄聲問：「你會想開吧？」就是說：「你會想到我們吧？」

看到這神情，他覺得死亡不但不能解脫自己，反而會給母子倆帶來無窮的災難，因而加重自己的罪過。

「我給你沏壺茶去！」能把老人說動，她喜得坐不住。

「不用了，在暖杯裡兌些水就行。回頭妳先睡去。」

她沒答腔，但是立刻去兌了開水，把暖杯送到隔壁的小房裡。扭亮了檯燈，見桌上收拾過的紙筆仍原封不動，就把暖杯擱在右首。她又坐回床沿，拾起針線衲鞋底。低著頭，她專心一意地鑽洞拉線，眼角卻溜向書房。然而老人需要孤獨，他進去後就把門輕輕帶上。

四月一日天氣晴。

老人望著花布窗簾出神，背靠著藤椅和褥子，手捧著暖杯壓在胸口上。房裡沒有鐘，他不知道是什麼時候了，但想來一定很晚，院子裡家家戶戶早沒有聲響。老伴進來添過兩次水後，再沒有聽到動靜，想是先睡下。風停了，夜很寂靜，靜得異常空洞，異常的清冷。

他把目光移到桌上的白格子紙上，自己也有些不大相信。半天才寫了這麼七個字：四月一日天氣晴。

「送回原單位！」

組長臨走前的威脅還響在耳際。

送回原單位又怎麼樣？他在心裡挑釁地問著，嘴角浮上一絲冷笑。

自從他把生死想通後，世事便淡如烟塵了。「民不畏死，奈何以死懼之！」不正是有人不怕死，不怕整，才造成天安門事件，向這二十世紀的秦朝統治表示反抗？

反抗的意識也不是四月五日才萌芽的。早在三月底，便有人開始去紀念碑前獻花圈。北京市委心虛，特地傳令各機關學校，不許去獻花圈。這是小學教員親口對他說的。禁止獻花圈，自然就不好買花圈了；然而老百姓是難不倒的，他們自己動手做。小學教員的學校裡，有些教師和學生為此連夜趕工，糊出又美又光采的花圈來。

愈不許人獻花圈，花圈竟增加得特別快。老人自三月底來，每天吃了早飯就上天安門廣場走一轉。眼看花圈愈擺愈多，到了四月四日，紀念碑四周層層疊疊，直擺出欄杆外。很多人不便做花圈，便寫了悼念的詩詞，貼在別人的花圈上。祭文太多了，只好掛到小松林裡去，那裡也擠滿了觀眾。除了爭睹圍觀，多少人帶了筆記本來抄錄，甚至印成傳單散發。精采的還有人自告奮勇來朗誦，有人還作了錄音，念到悲壯處多少人垂淚。「冷露漫漫，野鬼影啾啾……」多少人和老人一樣嘆息著。聽到「返我寶島，統一中華」，老人的淚也涔涔而下了。

他並沒有抄下這些詩詞，但是居委主任一口咬定他是收藏起來，要他交出來。小學教員抄了幾首，自然是照交如儀。會計家的中學生女兒抄寫在手帕上，在同學間傳閱時，被教師沒收了。望著白格子紙，老人感到又熟悉，又陌生。想不到這一把年紀了，還對它匍伏稱臣。不寫交代，要連累老妻寢食不安；寫吧，又怎麼寫呢？他瞧著「四月一日」，忽然覺得太遙遠，放下杯子，拿起圓珠筆把「一」塗改成「五」。

交代一天也儘夠了，他對自己說。扔了筆，他雙手合十，背倒向藤椅，又開始出神。

交代可以廢話連篇，但是無論如何不能把關老連累進去，這一點他心裡是很篤定的。

碰見關老完全是巧合。那天，他被擠掉了一隻鞋，趕緊撤退出來，在金水橋旁坐下喘氣，正好碰見了同鄉。將近一年沒見面，乍一碰頭，彼此又驚又喜。交換過一些健康和疾病的近況後，話題自然轉到周恩來身上。

關老當年留日的時候，娶了個日本老婆，就憑這一點，他在文化革命中招來了「日本特務」的罪嫌，也吃了不少苦頭。幸好他不是黨員，而且懂得逆來順受的哲學，因此在不堪折磨之下，不僅承認了罪名，甚至「上綱上線」，無中生有地報了一堆帳，結果爭取到「坦白從寬的樣板」，躲過了風頭。到了運動後期，又恰巧在醞釀「中日建交」，他乘機上書「周總理」，要求平反。這時候日本人身價暴漲，究竟周恩來看到上書沒有，他不得而知，但是很快獲得解放倒是事實。他並且得到賠禮道歉，多少挽回了名譽。就憑這樁事，關老對周恩來很是感恩戴德，不時把「周總理」三個字掛在嘴上。

關老倒是抄了厚厚一個記事本子的悼念詩詞，包括哀悼楊開慧而諷刺江青的「反革命歪詩」，甚至攻擊《文匯報》，挖苦江青，影射毛澤東的詞句也照抄不誤。

「這才是歷史的見證！」關老拍拍記事本對老人說：「歷史是人民創造的，也該由人民來記載！」

「你怎麼保存這些東西呢？」老人直覺地預料到這些諷刺攻擊的詞句會惹來大禍。

他笑笑說：「自有妙計！」

關老還填了一首〈憶秦娥〉的悼詞，打算抄出來，第二天也貼上花圈。老人很感動，就說自己可以帶瓶好酒來。於是當下約好了，明日清明一起來祭周。

沒想到第二天情況全改觀。

老人一早先到，發現廣場上聚著大大小小的人堆。除了節日的遊行和集會，還從來沒有出現過這麼多人，而且情緒很激動，吵鬧叫喊，像開水揭了鍋蓋，蒸氣瀰漫，正四處尋找發洩的機會。他打聽了一陣，才知道這是花圈被搬走引起的。本來就有花圈夜裡被「偷走」的傳說，因此好些單位派了人值夜看守。誰知清明前夕，竟連人和花圈一起被劫走！群眾自然氣憤，喊叫：「返我花圈，返我戰友！」有的說是市公安局幹的，有的一口咬定是江青指使民兵幹的。不少人演說鼓動，偏有人唱反調，叫喊：「周恩來是大走資派！」這自然成了「過街老鼠人人喊打」，武鬥便沒有停過。群眾儘管手無寸鐵，對著持長矛鐵棒的民兵並無懼色，一早就出了幾起人命。

老人遙望「人大會堂」前面，層層疊疊，全是人頭，情況十分凶險。昨天局勢太平，尚且擠丟了棉鞋，現在更是挨近的希望都沒有。他只好退到約定的「勞動人民文化宮」車站前，等候關老來。四周都是人頭攢動，老人置身在這沸騰的人群裡，內心感到清醒的悲哀。他沒有同別人一樣激動，仔細思索一下，原來早隱約有了預感。除了腹中那塊無形的鉛球受到震動而有千鈞重的感覺外，他沒有任何表情。

關老下了公共汽車，也是大失所望。見民兵殺氣騰騰，而廣播喇叭叫得聲嘶力竭，天安門廣場眼看成為戰場，兩個老人只好走避。回家也不甘心，就把關老填的詞攤開來，把署名「一個革命的知識分子」這幾個字拿筆塗掉，改寫上「兩個臺灣人」，貼在金水橋欄杆上。然後兩個人步行到東單，找酒店喝酒。

關老熟悉的一家酒店，這天生意特別好，已經座無虛席。兩個老人尋找了一陣，才撈到兩把凳子，親自端到靠街的窗口，勉強擠進一角桌子。同桌的是工人，正喝著「二鍋頭」。老人掏出了一瓶袖珍裝「蓮花白」，邀請大家共品。

美酒雖然使人興奮，但不如當前的事件叫人激動。顧客進進出出，川流不息，不是打聽消息就是來提供消息。有說南京出現了「打倒張春橋」的標語，震驚了北京，才連夜搬走花圈的；有說是民兵為了護衛江青的名譽而採取「革命行動」的；更有人說挑起武鬥的是民兵化裝成群眾——據說是親眼目睹，可以對天發誓——早有預謀，只差沒料到群眾會赤手空拳地反抗，並且公然地遊行示威。不僅酒店裡的人議論紛紛，連長安街上的行人也神色慌張，失去北京人特有的悠哉遊哉的步伐。賣酒的服務員聽人談話出神，酒勺子一再歪傾，灑了一櫃檯的酒，揩抹都來不及，就聽任它自己流去。

老人喝了不少酒，關老卻忙著與人交換抄錄的詩詞，記錄流傳在外地的小字報，酒也顧不上喝。到下午三點多，除了燒毀廣播車外，又傳來打死打傷公安員和民兵，群眾死傷上萬，廣場上染紅了鮮血的消息。接著有人趕來號召大家去加入砸爛民兵指揮營的隊伍。這下，大家都感到事態嚴重了。有些顧客摩拳擦掌地衝出去，有些人趕著去打聽下落。關老放心不下家裡的人，又怕汽車不通郊區，急著要趕回去。出了酒店分手時，彼此都約好，誰出了事都不要把對方拉進去。

自那以後，他們一直沒有再聯絡。關老在一個文教單位做事，那裡政治氣氛濃，此刻也許正面臨著與老人同樣的命運。

但願他平安無事！老人在心裡為朋友默禱著。

窗外幾時又颳起了風，一陣呼嘯而過，劃破夜的寂靜。風聲過後的空白裡，堂屋五斗櫥上的鐘擺，滴答——滴答，叫得特別清晰迫切。老人傾聽著，逐漸體會到一種時日無多的緊湊感覺。這種幽靜的夜，他想，不能用來製造無聊的政治廢話。這樣的夜最適合回憶，最宜於懷念遠方的親友，重溫童年的舊夢；最適合閉上了眼睛，讓思想飛得遠遠的，飄洋過海，與家人重聚……。

睡不安穩，老太婆突然夢裡驚醒。拉亮了燈，她披衣起床。悄悄地，她推開了虛掩的書房門，見老人花白的頭垂掛在胸口，彷彿睡得正熟。桌子上白格子紙平攤著，上面仍是一行字：「四月五日天氣晴。」

回家

蔣曉雲

◎一九九三年七月五日以〈楊敬遠回家〉首次發表於《聯合報》副刊，後二〇〇九年改寫成〈回家〉，收錄於二〇一一年《桃花井》，印刻出版。

「老先生，這邊也過不去呢。」計程司機停了車，調轉頭來對李謹洲說：「博愛路那邊我看更沒可能，你是就到這裡還是怎樣？」

謹洲看看外面的車陣人潮，再看看司機等待答覆的臉，無奈地嘟囔道：「這又是什麼事？去火車站也管制！」一壁挪臀掏錢準備下車。

司機找錢扳表，權威而興奮地道：「新聞說民進黨要求總統直選，攻占臺北火車站，國民黨的警察四面圍堵。我要不是想來看現場，不會做你這個生意呢。」

「不像話，不像話——」謹洲咕嚕咕嚕地自言自語，心裡忙手裡慢的下了車。

十年未見，哪裡不好約，約見臺北火車站？謹洲自怨自艾。站定辨認辨認方向，嘆口氣舉步前行。

上次和楊敬遠見面算算也有上十年了，那還是老楊才放出來沒有多久時候的事。可楊敬遠是民國七十一，還是七十二年回來的呢？謹洲卻記不得了。反正年紀大，經不起今事往事的折磨，那次一別，雖然同在一個大臺北，可是城南城北，居然不相往返又上十年，間中只打過拜年的電話，直到這次敬遠籌夠了路費要返鄉探親，打電話向他這跑了多次的老馬問路，說起來大家身體都不行了，敬遠竟在電話中涕泣道：「沒有別的想了，一把老骨頭自己帶回去——這個兒子還不是親生的，我沒養他的小，他倒養我的老！人家不嫌，我自己都嫌——」

謹洲聽見老友悲泣，想到自己在臺灣這一個嫡嫡親親的兒子平日少搭不理，兒媳婦受丈夫身教也是心淡臉冷，孫女雖然可愛，查察父母顏色也少來老人膝下承歡。想著心中著實感慨，乃提出約見一敘的建議；他自臺灣開放大陸探親以來，已跑過家鄉四趟，自忖很有些老年返鄉者旅途須知的心得可以提供給老友。兩老早已深居簡出，說到要找個地方敘敘，一時之間卻沒了主意，磋商良久，約在火車站附近的老牌餐廳，算是少數一個兩老只靠自己就摸得到的地方。

卻不承想碰上這麼一個亂糟糟的場合！謹洲有點後悔沒帶手杖。他倒不怕走路，只是手裡有根手杖總是穩當點，老年人就是怕摔跤。老妻過世十五年了，這麼些年，自己不照顧自己，誰照顧你？七十九歲的老人還有這麼健旺，是他常引以自豪的。年輕的時候愛運動，後來蹲黑牢也沒有搞垮他，就是仗一個底子好。可是耳朵不行了，這時腦子裡嗡嗡叫，明知不是街上的人或車。沒帶手杖；這都還不知道要走多遠！街景也都變了，公園路這一帶好久不來了，來了也都是坐車經過，不記得什麼時候就都變了。謹洲看見打橫的路牌是青島東路——嘿，這司機！這麼遠就讓下車了？

一九五一年謹洲第一次到青島東路的時候，天已經黑了。車也是黑的。他兩邊都坐著人，不避諱的緊緊挨著他。謹洲眼睛並沒矇著，可也沒看清楚四周景物。這一帶路不熟，又不敢先開口，儘管心裡著急，也不知道自己究竟給帶到了哪兒。大家一路沉默著。就算心裡沒一點數，也像押解人犯了。來帶人的時候倒還很客氣：「局裡請李先生去問幾句話。」那時候天真，還真以為問幾句話交代清楚就完事了。

先是隔離審訊，不准接見，關在一間小房裡，窗子糊死了，屋裡總開著燈，問話的人輪替著，打倒不怎麼打，只不許他睡覺。人累極了有種靈肉分離的錯覺。他的身體或坐或站的受著沒止盡的盤查，心裡卻漸漸空了似的。嘴裡有口無心機械似的答著話，一個念想只記掛著也不知道幾天了家裡怕還不知道他給帶了去哪。錶給拿走了，不知道白天黑夜幾點幾分。一樣的問題他們老問，只不許他回問。有次碰到個脾氣躁的問話被他搶白了幾句，一巴掌打得他腦子裡嗡嗡叫了幾天——也許幾十年。

就在他覺得自己堅持不下去的時候，裡頭有個和氣點的告訴他審訊結束了，他是冤枉的。可以給家裡寫封信，宣判了就結案。還回答了他一個問題——這裡是軍法局的看守所，在青島東路。

這個看守所是一條龍作業，軍事法庭就設在同一個大院裡。謹洲給押著走一會兒也就到了。一間大點的房演文明戲一樣布置著個簡易法庭；國旗、黨旗、總理遺照、總裁玉照、桌子板凳，外加一個戴著眼鏡的軍法官。

謹洲是冤枉的，都查清楚了。可能是沒人擔得起有軍法局抓來的從看守所大門走出去的責任，冤枉的也判；六個月起跳。審判長宣判後特別召他向前，「李先生，我們現在是非常時期，不能錯放，你是老黨員，要瞭解，尤其你是有人告發的。這個判決書我這麼寫，你很快就沒事了。」

「——察該員雖無檢舉情事，然逗留匪區過久，思想難免毒化，然情節終非重大，茲判感訓六個月。」

六個月？謹洲貫信的白紙黑字和他效忠的黨都騙了人！六個月原來只合他牢獄之災的一個零頭。可是刑期「有期」畢竟給人希望，這希望之火每半年一燃，竟也支持著謹洲懷憂卻不喪志；漸漸上上下下也都知道他是個刑期短，情節輕的積極分子。他在這個四面只看得到海的不毛小島上漸漸混成了「新生」的頭頭，當了個班長。他那一隊全是民意代表，地方「顯」達——坐了牢，還是思想有問題坐的牢，就不好稱為賢達了——反正是說起來都還有點資歷或背景的各省地方人物，老弱殘兵一大堆，成天作詩的作詩，罵娘的罵娘，聚在一起盡多是感喟傷心流淚嘆氣。相比之下謹洲還算識時務；上課時積極參與討論，下課後還溫故知新；幸虧他原來也信仰這個主義，用起功來並不痛苦勉強。至於勞動更是全力以赴，權當是鍛鍊體魄。時間長了，雖然和大家一樣的出不去，島上多半的地方他也到得了。有什麼「芝麻醬」、「豆瓣醬」之流的來視察，他也以模範新生的身分在打牙祭的時候往前坐，甚而喊喊起立敬禮的口號。到了這個時候，彷彿除了這個離不開的火燒島，無時不思卻又不能見的家裡人，他冒險犯難逃離共產黨政權來歸的國民政府也算就此安頓了他。

忘了那天為什麼會去到五隊，也許是一個什麼送信之類的跑腿差事。他是最不喜歡到那邊去的，看見島上的重刑犯人總讓他心裡難過。自己的親身經歷，外加這年把聽見看見的，謹洲固執地相信全島新生都是吃了冤枉的倒楣鬼。

「李先生，」一個小小的聲音叫：「李先生。」

謹洲耳朵不比從前。島上一年四季風大，白天晚上呼呼吹。

「李先生，」聲音大了點：「李謹洲先生！」

他循聲找去，一下並沒能認出那個穿著青灰犯人服，剃了光頭，太陽曬成黑糊糊的一個——嗯，人。

「謹爹——」那人用家鄉話再喊他，「李家謹爹——」

「楊敬遠！」他驚訝地低叫出聲；是他們縣城裡出了名的美男子，不說鄉音一點認不出了。正要相認敘舊，忽然驚覺非時非地，帶班的又已經注意這邊，乃輕輕一擺手，留下一句：「我想辦法找你。」就匆匆離去。

謹洲那天揣著一肚子疑團回隊；怎麼楊敬遠也進來了？自己出事前才吃了他的喜酒來的。要說自己這是個冤獄，不管怎樣，自己還跟政治沾上了邊，地方上也有恩有怨的扯不清，碰上這場浩劫，逃不過災星罩頂還有脈絡可尋，仇人可恨。楊敬遠這樣一個仕紳級的少爺人物，又安得上個什麼罪名？共產黨進城後，楊家既地且富，楊敬遠被逼得隻身潛逃，後來的同鄉帶來壞消息，說他留在家裡的妻子受逼不過，帶著稚齡兒子投了湖。楊敬遠家裡前清有功名，父子兩代都不做民國的官。他自己一表人才，是四鄉有名的美男子，同鄉間又傳說他帶有金條逃難。一個也帶著個孩子的年輕寡婦自媒，楊敬遠先不肯，後來喜歡那孩子，說是與失了的兒子同年，又同情女人的丈夫死在共產黨手裡，又怕人母子生活沒有著落，才應了二婚。這一家子和共產黨可不是人家說的什麼苦大仇深？怎麼又給國民黨這邊抓了呢？

「命，謹爹，都是命——」敬遠吸口菸屁股，遞還給謹洲。雙手扶住頭，用一種認命了的悲涼腔調嘆息道：「我只跟不如我的比。船上認識的一家子五口，夫婦兩個都是醫生，基隆一下船就抓去槍斃了。是匪諜帶三個小孩來你這裡？人家幹了什麼？不過就是念書的時候參加過遊行，行醫的時候救治過共產黨？這都夠槍斃的罪了！我不同，我是自己簽名保舉了個共產黨的，判了終身感訓不冤枉。」

謹洲想楊敬遠一個大少爺不比自己，當初去的又是惡名昭彰的青島東路三號，怕是看守所裡受刑不過自己徹底認了罪，做了火燒島的新生以後又給洗了腦，心中雖對他「判了感訓不冤枉」的說法極不以為然，可這還真輪不到自己來勸導，就長嘆道：「唉，亂世，亂世！寧為太平犬，不做亂世人哦。」說了又嘆。

關在島上，時間最不值錢，到他們真能這樣一聚時，距打個招呼的最初短暫重逢又已匆匆一年。敬遠判的感訓是無釋放期限的，結髮妻親生兒早已屍骨無存，再醮的妻原為生活託的終身，敬遠一宣判，很快兩造就同意辦妥協議離婚。倒是那個正式辦過收養的繼子楊宜中，六年級了，還一直給敬遠寫信，成了敬遠苦難中唯一的安慰。

「亂世難為人呀——」敬遠附和嘆息著：「我也常常覺得生不如死，可是，大概麻木不仁了，好像生也是死了一樣，那還要找個麻煩去死？現在是行屍走肉。只有給小孩寫寫信還有點意思，說是鼓勵他，也鼓勵自己。」敬遠苦笑，「我就想無期到死還無期？就算在這裡蹲一輩子；兩腳一伸日，全家團圓時——這還是我一點盼頭了。」

謹洲手一彈飛出一點流星；是已經燒到了手指的菸蒂。他惋惜地望著菸蒂燒盡，一面說，「無期怎麼樣，有期又怎麼樣？我是有期，不但有期，還只有六個月的管訓期。現在我到這裡四年了，還是釋放遙遙無期。我這個有期跟你的無期又有什麼分別？」

敬遠不曉得怎麼接這個話，只顧自翹首望向天邊。藍天上白雲朵朵，他的愛妻與子可在雲端上等他去團聚？宜中呢？那孩子又在做什麼？

謹洲不待敬遠回應，又自我排解道：「像你說的，只能跟不如的比。我給人告發的罪狀是發通電歡迎共產黨進城，碰上一個怕事的審判長，糊裡糊塗依例判個槍決，我都死了好幾年了。現在我還可以在這裡發牢騷已經是大造化了。」

敬遠聽說還是無言，只知嘆息。一會兒站起來告辭道：「我回去做事了。」旋又鞠一躬，誠懇地說：「還是要說真不知道怎麼謝你，在難中你老人家還幫這樣的大忙。不是你老，我還在做苦工，見不得天日，也許活不了了。」

謹洲忙搖頭擺手，想解釋，無從說起，又作罷。他這個「大忙」幫得本無心，被敬遠一謝再謝，謝得慚愧，只得無言。

事緣那天新到任的處長在辦公室單獨召見謹洲。

「我來以前到臺東拜訪了廖兮尊先生；他是我們憲兵的老前輩。他提起你是他的小同鄉，要我關照關照。」處長說著竟然敬了謹洲一支菸：「有什麼意見儘管提。能辦的我辦，不能辦的我替你反映。」

謹洲很感動，立正道：「謝謝處長，也謝謝廖先生。」那年頭老抓人；本省人有異議是叛亂分子，外省人不必發異議，有人用手指指就成了匪諜，指證的還能領檢舉獎金。被抓的固然是悄沒聲息的不見了，家屬朋友也都噤若寒蟬。像廖某人這樣敢仗義認同鄉的，真是鳳毛麟角。

「我是冤枉的，」謹洲說。處長點點頭，一邊深深地看了他一眼。謹洲激動了；這個新處長和旁的不一樣，是熟人關照過，是瞭解和同情他的。有些混亂的，他繼續陳情：「——就算不冤枉，我的刑期也早就滿了。」他把念茲在茲的判決書背了一遍。

「這個我們研究研究。」處長說。他的憲兵學長也說這李某人是個冤獄。罪名不小：投敵的省主席領銜發通電歡迎共產黨，下面大官小官排滿一張報紙，李謹洲三字赫然在列。憲兵學長說：「李謹洲那個時候一個人躲在廣州找機會逃跑，我家裡還見過他。他當縣長的時候清鄉殺過共產黨，不會也不敢去歡迎他們進城。」

「——說報紙是證物，那我還有人證呢？」謹洲哀告道：「報紙誰都可以登，我是三點水的洲，報上通電是沒有三點水的州。我——」

「時候到了我們會研究。」處長聲音稍沉，正色打斷謹洲，另啟話題：「這裡的生活怎麼樣？還習慣嗎？」

謹洲提起的希望一下沉了下去。原來還以為這個處長兩樣點。他沒有忘記自己階下囚的身分，卻壓抑不住心裡的失望，因而有點憤然地答道：「還能怎麼樣呢？感謝黨和政府寬大留著我條命就是了。」

處長不以為忤，順手翻翻面前卷宗，又換回和顏悅色，說：「你在這裡學習成績很好，要保持。」頓下又道，「不是每個人都像你這樣能覺悟，好好接受新生再教育，你不錯。可是這裡臥虎藏龍，也有敵人的頑固分子在我們中間，哪怕在我們新生訓導處，我敢說敵人還企圖滲透毒化我們，我們不能鬆懈。你如果發現有同學思想有問題，可以跟我談談。」處長用鼓勵的眼神看著他。

謹洲既感詫異又啼笑皆非；難道單獨召見是要鼓動他做奸細打難友的小報告？既是這樣的糊塗官腔長官，自己的冤屈也免談了。可是坐辦公室裡抽著整支的好菸跟人扯談怎麼也強似回營出操做工。一念及此，謹洲彈彈菸灰，深吸一口，開始上天入地，想啥說啥；從伙食、思想課程、一路扯到了標語。

「——就像處長說的，我們這裡臥虎藏龍，什麼人沒有！我一個同鄉楊敬遠，在五隊的，那不得了，聞名的書法家，真是一字千金。寫得一筆好字，以前說是一字千金真不為過。以前人家求他的字，還要託人，還要看他高興。現在他在這裡幹什麼？——敲石頭！可惜了是不是？要是他來給我們寫寫標語講義什麼的，那真是真是，嗄？」

「五隊？」處長蹙眉道：「五隊都是需要加強感訓的頑固分子不是？」

「也有例外的，像我跟你提的這個楊敬遠。他什麼罪？說他是保舉了共產黨當議長。他一個官宦人家的大少爺什麼危險人物？」謹洲講得興起，兩隻指頭夾著香菸比劃起來，「可既然是個地方紳士，不管是滿清、共和、國民黨、日本人，還是共產黨，派糧保舉，什麼事不找？這都判他個無期徒刑。說句關起門來講的話，地方上是這樣，中央呢？我們校長的嫡系都有幾個共產黨？不是他提拔的？真是！」

處長聽見謹洲牢騷發到不像話，趕緊打岔：「你說楊什麼？你把名字寫給我，以後研究研究。」

謹洲的刑期有沒有研究不知道，敬遠的事卻研究有了成果；改派了抄抄寫寫的差事。謹洲有時候也當文員差，同鄉難中乃能偶一聚首。

半年後，處長返臺述職，臨行前又召見了謹洲。不痛不癢的官話說了一些後，淡淡地提起：「你的事我研究了。如果你找得到保的話，試試看。」

謹洲趕快給家裡寫信，要太太去求人。李太太那年還不滿三十，帶著十歲的兒子租住臺北近郊鄉下農家的一個廂房隱居避禍，靠變賣首飾和在小學校代課慘淡度日。接信後再度鼓勇遍求舊識故交，約莫是有點身分又夠關係的人一一求到。然而幾個認識的檯面上的人既熟讀孔孟也都深諳趨吉避凶的道理；叛亂罪是講起來都要先四下望望再掩嘴就耳的事，哪裡有人敢挺身而出去做這種保人？於是李太太四處求人卻盡是徒勞，不但備辦禮物往返交際讓她母子經濟愈加拮据，精神上也倍受人情冷暖的打擊。

那時候廖兮尊先生只是臺東一個鄉間學校的教書先生了。部隊轉進到臺灣後他找個機會就辦了退休。廖先生對自己做個儒將的期許是既然不能做亂世的中流砥柱也起碼要懂得急流勇退；不能救人至少不能害人。於是他帶著家人離開了冠蓋雲集的臺北，心安理得的用本地學生們聽不懂的鄉音在偏遠的臺東誤人子弟。李太太那時並不認識這麼一位只有同鄉之誼的長者，得了謹洲的令只在臺北瞎鑽營。還是謹洲終於得知自己太太求告無門的困境後，才姑且一試地對這一位咸認「關係不夠」的朋友求援。

誰知道，就這樣，彷彿輕輕易易地，原本遍求不得的那個「保」竟很快來了。再就釋放的命令也很快來了。謹洲盼了幾年，真正到了這一刻，失落竟然大於欣喜。他逢營裡官兵就問：是不是我半年刑期滿了有保就可以出去了？為什麼不早告訴我呢？這個保究竟是個什麼保？怎麼不見明文規定呢？如果我只差一個保，這多出來的幾年牢我白坐了嗎？

人家就笑他：「你老兄可以出去就出去，哪有那麼多問題！難道還捨不得走？這個保不保的當然是上面的規定。」

像揚夢一樣；謹洲等到了船，就此離開了羈押他五年的火燒島回到臺灣。

至於楊敬遠，他的惡夢則又延續了二十年。他和其他活得夠長的政治犯一齊等到了特赦。加上辦出獄手續和安排交通等等瑣事的零頭，當他再度踏上臺灣島時已是民國六十九年，西元一九八〇年。楊敬遠三十一歲離開家鄉，三十六歲被關到火燒島。這一年，在臺東港碼頭迎接花甲老翁的是已經改姓歸宗的繼子張宜中——敬遠第二次短暫婚姻裡新娘子帶過來的兒子。

躺在床上，敬遠再也無法成眠。住在臺北十一年了，還是不習慣這二十四小時穿牆越戶的市聲；除非中夜不醒，醒來後就一定睡不回去。他披衣而起，想到陽臺上去吸支菸，又怕驚擾了屋裡其他的人。磨蹭半晌，抗不過菸癮，到底還是躡手躡腳地開了門。對過孫子的房門是開的，他踅了進去看看這個他一手帶大的孩子。他替孩子緊了緊被子，輕手輕腳地掩上門出去。

門口給宜中留的燈還亮著。顯然人還沒有回來，敬遠想，如果正巧碰上宜中回來不剛好告訴他這件事？

敬遠悄悄地走過客廳。有些艱難地彎下腰拾起散落在地上的兩件玩具。家裡一直沒有請人幫忙，他在這個家裡說是個老太爺，又不姓張；說是長工保母兼煮飯嘛，男主人叫爸爸，孫子也管他叫爺爺。他自忖對宜中實在沒有什麼養育之恩，宜中為他做的，親生兒子也有比不上的。

走上陽臺，他才放心地吐了口大氣，點上一支菸。宜中最近戒了菸，要他也戒，媳婦也講過好幾次話了。這包，抽完這包——他說。七十二歲的老人，身體不行了，他們的孩子也大了，自己在這裡是多出來的了。

媳婦是一向多了他的；既不是個正牌公公，還沒有錢，還要他們贍養。好在宜中結婚遲，他這個冒牌老太爺還比女主人先進門。媳婦嫁過來的時候，宜中已經立業置產，敬遠覺得自己像一件丟不掉的舊傢俱一樣的被留了下來。幸好他們婚後很快就有了孩子，敬遠那時候才六十冒個頭，放下身段，不動強動，不拿強拿，一肩挑起管家保母的擔子。媳婦隨孩子喊爺爺，避開不想叫爸爸的尷尬。至此，一家人也就像一家人那樣過了下去。

八個月前敬遠聽說大陸妻兒還在人世。自從兩岸開放探親以來，同鄉熟人紛紛返鄉。只有敬遠孑然一身，家鄉也沒有了近親骨肉，想也不敢去想。然而一個同鄉帶來死人復生這樣令人震撼的消息，不由得他馬上當天夜裡就失眠；一時坐一時躺，再想起自己坎坷冤屈的一生，數度不能自已的痛哭出聲。宜中半夜聞聲而來，也陪他流淚。

「爸爸，這是好事嘛，」宜中勸他，「是好事啊，不要難過了。」他看著傷心的老人，又想起自己的身世，宜中的淚也因造化弄人汩汩而流了。

宜中的生身父親早逝，他記得的父愛全得自眼前飲泣的老人。敬遠蒙難後，母親很快為生活三嫁，之後幾年幾乎每年都替宜中添個弟弟或妹妹。母親分了心，新的繼父又不慈愛。宜中因憂患而早熟，和難中的敬遠竟一直保持了聯繫。是敬遠一封封信替他解疑教他成人，是敬遠一點點可憐的資產幫小宜中度過難關。宜中成年後回首來時路常要悚然驚心；要不是獄中繼父的諄諄言教，他想都不敢想在艱難無助的環境下他會成長成怎麼樣的一個人。十一年前，他懷著孺慕之情和報恩之心迎接父親回家，然而兒子身為大都會中小卒能給老人的不過是個遮風避雨的住所，老人卻又替他操持家務，帶大孩子，付出了更多。

「爸爸，不要傷心了，是好事呀——」宜中擤鼻子，也將面紙盒遞過去給敬遠，一壁道：「這是好人有好報，總算是老天有眼呀！」

「哦哦哦——」原先只是哽咽的敬遠聞言卻大哭出聲。老天沒有眼呀！他的一生是老天一個殘忍的玩笑，「哦哦——我這個樣子，我，我這個樣子——」苦命人還偏又受盡磨難死不掉，四十年未見的妻兒將會對他的潦倒怎樣的失望！經過二十五年的冤獄，敬遠以為自己已經對任何的惡運都可以無動於衷了，卻實在承受不起這樣一個喜訊。頭裡一緊，眼前一黑，他暈了過去。

醫生診斷是高血壓，常見的老年病，要注意養身。藥是不能斷的了。

「很貴，藥很貴。」敬遠吶吶地半跟自己半跟宜中說。那年臺灣還沒全民健保，敬遠來臺四十年，二十五年的資歷在綠島修路寫字，雖也是國家單位，那裡「退」下來，可是公保、勞保、農保什麼保險也輪不到。像他這樣是生不起病的呀。

「還好，」宜中安慰他：「不貴。」

「每天要吃，」敬遠憂形於色：「不是一天兩天。曉得要吃多久？怎麼不貴！」

「不比抽菸貴，你就放心吧。」宜中微笑道：「算不錯的了，這次連住院都沒住。」宜中轉動方向盤在巷子裡找停車位。

「要戒菸了。我要戒菸。」敬遠忙道：「抽完這包就不買了。」

「老了就是麻煩。」敬遠自語道。一會又叫繼子：「宜中，我回大陸去好不好？」

「嗯？」宜中發現一個空位，趕緊搶過去，一面有點心不在焉地應道：「先聯絡上。聯絡上，看看情況，我有空請假陪你去。」

還沒等到宜中有空，家鄉親人的情況倒是先知道了。家鄉來的信也還長，敘述也很詳盡，字跡卻很陌生，是就敬遠太太秉德的口氣寫的。

敬遠隻身逃離家鄉以後，階級鬥爭並沒有如他們預期的對女人孩子手軟，秉德受到超過她能承受的壓力。無望之下，她懷綁稚子投湖。不料卻雙雙獲救。再又鬥過幾次以後，有個機會改嫁給有功返鄉的喪偶幹部，死過一次的人忽然豁出去了，她和從前劃清界線，毅然地嫁給那個看上她的幹部。那人碰巧還是敬遠楊家的族弟，早年在外地念書的時候就是地下黨。丈夫在新社會裡也算地方上的新貴，苦命母子總算找到庇蔭過了幾天平安日子。誰想沒多久，反右運動鋪天蓋地，老黨員丈夫也給人刨出了資產階級的劣根。丈夫戴了帽，夫婦一起判了勞改，兒子進了孤兒院，因為成分不好也就此失了學。族弟後來不知死於何時何地，秉德卻奇蹟似地經過了所有的折磨和苦難活了下來。文革以後族弟生前名譽得以平反，秉德也獲釋輾轉回到家鄉，居然找到了失散十多年的兒子。兒子那時已打回原籍在鄉下落戶，書香世家的子弟被社會主義改造成一個不識幾個大字的農民了。

信末說自己眼睛不好，信由族人某代筆。

敬遠得信自然又是流不盡的淚。心緒不寧，血壓也升高，人昏昏沉沉，自己害怕是時辰快要到了。死自然是不怕的，兒子髮妻不能再見上一面卻是死也不能甘心的。電視裡播放著演員歌星們為老兵返鄉籌款辦的愛心晚會，他卻是一個在社會善心之外的老囚徒。

敬遠和謹洲通電話；想起上十年前自己剛出來時老友見面，謹洲曾意氣風發地說他正在搜集資料，要替自己洗刷名譽，討還公道，他還要聯名難友上書立法院監察院，要國民黨還他們這些誤判的「匪諜」一個清白。可是彼時敬遠還是才脫牢籠的驚弓之鳥，路上看到衙門都想繞道，哪敢關心這樣的大事。敬遠眼下籌措旅費需錢急用，不禁想起這件舊事，說不定他也有冤獄賠償的可能也未可知，不免動問。

「那個時候的人已經都不在了。」謹洲難掩落寞地答道。謹洲說的是十年前，他南北奔走，著實興頭了一陣子。「寫給監察院的信，連收到的公函也沒有回覆一張。立法院有個私人助理還回了個電話，卻只想知道跟二二八有沒有關聯，後來也不了了之。現在又是十年，一些老人死都死得差不多了。你我算是命長的，等到了開放探親，好歹回去看看。」謹洲接著絮絮說起，認識的誰又死了，誰又死了。

冤獄賠償聽來無望，敬遠情急智生，竟幫一個做便宜古董生意的同鄉賣起字來。二十多年關在綠島寫標語，楊敬遠這三個字自然不值錢，可是他能寫各家字體，接受大小尺寸的訂貨，上款落款也隨君意，遇上有創意的買家，要求古人給他尊翁寫幅壽幛也是有的。敬遠起先還害怕，這當老闆的同鄉，安慰他道：「你老今生的牢獄之災已經到頭了，怕是下輩子的帳都清了。再說了，有事也是我的事，我都不怕，你怕什麼！」

敬遠想，沒給關過當然不怕。可他又哪有更好的生財之道呢？只能硬起頭皮走這個險路。誰想世事難料；幾十年前他來臺灣奉公守法卻不由分說地給關了二十五年，現在做著不能告人的勾當，卻碰上臺灣錢淹腳目的年頭，接了不少訂單。敬遠返鄉所需的一大筆盤纏居然就此漸漸有了著落。

不能再給宜中添麻煩了，敬遠想，自己是隨時倒得下去的人了。他沒有付與予宜中生命，更沒有養宜中的小。宜中的長大成人是他二十五年牢獄生涯中最大的安慰，到頭出來還是這個有心的孩子安養他。敬遠想著吸吸鼻子：不是骨肉，是比骨肉還親的親人哦！

門口有響動。敬遠用袖口揩揩眼睛鼻子，離開陽臺迎了過去。

「還沒睡？」宜中對迎上來的老人說：「說了不要替我等門嘛。做生意跑不掉要應酬。」

「累不累？」敬遠問兒子：「近來你特別忙，想跟你講點事，老碰不上你得空。」

宜中歉然道：「真就是太忙了。是不是去大陸的事？恐怕要等到——」

「我已經都辦好了；臺胞證、入港證都有了，機票也買了。」敬遠一口氣說出來，有點想獻寶的意思，旋又有點不好意思自己的包辦，「李伯伯介紹了個旅行社，什麼都辦，兩萬四千塊。」

「爸爸——」宜中詫異地喊。是驚訝老人辦事的效率和能幹。

「錢我都付清了。」敬遠忙解惑：「我幫周伯伯寫字。不是告訴過你？」

宜中笑起來，道：「這麼好賺？」

敬遠能自食其力，心中小有得意，便也嘿嘿地道：「是辛苦一點；寫小楷眼力不行了，大楷，手勁也不行了。」

他接著告訴宜中行程細節。

「回程呢？」宜中問：「你什麼時候回來？」

敬遠看看高出他一個頭的繼子，心裡想只怕回不來了。可是宜中的一雙眼睛定定地望著他，像三十多年前那個下午，小小的宜中抬頭定定地望著他：「你什麼時候回來？」

那是保安司令部把他禁見審訊的初期，兩個人押著他回家找更多通匪證據。臨了門口碰到孩子，他問媽媽呢？孩子只搖頭，眼睛碌碌地看那兩個制著他肘的陌生人。他要孩子聽媽媽話，好好念書。人家見他婆媽，蹙眉抬手示意走。孩子忽然開口道：「你什麼時候回來？」

「就回來。」他說，鼻子一酸，心裡想只怕回不來了。

敬遠轉過身，不想宜中發現他心情的轉變。「也許就回來。」他說：「到了那裡看情形。決定回來的時候我通知你。」

這大半年為了籌措旅費敬遠賣了老命；白天黑夜有空就寫，寫著寫著，自己覺得有什麼東西從筆間滲了出去；在集中營裡寫標語，一絲絲滲出去的是青春歲月，現在年逾七十，只剩下返鄉一念保住的一口元氣。

「宜中，」敬遠回頭拍拍繼子的手，想握緊。還叫伯伯的時候，他們一大一小就投緣，「牽手，來，伯伯牽手。」孩子暖暖的小手就緊緊握住他的大手。結婚以後，孩子的媽媽假日裡喜歡打打衛生麻將，他就牽著孩子的小手到東去西的遊玩。後來她又喜歡晚睡晚起，天天又是敬遠牽著孩子的小手送上學。現在宜中的手比他自己的大了許多了。敬遠暗自嘆息；這一生人錯過的何只是這一雙小手長成了大手？

「宜中，」敬遠只在他手上按了按，「這些年多虧你——你是我的親人。」

「我知道，你也是。」宜中說。他真是累了，又喝了酒。頭往沙發背上一靠，眼睛馬上就重得張不開了。

「到床上去睡。」敬遠喊他。宜中咿哦相應。敬遠只好去房裡拿床毯子替他蓋上。宜中驚覺，奮力而起，一面口齒不清地道：「累了，我去睡了。」

三十年前睡不醒，三十年後睡不著。敬遠老來常常想起這句俗話。尤其和家鄉聯絡上以後，簡直沒有過一夜好覺，總是翻起爬倒要到天亮倦極了才能瞇一下。和謹洲相約見面這天又到天亮才睡著。醒來匆匆盥洗出門。敬遠也來到臺北火車站一帶。

車站已開始更嚴格的管制，卻攔不住熱情的參與者和看熱鬧的人。人潮很快地聚集，賣零食和水的小販也來搶占地盤，於是到處交通大亂。敬遠夜裡失眠，起得晚了，晨起沒開電視消息不靈通，這下被擠在天橋上，進退兩難。本來嘛，行人天橋這會是樓上包廂位，視野最佳，連電視臺的記者也看好這個位置要擠上來。橋下大街上群眾唱起歌來，旋又有人跳上宣傳車帶領呼口號。敬遠先還看著有點趣，甚至遙想起當年參加抗日遊行的舊事。忽然遊行示威的隊伍一陣騷動，有頭纏白巾的人揮舞起旗桿叫囂作勢，天橋上有看熱鬧的老經驗興奮地發出預告：「吼——要打了，要打了！」敬遠聽說，心裡著急起來；失悔和謹洲約在這種地方相會。孔夫子教訓亂邦不入，他一個有前科的在這個亂成一團的地方瞎攪和，再要抓了他去，別說二十五年，只怕二十五天都拖不過去。「都什麼時代了！」宜中老說他疑神疑鬼想太多，可是宜中沒經過這些哪裡知道厲害？李謹洲比敬遠自己早出來二十年，什麼不曉得？

「不一樣。我們和良民不一樣。」謹洲在敬遠剛放出來的時候就告誡過他，「像我家就經常，欸，經常來查戶口。搬到哪裡都跟著你，你的檔案都跟著你，管區警員都有你的資料，特別注意你。欸——」謹洲單手做個六字，小指晃到敬遠鼻子前面，「六十歲，我留意過，到六十歲以後他們才不來了。」

「那我安全啦，」敬遠故作輕鬆地道：「老朽了，原先就算真有問題，過了六十人家想你也造不動反了。」

「那不一定。」謹洲見老友彷彿鬆了戒心，趕快另舉一例：「平江那個陳胖子，認識吧？——起碼聽說過這個人吧？——前兩年才抓過的呀。六十大幾啦。」謹洲感覺到自己的話達到預期的影響力，便較實事求是地道，「現在不像從前那樣要殺人了，關幾天就放了。什麼事？——誰也不知道。出來乖乖的，什麼話也不敢講，家都搬了。他個老同事說就是公園裡打太極拳的時候多發了牢騷，給打了報告。好在他沒前科——」

敬遠一念及此不免煩躁起來，「請讓讓，請讓讓！」他划動手臂試著幫助身體往前挪。

「擠什麼擠！」一個痞子模樣的青年用肩把老人拱回去，還回轉頭對著他怒目而視。
「我，我過去。」敬遠軟弱地抗議道：「大家都有事。」
「對呀，都擠在橋上不走，人家還有事耶，搞什麼鬼！」一個年輕小姐大聲幫腔。
痞子模樣青年馬上把話攬往自己，雙手胸膛上一交，怒喝道：「恰查某，妳說誰人？妳才搞什麼鬼！」再用舌間呸出嘴裡原先咀嚼著的一點什麼渣子，輕蔑又挑釁地道：「妳想怎樣？」
橋上眾人看見橋下尚未開打身旁已有熱鬧可瞧，紛紛轉移注意焦點，一時之間把那年輕女郎看得羞紅了臉。女郎惱羞成怒，把皮包一甩，直接從那猶自罵聲不絕的惡漢身邊擠了過去。敬遠趕快跟上。後面又緊緊跟上幾個見機的，其後又有人，竟此形成人流局部打開了天橋上交通阻塞。
敬遠後面也是位老先生。擠下橋後安慰先前仗義的小姐：「真多謝妳，不是妳我們都過不來。那個人太無聊了。」
小姐猶忿忿不平，既離險地，又有人表揚，就開罵道：「不要臉！去死好了。我們還禮儀之邦呢。不要臉，只敢欺負女人和老人……」嘟嘟囔囔而去。
敬遠又擠一段快到了才緩下腳步調勻氣息。向前一望，壞了——相約的館子連鐵捲門都拉下來了。
「……鐵門都拉下來了。旁邊又亂，我——」敬遠頓了頓，把個「怕」字嚥回去，改口道：「我只好走了。」
謹洲在電話那頭遺憾地道：「那種亂糟糟的場合是該走開。我坐計程車繞了半天繞不進去，還走青島東路那邊去了。我走走看到不像話，也回來了。就是這一面沒見上，把我們兩個老傢伙折磨一場好的。」

「謹爹，對不起你老人家。」敬遠致歉，卻忽然傷起心來，「我半生坐牢，沒有別的朋友，跟你這一面都沒有見上——」

「回來再見，回來再見。」謹洲趕快安慰老友：「一樣，等你回來再見一樣。」謹洲恐怕敬遠又說些什麼回不來了之類的喪氣話，就轉變話題道：「我跟你說啊，心裡要有準備哦。唉，少小離家老大回，什麼都變了，人事全非，人事全非。景物也變了，鄉下以前那麼多大樹都砍光了，稍為大點的房子也都拆掉了。城裡也變了，可是還認得出來哪裡是哪裡。我上次跟你說過沒有？你城裡的房子還在，我經過過，還特意站在門口看了一看。現在住得亂七八糟好幾家子人，還都不是本縣的。可惜喔，你那個花園不在了……」

是啊，花園不在了；謹洲年紀大了，一樣的話講了又講，他老提起那花園。那時候到他們縣城裡，出了火車站叫人力車，只說「楊家花園」，街名反而不彰。戰後整修翻新完畢的頭一個春天，百花齊放，不是三月可是他做流觴之會。城裡有點頭臉的都來飲酒唱和；李謹洲那時聽說不太看得上他，在背後譏諷他讀了新書做舊事，明明是個民國的人還裝遺少，成天作詩寫字修園子，不知憂國憂民憂天下。可是那天的盛會連李謹洲也到了一到。照相師傅在紫藤花架下照過他們一家三口的全家福。照得好，又是城裡的名流，就央請放大了陳列在照相館櫥窗中招徠。共產黨進城，派人夜裡敲門高價買回來毀棄。他留下一幀小張的，貼身藏著隨他歷經滄桑，以至於相中三個人的面目都模糊了，只有背景裡的那架花，黑白照裡都看得出當時盛放的張揚。

睽違了四十年的親人啊，那花下的人還能不能再坐在一處呢？敬遠拿著電話聽筒的手微微顫抖起來。他的鼻中酸楚，只能忍聲唯唯諾諾，多應少答。

謹洲卻未覺，仍顧自在講他的那一篇老話：「……我不知道你太太兒子在你鄉裡，知道我會去看他們。順路，要進城一定要先到你們那裡嘛。鄉下是落後，你心裡要——好了，馬上就好了——唉，老了就是討她們的厭，我孫女兒嫌我講長了她的什麼狗屁要緊電話打不進來。也不想想我八十歲的人了還能搶她多久的電話？——好了啦，吵什麼！——好了好了，給她打岔打的。唉！我們以後再聊。走前沒有空，回來以後一定要見個面。」

兩老的這一面卻最終沒能見上。

敬遠病在途中，死在鄉下祖籍。城裡他一手設計監造，卻已片瓦不存的楊家花園舊址也並沒能親臨憑弔。可是這苦人含笑而逝，結髮妻親生兒圍繞送終。他到死沒有鬆開緊緊握住的親人的手，是四十年錯過的親情他要帶了走。返鄉前他原來日夜慚愧自己的潦倒，擔心兒子會對他的拮据窮困失望，不意他相當臺北闊佬頓飯之資的幾萬臺幣積蓄竟讓兒子全家覺得前半生吃的苦都受了補償；他原先又最愁煩妻子秉德要看見他的龍鍾老態，不意磨難已使她全盲。劫後重逢的某一天，秉德粗糙的手撫遍他的臉，輕輕地說：「你有鬍子。」他們洞房次日早上，新婦黑白分明的美目瞟一眼涎過臉來的新郎倌，她也是說的這麼一句話。

彌留之際，迴光返照，敬遠突然覺得精神一振，睜開眼睛，卻看見床邊瞎眼老婦漸漸化成昔日美麗的少婦，中年農民也變成一個平頭圓臉的可愛男孩，他們身後出現一花架，纍纍垂下紫藤花，有的盛開有的含苞，深紫淺紫粉紫還有綠葉點綴其中；顏色分明，不是他那張看模糊了的小照。不是——他笑了，是真的！他握住愛妻嬌兒一人一隻手，照相師傅高高舉起打光燈，敬遠把兩手一緊，對他們說：「看！」

灼然白光一閃，楊敬遠回家了。

暮色將至

賴香吟

◎二〇〇八年三月首次發表於《印刻文學生活誌》

年底，初冬，寒氣教人還不太習慣，所以感到分外地冷。外頭天色陰沉沉的，林桑從衣箱裡找出厚外套，這是今年第一次穿它，但衣服是早已穿舊了。在國外那幾年，冬溫低得嚇人，即便多麼窮學生，也得常備幾件厚衣。此刻上身這件，猶記是在星期天的跳蚤市場買來的，那時他和阿君，簡單娛樂就是去逛跳蚤市場，少少錢換一整天樂趣。阿君挑東西眼光不知該說怪還是獨特，總能從一堆不起眼貨裡翻找出特別東西，且那價格通常低廉得很，彷彿除了阿君沒有人會去爭搶。那些奇奇怪怪的小配件、布料、提包，他不能同意多麼好看，但等阿君把它們裝飾在屋裡或在身上穿搭起來，卻又有了一股不俗味道，阿君向來有她自己鮮明的風格，那經常是對比突兀而不講章法的，但愛上的人就會很愛，好些朋友就說阿君光憑這跳蚤市場的撈貨技巧，就足以回臺灣開家二手精品店轉手賺錢，餓不死的。

餓不死，這的確是阿君的本事，阿君也常不在乎調侃自己是草根命，丟到哪裡長哪裡，怎麼樣的環境都可以活下去，不像他，阿舍命，嘴上說要吃苦畢竟是挺不住的。林桑對著鏡子，把外套釦子一顆一顆扣好，舊衣服舊歲月，過往的經濟生活，好像從來沒有光采過，國外那些年更是克難得緊，然而問題也許並不在窮，這點小事根本打倒不了阿君，她是那種只有百元日幣也可以把日子過下去的人，真正使她投降是他的心。他總想從與阿君的共同生活裡逃離，然而，眼前生活不盡滿意，推翻又要怎麼辦呢？他嘴巴上說得好聽，認為自己就算隨便捲幾個紙箱過流浪漢生活也是可以的，事實上，他從來沒能真正跨出那一步。他惱恨自己，偏偏人對自己的惱恨是最難以承認的，於是便把氣全推到阿君身上，認為這麼多年就是阿君絆住了他，而他從來沒有愛過阿君。

他對阿君從來沒有承認過，若非出國需要，他們之間恐怕是連結婚登記也不會去做的。在一起那麼多年，阿君沒要過什麼，他也不覺得有什麼不對或愧疚。阿君唯一有過的念頭只是小孩，然而那些年他的心已經跑得那樣遠，時不時總在準備哪一刻就要跟阿君提分手，怎麼可能再有小孩。泥淖般的婚姻生活，他以為自己欠缺的是真正的愛情，以及，一顆夠殘忍的心，如此才能讓他有所動力來處理與阿君的關係。外遇就是這樣來的。誰知一次、兩次他還是拖拖拉拉、吞吞吐吐，阿君也不復往日理性，兩人要嘛完全裝死不談，要嘛鬧到歇斯底里，搥胸頓足追不回重點在哪裡。他們在這樣的關係裡猛然覺悟彼此竟然已經變得這樣多，不再是當年那對率性的革命情侶，而是面對輸贏放不開手、眼望人生殘局也難免感到悔恨與恐懼的中年百姓。

最後兩人真正簽字離婚，已經不干任何第三者的事。在好幾次鬧到大打出手，彼此無比憤恨、計較之後，婚姻的屋簷下一片混亂與寂靜，他看阿君背影，知道她要放了，兩人畢竟走不下去了。不久之後，阿君便回臺灣，他以為兩人情分終於到了盡頭，他安慰自己，盡頭是好的，在此分道揚鑣，各自新的人生。

沒想到，事情完全不是那樣。

他從山坡居處走下來，穿過捷運地下道，來到鐵軌對岸的醫院。這一帶，出國前他熟得很，但捷運通車後很多地景都改變了。他在醫院入口處按了消毒劑，抹淨了手，進入一個與外頭兩相隔離、截然不同的世界。大廳有人圍聚說話，說不多久便哭起來，然後是止不住的激動吶喊。路過的林桑偷偷瞄了幾眼，生老病死，他以前總盡可能避開，總推給阿君代為處理，除了幾個不得不露臉的告別式，對於人生盡頭的淒涼，醫院裡疾病折磨的場景，他能逃則逃，現在，他逃不掉了。

電梯上到六樓，一開門便見阿君請的看護正在走廊上和人聊天。他輕手輕腳走進病房，阿君睡著，她體力一天比一天差。床邊小桌擱著寫字板，上頭阿君字跡記滿她提過的朋友名單。即便已到這地步，阿君還是什麼都堅持自己來，毫不避諱交代身後事，細節諸如保險金錢事務可找誰，誰來幫忙清空房子，其中健身器材、家電分送給誰，遺孤愛貓又託誰續養，若不就範可找附近哪家動物醫院來打麻醉針等等。

寫字板上頭沒有他的名字，阿君對他的交代只是口頭，安撫他說諸事都已經安排妥當，就差時候到了得有個人來打電話通知大家，而他，就是那個負責通知的人。

他有過抗拒，好像一個責任又從天而降罩在他頭上。他不是已經和阿君離婚了嗎？為什麼是他？實在作夢也沒想到，甚少鬧病的阿君一病就這麼重。當阿君透過電郵初次告訴他的時候，他不以為意，他早習慣了阿君自己料理自己，待至後來回臺，見阿君頭髮掉光，才不免具體驚惶起來，慌慌張張問了病事。那一次，阿君已動完大刀，化療也告一段落，坐在週末的咖啡廳裡，看得出來特意打扮，紮了條花色大膽的頭巾，身上披披掛掛，頹廢嬉皮風。她老在他面前故作無事，一整個下午淨是口氣樂觀，說自己怎樣抗癌，吃喝多講究，誰慷慨大方給她送來許多營養品，一生時光大約現在最是悠閒奢侈云云；阿君相信意志力，說自己現在感覺不壞，再休養一兩個月，便要回去上班。

後來果真這樣過了一段日子。其間，他從日本回來，一兩次沒地方住，借住阿君家也是有的。她領著他拐進藏於巷弄之間的傳統菜市，有說有笑跟商販打招呼，然後進了一間家庭美髮，上得二樓，租來的兩間房布置得色彩繽紛，熱呼呼堆滿什物。他很意外，和阿君在一起那麼多年，從沒想過阿君生活竟也需要這麼多東西。以前他們屋子裡堆的淨是他的書與收藏，阿君個人擁有不過簡單幾疊衣物，現在，放眼望去，除了那些砸下重金的抗癌設備：鹼性水過濾器、空氣濾淨機、健身器材之外，就連花草、彩繪、瓶瓶罐罐、絨毛玩偶等擺飾亦不缺少。窩在以前他們局促家居絕不可能出現的懶骨頭裡，他想，阿君是在過另一種生活了，憑她的本事，她很容易可以過得很好，如果她不生病的話；阿君應該會覺得跟他離婚也是好的，因為她要精采人生並不難，如果她不生病的話……

可是，現在，她病了。一兩回合的相處，阿君的話裡偶爾會洩漏一些怨哀，想要依靠，使他不知所措。他忽然發現，他沒有太多照顧阿君的經驗，癌或死，這些字眼他感覺負擔不了，他想逃，他跟阿君坦白：我不知道怎麼處理。阿君看他幾眼，默默收話不再講下去。總是如此，他不知道怎麼辦便兩手一攤說實話，阿君總會放過他，原諒他。

後來，他回臺灣便改找弟弟找朋友，沒再住過阿君那裡，幾通電話只是簡單問問病情。真正搬遷回臺，工作又沒他想像得容易，只好靠著以前朋友關係，這裡接接計畫，那裡做做顧問，看似風光，頭銜好聽，但總沒個定數。他多少體會到了幾分流浪漢的滋味，原來根本不是自由與浪漫。然而，他跟阿君畢竟離婚了，各走各的吧。若非阿君情況後來惡化，他是沒準備要和阿君再次恢復成這種關係的。

夏天，阿君的癌往腹部、肝臟擴散。秋天再度入院，這回不開刀了，阿君託人捎來消息，簡短、明白地說：時日不多，希望見個面。

這消息不能說有多意外，彷彿一盤棋局擱久了，最後幾步終要點名到他。他想逃，卻無所遁逃。他說不出口這不關他的事，也不能耍賴說這不是他的局。呆呆地進了醫院，他期待阿君會告訴他怎麼辦，孰料阿君跟他一樣無所遁逃地垮下去了。她躺在病床上，平靜，冷淡，看不出想些什麼，唯在朋友來訪，談及生死後事種種，才洩漏那麼幾絲情緒。前兩天跟他一起來的汪明才，以前留學時代的朋友，要離開的時候，從口袋掏出紅包往阿君手裡塞。

「我不需要錢。」阿君推回去：「你倒說說看，錢現在對我有什麼用處？」

她說得平靜，沒有怒氣，也沒有怨意，只是苦笑說出了事實，讓人不禁要為自己的舉動慚愧起來。汪明才靦腆應答幾句，沒再硬推，嘆口氣，對阿君說：「妳要想開點。」

「我是想開了，總歸早晚要走的路。倒是你們也要想得開，你們想得開，我才好走得開。」

他聽出一絲哽咽，抬頭看阿君，心裡跳了幾下：她要走了？她準備好了，那他呢？垂頭繼續看報紙，心內陌生得彷彿有扇打不開的門，有時候，他真不明白自己是準備好了？還是根本沒進入狀況？眼前情景彷若阿君只是生了小病，而他不過來演一場探病的情景；如果他不轉頭看阿君病瘦的臉，坐在這個房間好像只是跟阿君在過家常生活，報紙裡那些消息很快可以引他讀得興味盎然：總統大選倒數不到百日，隨處可見他熟悉的名字與言論，那是他們過去黨外歲月的成果，也是阿君和他的共同回憶，是的，如果他與阿君還能站在同一陣線說點什麼興致勃勃的往事，大約就是那些人那些事，那些如今成為政治主角之點點滴滴，那些他與阿君一起走過的患難青春……

阿君在他沉溺於回憶的此刻張開眼睛。他收起報紙，問問身體情況，說點外頭天氣，兩人之間其實沒什麼話。他把看護沒關上的電視調回正常音量，像以前那樣假裝自己自在得很，時不時還對選舉加上幾句評論。新聞正在回顧黨與派系的成立經緯，他轉頭以為能和阿君交談點什麼，但她低垂著眼，一種他不敢去猜測她在想些什麼的枯萎神情。他只能自己回味螢幕裡那些舊照片，如今已成政治大老的大象，十幾年前的臉龐看起來簡直就像個文藝青年，在一幕稍縱即逝的靜坐畫面中，他甚至從人群縫隙裡看到了青春的阿君……

阿君生病消息一傳開，多位朋友包括大象二話不說就開了支票讓人送來，這是交情，但又有點令人感慨。前幾天阿君幽幽說：「大象明年要送阿平去美國念書了。」阿平是他和阿君看著長大的小男孩，阿君對待阿平甚至有幾分情人的意味。這個臉色細白、敏感、而又甜蜜的孩子，當年無論抗議、演講、行軍各類活動，跟著爸媽無役不與，在那些充斥憤怒與委屈的場合裡，阿平的童言童語若非教人開心就是讓人心碎。如今，阿平十六歲了，和他們這些大人漸漸生疏起來，就連他們大人之間，也因為身分、權力的變化，難免有些不同了。以前沒錢，現在有錢；以前有空，現在沒空；以前做什麼都一票人夥在一起，現在阿君形單影隻進出醫院，大家都忙，沒空來看她，花倒是送了一堆；以前沒沒無聞的朋友，現在人盡皆知，病房裡的花卡，上頭署名經常搞得護士和看護工都緊張起來，那天老胡匆匆來探，還吸引了醫護人員和隔壁房的家屬來要簽名，搞得看護也虛榮了，逢人就要講兩句。

聯繫他與阿君的過去，很容易可以畫出一張現今執政圈的人際關係圖，其中有些與他仍是好朋友，有些則不然了。偶爾他也有所憤恨，感嘆人心冷暖，聽他們發表政論，有些依然敲痛心中角落，但有些話已經不對勁了。他痛心於以前努力爭取來的如今濫用糟蹋至此，且竟有那麼些不知哪裡冒出來的小角色，牆頭草，見風轉舵者，以及令他難以置信之聰明伶俐、敢吃敢拿的政治金童。不同派別各自表述，彼此不問是非，就是反對到底。他不知道事情怎麼會變成這樣，開放所帶來的，竟然不是愈來愈多的選項，而是幾近沒有選項，衝突非但沒有化解，且是更草莽地對立。

緊接著一場決戰即將再來，他們會不會再勝？他看著新聞，不知道自己應該怎麼抉擇。他依舊不認為自己過往那些相信是錯的，他也知道自己不免還是會基於舊情誼而替老朋友找藉口；無論如何，他不希望他們輸，但他們贏他似乎也不感到多麼高興。他看著枯萎的阿君，現在的她很少評論什麼，依她的時間演算法，這一場政治，輸或贏，皆影響不了她，因為，她是不可能活到答案揭曉的。

就在阿君昏沉沉即將入睡之際，門口有人探臉，竟是多年不見的安。國外那幾年，安在他家搭飯過一陣子，算是很熟悉他與阿君的人，但他簡短打個招呼便讓身出去，他猜安應該也沒多大興趣看他，這陣子，他被阿君一幫女朋友罵到怕，在她們的審判下，阿君的病全是他這負心的丈夫害的。沒想安很快從病房出來，邀他去樓下咖啡吧坐坐。安一開口便問他現在做些什麼之類的樣板問題，他隨便講點兼課的事，跳過那些積在心裡其實非常想要傾倒出來的埋怨與求援，這些年，他學會了，不要隨便說出真心話，有時這是一種禮貌，簡單方便的應酬，最好，對方也不要莫名其妙說起真心話來。

眼前的安看起來氣色不錯，臉上微笑穩定，不虛偽，但也沒說真心話。這很好，她是怎麼辦到的？她曾是那麼迷惘的一個小女生，叨叨絮絮和他在電車裡、在餐桌上說個沒完，真心表露自己對於人生舉棋不定。見他意興闌珊熬著學位，安勸他不如換跑道重新開始，他當她小孩子說大話，他畢竟不是安的年紀，且他當初帶著阿君來日本，何嘗不是以為自己正要轉換跑道重新開始？他酸溜溜地說：「重新開始談何容易，妳有後援又年輕，當然可以重新開始，我可是形勢已定，頭都洗一半了，不弄完能如何？」

這類口氣的話，安通常是接不下去的。這是他的本事，他很知道怎麼以退為進。安臉上每每浮現尷尬抱歉的神情。然而，事實上，他想跟她表示，其實他是感謝她的，至少她那麼煞有介事跟他談論他的人生。那時候，他以為安和他一樣是不穩定的人，是那種能夠理解不穩定之必要與無奈的人。可現在，連她這樣的人也過得很好了。他應該為她高興，但有另一種不可理喻的懊惱騷擾著他，他想，隔了這麼多年，如果安膽敢再跟他提到「重新開始」，他就要使出這陣子堵人封口的撒手鐧：「重新開始？妳瞧瞧我，這年紀，連當大樓警衛都有問題吧。」

結果，安沒提，什麼也沒提。約莫半個鐘點的談話，安僅僅止乎禮說：局勢大不如前，暫時這樣也很好，再等等機會之類。然後，他們談到阿君，安感嘆阿君命薄，堅強抗癌至此，卻還是得宣告失敗。安說，你知道阿君一點都不把自己當病人，她興致勃勃跟人玩電腦，重拾畫筆，還說要去學義大利文……

聽起來安一點都不怕，她甚至陪阿君度過一段親密的抗癌生活，包括SARS期間陪阿君上醫院，看剛跳樓的張國榮拍的鬼片，枕頭貼著枕頭睡覺。為什麼安可以不怕？自己又為什麼想逃？他低下頭，感覺自己心肉如蝸牛般蜷縮起來，叫不動，就是叫不動。巨大而無情的死亡，他是敗兵一名。寂靜黃昏，安沒為阿君抱怨什麼，沒像阿君其他女朋友責備他薄情寡義，唯小心翼翼結論：「現在，有你陪她，應該是最好的結局了。」

兩人站起來告別。不過是剛結束下午茶的時間，外頭天色卻陰鬱得好似夜晚已然降臨。他站在醫院門口，望著安的背影漸行漸遠。「最好的結局」？這小女生當真知道人生的滋味？否則為什麼老要裝成熟地跟他說關鍵詞。「最好的結局」？他與阿君的結局，難道不應該是在辦好離婚登記走出戶政事務所的那一刻嗎？夫妻一場，斷不乾淨也就算了，誰還想出這種結局來整他，不只是關係的結局，還是生命的結局！

他回到病房，正來了護士在幫阿君做排毒處理，阿君的消化器官幾已作廢，不僅沒辦法吃，就連排出來都沒辦法。護理過後，阿君僅僅叮嚀明天父親和律師要來確認遺產與安葬的事情，便似氣力盡虛。他讓她睡下，離開病房。幾年不見阿君父親，沒想再見就此情景。阿君有記憶以來沒見過母親，父親也四處飄泊，可說是阿嬤一手養大的。這回病，她寧可讓阿嬤望穿秋水，佯裝人在國外而不敢頂著光頭病容回去看八十好幾的老阿嬤。白髮人送黑髮人的悲哀，怎麼說也只能讓那畸零人般的父親來承受。

阿君跟他在一起那麼多年，結不結婚，去不去日本，請不請客，這個父親從沒說過什麼，對他這女婿既沒表示過贊同也沒表示過反對，他甚至不確定這父親是否知道他與阿君已經離婚。明天，明天相見該以什麼心情呢？這父親想必不會安慰人，但應該也不至於落淚吧？這父親只是被動地走進病房來，跟他一樣，是的，跟他一樣，飄浮、猶豫、逃避，阿君從來不指望他們，可是，最後一關，阿君終究還是只有他們，他們逃不掉了，父親與丈夫將在這裡相會，為女兒，為妻子，為一個他們從來沒有負責過的關係收場，送行。

懷著愧疚的心緒離開醫院，時間說晚不晚，說早不早，倦慼襲來，令人真不知往哪裡去。他擠進捷運站的人潮，在月臺上等候班車來了又去，去了又來，終而登上往北投的列車。北投變得讓他不認識了，原本寂寥小調的溫泉山徑，現在商業炒作熱鬧，「泡湯」這個模仿接枝的東洋詞彙隨處可見，可周遭情調既不是他入境隨俗早已適應的日本溫泉鄉，亦非他記憶中那個荒廢、隱匿歷史角落的舊北投。

他往社區深處走，找家比較冷清的旅社，要了一個單人池。光線很暗，衛生不能算太好，但半圓形浴池，木框玻璃窗，仍是舊時款式，很適合他現在的心情。他讓自己浸入水中，熱氣緩緩消解他的疲勞，汗如地熱滾滾冒出，他閉上眼睛深吸一口氣，沒錯，就是這個熟悉的硫磺味。

出國前很長一段時間，他和阿君就住在北投山上。那是八〇年代，朋友讓他們免費借住的老房子，四處怎麼刷也刷不乾淨的黃垢，各種零零落落被氧化掉的家電小物，但他們一點也不以為意。在黨外雜誌風吹草動的驚險生活之餘，大夥經常聚在他們這間無政府狀態的屋子裡吃火鍋、打麻將、那卡西，他能唱一曲一曲的老調，又笑又淚。那時節的阿君，活力充沛，果敢勤奮，無論瑣務、文稿、勞動，樣樣不挑，樣樣做。看似最沒特色的阿君卻最受人喜歡，驕傲的人也好，暴戾的人也好，苦悶的人也好，阿君總有辦法跟他們相處，怎麼樣的人都會被她的坦率與行動力說服。

那是一群人最同心一氣的時代，各種不同原因所引來的覺醒、創傷、憤怒與絕望，合在一起發散出純粹的美與力，那是他人生時光最初的抒情小景，也像大多數史詩故事在開場之際，總有一種純潔而脆弱的美好，各種情感尚未質變之前投射出來的光鮮色澤，多麼令人懷念，然而，故事總會極其戲劇性地發展下去，有時候，發生於現實人生的轉折、驚爆力道之大，可能還勝過了故事的設計……

後來雜誌社燒成一片焦黑廢墟，他不是全無預料，是不相信真、會、發、生。死去的人果真履行其誓言：Over My Dead Body。死去的人像一把火，燒燙了他們這群不見棺材不掉淚的旁觀者。抒情小景結束了，史詩故事進入精采主軸，很多朋友就在那時明確介入了政治，可他卻發不出聲音，槁木死灰地沒法再做什麼。同樣一把火，他被擊倒了，某些他以為會實現的東西粉碎了，不過，阿君並沒有被擊倒，他當時想也許是因為阿君想得太少所以她沒有感覺，可事實證明想得多又有什麼用呢，思想上找不到出路，終了，他只能依靠謊言或自我麻痺活下去。他想離開，不再提起，他貪圖活下去不要那樣痛苦，然而，阿君不怕痛苦，阿君一旦相信就相信到底，即便被抓、被關甚或活不下去也沒什麼可怕，人肉鹹鹹，阿君老這麼說，她最大的籌碼就是，她一點籌碼都沒有，沒有什麼好害怕失去的。

他們離開了北投，在海外像小夫妻般克勤克儉生活。屋子裡不再有很多朋友吃飯喝酒說話，日子裡沒有什麼要緊的行程要趕，只是把幾本書翻過來翻過去，聽阿君在砧板上一刀一刀把高麗菜剁成細絲；他們只能依賴彼此的感情，最好還有點愛情，可是，他們有嗎？他刁鑽起來，他們有嗎？他期待臺灣朋友來訪，聽他們各言爾志，讓阿君在小廚房裡絞盡腦汁變出炒米粉、蘿蔔糕等家鄉味伺候大家；他樂於讓自己這座東京小屋成為反抗者的祕密基地。然而，時代在變，東京小屋也跟著變，訪客逐年減少，反抗者既已爭得了舞臺，便不再需要擠在祕密基地相濡以沫。剩下來的，只是他與阿君的婚姻生活，眼高手低的學術之路，人近中年，本該安分下來，他卻反而焦慮得像隻蚱蜢，四處亂撞亂跳，來不及了，來不及了，想要的人生再不去試就沒機會了，他唯恐局面真定下來，惟恐日子愈過愈平靜，於是便愈發不安地挑剔吵鬧。

跟阿君離婚之後，他以為自己會重新開始，可自由於他竟有一絲冷寂，至少不是歡欣鼓舞的。沒了阿君幫他料理柴米油鹽醬醋茶，他很快發現生活一團亂。沒有人束縛住他，可以重新開始了，但他似乎還是無精打采，就連愛情也沒那麼令他掛念。他考慮過回頭找老同志一起做事，可是很多局勢讓他領教到今非昔比，現今的政治，光憑活力、體力、苦幹實幹未必行得通，得有具體搞行政、人脈、甚至口頭辭令以及繁文縟節的能耐，他得承認這方面他是生手，他不夠老也不夠年輕，做領頭，他的歷史不夠壯烈，做幕僚，有更多像安那樣的年輕人才可用，他曾吃味這批人沒熬過苦，憑著光鮮學歷、理念與理論，就收割了他們前代人應得的好處，現在，連這批年輕人都飄出一絲腐味，他還期待什麼。

如今，權位與利益的洗牌可說已經結束，他得平心靜氣接受自己沒拿到什麼好牌，充其量陪打而已，不如下牌桌吧；有時他感到自己連圍在一旁看賭局的興致都沒了，這些年政治上的改變，怎麼說，多少讓他心裡的憤怒與悲情找到了些出口，胸口不再積鬱，至於其後敗壞的，他既無從插手，也不想再管，他安慰自己，這不是他的責任，更不要想什麼救贖，他只該想人生如何好好過下去，快樂一點，精神一點。

他好不容易克服了自己，打算讓自己換其他方式活著。卻為什麼在這種時候，阿君病了。病的實情這樣可怕，病魔，從骨盆腔、腸腔，上延到肝臟，將阿君整個身體予以霸占侵蝕，他發現，病魔和他們以前反抗的霸權異曲同工，全是蠶食鯨吞，橫取豪奪，毫不手軟，過去還是看得見的政黨、敵人、殺手，現在一刻一刻啃蝕過來的卻是誰也看不見的病變、命運、死神，難怪阿君要沉默了，這身體的痛苦，精神的冤屈，是怎麼吶喊、爭取、抗議、甚至自焚都沒用的，一個dead body就只是dead body吶——

死之將至，生之往昔的點點滴滴彷若海浪打上臉來。他覺得自己像個孤獨老人守著阿君，目睹病魔怎樣分分秒秒掏空他們，沒有人可以真正講講話，分擔他內心龐大的恐懼。他甚至想，也許當年該順阿君的意生個小孩，不至於如今兩人悽慘以對。原來，阿君可能是對的，但她卻總對他讓步。以前他總怨憎阿君，認為自己人生就是過早卡在阿君這個點上，以至於他不得不錯過、放棄後來的機會。現在呢？沒有阿君之後的人生，他並沒有更好，更難堪的是他再也沒有理由可以推託，他恍然大悟，原來，阿君一直在給他的人生當墊背——

他錯了，他願意承認，他錯了，如果可以交換取消眼前這種局面的話。他知道不能放下阿君不管，但他真想逃開，就算過去一切都是他的錯，也不必懲罰他到這個地步吧？他摀著臉，泡在熟悉的溫泉故鄉裡，像個孩子般想要追討遊戲的重來，母親的原諒，然而阿君的病容使他知道什麼叫作殘忍，他狠狠被拒絕了，冷酷而無餘地的拒絕，阿君不僅不會再調侃他，更不會再跟他吵架，她連睜眼看他都很少，阿君不再有能力包容他，也不再需要原諒他了——

揮之不去記憶與悔恨的糾纏，他不斷抹去臉上的汗，感覺天旋地轉，故鄉溫泉如此溫暖柔膩，然而他得強悍一點，阿君這一關，無論如何得挺過，逃避不了，再逃他就太差勁了。他怎麼會是這樣的人？他難道錯看了自己？莫非阿君比他更瞭解他自己？他搓揉自己泡到發爛的鬆垮身軀，他想哭上一哭，甚至放聲吶喊這人生是錯了、亂了，可他依然沒有流出淚水，暈泡在水氣朦朧的小澡間裡，直到女服務生不安地在外叩門：「林桑，時間超過了喔，林桑，林桑，你沒事吧？」

日後，他確實做到了不逃避，時間允許便去病房，不知道該說什麼，便拿本書或報紙坐在一旁陪著。阿君體力愈來愈差，睡睡醒醒，連他存不存在都未必知覺，遑論跟他說話。日子一天一天過去，鼻胃管愈來愈渾濁，已經兩個多月沒有實際進食的阿君開始幻想食物，像以前在國外的時候，輕聲細語說如果現在可以吃到蚵仔麵線或滷肉飯多好呀，要不來一碗熱騰騰的牛肉麵吧，加上一盤粉蒸地瓜，若是冬天就喝香噴噴的藥燉排骨湯……那些年的夢裡，如果開始出現食物，他們便知道思鄉了，該回去了，倘若一下子回不去，阿君便想盡辦法做出類似的料理，她是餓不死的，不是這麼說嗎？可憐如今卻受著餓的折磨，他要看護把食物帶出房外去吃，這房間，不要有食物的香氣，太殘忍了。

最後的晚上，昏迷的阿君有幾分鐘忽然能夠張眼。他靠近她，喊她，說幾句無濟於事的話。阿君聽著聲音，定定看他，那眼神他已經不太認識，無神，卻又專注。

他忽然察覺到，這是阿君在跟他告別。他想自己應該說一聲對不起，握一握她的手，很溫柔，很溫柔地說：阿君，對不起。

偏偏他說不出口。他怕說出口自己眼淚會掉下來。

真是可恥到極點了，在阿君的死亡盡頭之前，他在意的竟還是自己的眼淚。阿君閉上眼，他走出病房外，眼淚不聽使喚淌了滿臉，不知道是在為阿君哭還是為自己哭。

他打電話給阿君交代過的朋友，隔天，寫字板上交代誦經助念的朋友依約而來，虔誠肅穆在阿君的病床邊守了一天。阿君沒再清醒，閉眼，動也不動，唯一證明她活著的不過是身邊那些機器變化。他想，也許，自己等不到機會說對不起了。

窗外天色還是陰沉沉的。有人在門上叩著，他知道，最早出現的總是清潔工打掃，再來是護士送藥，然後是廚房人員派餐。如斯反覆，一天，然後，再一天。然而，眼前的這一天卻可能即將有所不同，截然不同——他初次感覺時間有限得可怕，他試著回想與阿君相遇的這一生，想把握住眼前有限的時間，趁阿君還在的時候，重想一遍——然而，怎麼來得及呢？來不及，來不及了——他慌張、混亂得不知道該怎麼想，怎麼解釋，怎麼收場，他愣著發傻，直到那些數據驚動了他——

年輕的醫護人員湧進房來，彼此交換眼神，房內氣氛陡地升起一陣驚顫，又很快平靜下來，彷彿你我都明白似地，沒有人說話。他握住阿君的手，動也不動，沒有人在這時候哭出聲來，也沒有人膽敢在此時此刻叫喚：阿君，阿君——

他看著床畔那些儀器裡的數字倏地陡降下來，曲線圖愈來愈緩，最後，水平地，停止了。

又是暮色將至之時，島國紛紛擾擾之際，他不知道該說什麼，也不想說什麼。原來，生命結束的情景是這樣，他竟然真的經歷了，阿君，真的與他分離了。叩，叩，這次來的是主治醫生，他們站定，鞠躬，近床檢視病人狀態，抬頭看看牆上時鐘，如此記下了時間，然後，他們說：「請節哀。」再度鞠個躬，出去了。

編輯說明與誌謝

這套選集的編輯，像是一則則尋人啟事。在尋找三十多位作家的過程中，編輯的不只是作品，而是時間本身。要謝謝所有回覆的作者，不論是透過電子郵件、電話甚至是在臉書大海撈針，都在聯繫上的一刻，感到失去的時光被找回來了。當然這些作品都曾經發表、出版過，但要以「白色恐怖文學」這樣的計畫去思考與並置，把所有作品放在同一個時鐘裡啟動，特別感受到時光的艱難。

艱難其一，許多作家早已逝去或者已聽不清楚出版社打去的電話，因此要謝謝第二代甚至第三代親友的協助。艱難其二，這些作品來自不同年代、不同出版社，編輯原則殊異，除了必須重新打字，也必須重新建立編輯原則。要特別感謝東年先生，知道收錄的篇幅可能有限，願意重新修訂作品。最後，也謝謝麥田、印刻、聯合文學與前衛等出版社的慷慨，提供文字檔、書籍與協助合約處理。

選集的編輯體例有以下幾個原則：

一、保留原作品分節方式。有的用國字，有的用阿拉伯數字，在整個讀過原作後，認為當時作家選用分節的編號形式有其意義，因此不刻意統一分節方式。

二、校訂原則。早期的作品會用「着、脚、却、猪、鷄、羣」等字，會統一改為「著、腳、卻、豬、雞、群」等字。原則上，有部分仍使用春山出版的統一字如臺、嘆、拚命、愈來愈等，因為有部分作品內部用字有不一致情形，為減少閱讀上的混亂，仍一定程度以出版社的統一字校訂。但如儘量、盡量，惡夢、噩夢，偶爾、偶而，思維、思惟等，因不涉及對錯，且出現次數較少，仍以作者用字為主。至於數字如廿、卅等的使用，考量此種寫法有一定的時代性，大多保留。副詞地、的使用，則不統一，保留每個作者的用法。

三、加注編按。如無法確定是否為錯誤，如吳濁流用喜氣揚揚，施明正將泰源寫作泰原，並不直接修改，而是加注編按說明原文如此。

四、日文翻譯。吳濁流〈波茨坦科長〉、邱永漢〈香港〉為從日文翻譯的作品，其中〈香港〉已參考日文版重新校訂，在此也謝謝授權譯稿的朱佩蘭老師。

最後，此次選集書名來自策蘭的詩「Corona」，為北島翻譯版本。將詩的最後幾句節錄如下：

是石頭要開花的時候了，
時間動盪有顆跳動的心。
是過去成為此刻的時候了。
是時候了。

原來時鐘就是心。

莊瑞琳／春山出版總編輯

讓過去成為此刻：臺灣白色恐怖小說選

作品清單

卷一　血的預感

郭松棻　月印
吳濁流　波茨坦科長
葉石濤　臺灣男子簡阿淘〔節選〕
邱永漢　香港
李　渝　夜琴

卷二　眾聲歸來

朱天心　從前從前有個浦島太郎
李　昂　虎姑婆
楊　照　一九八九．圳上的血凍
藍博洲　臺北戀人〔節選〕
陳垣三　浦尾的春天
黃　凡　賴索
東　年　去年冬天〔節選〕
黃崇凱　狄克森片語

卷三　國家從來不請問

舞　鶴　逃兵二哥
施明正　渴死者、喝尿者
李　喬　告密者
林央敏　男女關係正常化
瓦歷斯．諾幹　城市殘酷〔節選〕
林雙不　臺灣人五誡
苦　苓　黑衣先生傳
吳錦發　消失的男性
楊青矗　李秋乾覆C．T．情書
平　路　玉米田之死
劉大任　浮游群落〔節選〕

卷四　白色的賦格

宋澤萊　糶穀日記
黃春明　蘋果的滋味
拓拔斯．塔瑪匹瑪（漢名田雅各）　尋找名字
陳若曦　老人
蔣曉雲　回家
賴香吟　暮色將至

臺灣白色恐怖小說選　大事記

製表　陳文琳・莊瑞琳

年分	重要作品	歷史事件	文學、文化事件
一九四〇		二月十一日日本臺灣總督府修訂戶口規則，鼓勵臺灣人改從日本姓名。	
一九四五		五月三十一日美軍大規模轟炸臺北，是為「臺北大空襲」。 八月十五日二戰結束。國民政府接收臺灣，九月一日成立臺灣省行政長官公署。 十一月一日，行政長官公署與警備總司令部共同組織臺灣省接收委員會，全面展開日產之接收與處理工作。	九月《一陽周報》創刊（一九四五年九月至十一月），楊逵為主編。 十月，臺灣行政長官公署發行《臺灣新生報》。 十月《民報》創刊（一九四五年十月至一九四七年二月），林茂生創辦。 十一月《政經報》創刊（一九四五年十一月至一九四七年二月），陳逸松為主編。 十一月《新新月刊》（一九四五年十一月至一九四七年一月），黃金穗為主編。
一九四六		夏天中共建立「臺灣省工作委員會」，中共地下黨在臺灣進行反國民黨的地下鬥爭。	一月《人民導報》創刊（一九四六年一月至一九四七年二月），由王添灯主辦。 二月二十日《中華日報》創刊。龍

一九四六		夏天中共建立「臺灣省工作委員會」，中共地下黨在臺灣進行反國民黨的地下鬥爭。	一月《人民導報》創刊（一九四六年一月至一九四七年二月），由王添灯主辦。 二月二十日《中華日報》創刊。龍瑛宗擔任日文版文藝欄主編，直至十月二十五日行政長官公署正式宣布廢除報紙日文版文藝欄（二月至十月）。 七月《臺灣評論》創刊（一九四六年七月至一九四七年至十月），李純青主編。 九月《臺灣文化》創刊（一九四六年九月至一九四七年二月），由蘇新主編。
一九四七		一月一日臺灣行政長官公署公布《臺灣省公有耕地放租辦法》。 二二八事件爆發。 三月二日謝雪紅在臺中號召民眾，攻占臺中警局與公賣局臺中分局。後成立著名的「二七部隊」，十二日退守至埔里，預備在山裡進行游擊戰，但未成功。謝雪紅於五月輾轉至香港再到中國，終生未再返臺。 十二月七日國民政府遷往臺北。	八月，《臺灣新生報》增闢橋副刊，由歌雷主編。發刊於一九四七年八月一日至一九四九年四月十一日為止，總共出刊了二二三期。 十月《自立晚報》創刊，最初由大陸報人顧培根、首任發行人周莊伯等人創辦。
一九四八	五月吳濁流〈波茨坦科長〉首次以	五月十日《動員戡亂時期臨時條款》公布實施。	

	日文〈ポツダム科長〉於臺北學友書局出版。		
一九四九		四月一日國共雙方在北京進行和談，南京一共十一所專科學校包括中央大學、金陵大學、政治大學與戲劇專科學校等，超過五千人向代總統李宗仁請願，當時南京已經進行戒嚴狀態，學生遊行至光華門，與國防部軍官收容總隊產生衝突，雙方互毆，有學生被毆打送醫不治，是為「四一慘案」。 臺灣發生「四六事件」。起因於三月二十日晚上臺大與師院兩學生單車雙載遭第四分局（今大安分局）警察取締，後引發三月下旬一連串學生罷課事件。臺灣省主席兼警備總司令陳誠下令壓制學生運動，於四月六日凌晨逮捕臺大、省立師範學院（今臺灣師範大學）學生三百多位，其中遭起訴的一共十九位。其後又以各種罪名「二度逮捕」事件當時未被起訴的學生。 五月十九日由臺灣省主席兼警備總司令陳誠頒布戒嚴令，於隔日開始實施。 五月二十四日《懲治叛亂條例》公布，六月二十一日施行。 八月中共地下黨因「光明報事件」曝光，情治機關開始追緝地下黨員，開啟五〇年代初期白色恐怖。後來殘餘勢力分別轉進鹿窟與桃竹苗山區，一九五三年才覆亡。	四月十一日《臺灣新生報》「橋」副刊因「四六事件」，主編歌雷與多位執筆作家如楊逵遭到逮補，橋副刊被迫停刊。 十一月胡適、雷震等人創刊《自由中國》。
一九五〇		六月十三日《戡亂時期檢肅匪諜條例》公布施行。 六月十五日教育部頒布《戡亂建國實施綱要》，以「三民主義」教育為授課核心。 六月二十五日韓戰爆發，美軍介入臺海，國共內戰情勢凍結。	二月《中國時報》由余紀忠創辦，原為《徵信新聞》，於一九五五年創刊人間副刊，一九六一年更名《徵信新聞報》，一九六八年九月一日正式更名為《中國時報》。

			九月五日《民眾日報》由李瑞標於基隆創立，後由李哲朗擔任董事長，於一九七八年將報社遷往高雄。與《臺灣時報》、《臺灣新聞報》並稱「南臺灣三大報」。
一九五一		一九五一年至一九六五年，臺灣進入「美援時代」。 五月十七日第一批政治犯被押至火燒島，警備總部「新生訓導處」在火燒島成立。 六月七日國民黨政府公布《耕地三七五減租條例》。 作家葉石濤（1925.11.1～2008.12.11）九月二十日被保密局逮捕，後遭判「知匪不報」處有期徒刑五年，被關三年後減刑出獄。	九月十六日由王惕吾創立《聯合報》。一九五三年十一月由林海音接任《聯合報》副刊主編。
一九五二		十二月二十九日凌晨軍警包圍鹿窟，逮捕因疑為中共支持的武裝基地之成員，時間前後長達四個月，牽連兩百多人，經判決死刑者三十五人，有期徒刑者百人。「鹿窟事件」是一九五〇年代最大的政治事件。	
一九五三		一月二十六日國民黨政府公布《實施耕者有其田條例》。	
一九五四		完成從高中到專科學校的軍訓教育實施，軍訓教官進駐校園。	二月皇冠文化出版公司成立，創辦人為平鑫濤。 三月《幼獅文藝》創刊，由馮放民、鄧綏甯、瘂弦與朱橋等人所拓展。
一九五五	八月至十一月邱永漢〈香港〉首次發表於日本《大眾文藝》，並於同年獲直木賞。中文版本一九九六年		

	由允晨文化出版。		
一九六〇		九月四日警備總部以涉嫌叛亂，逮捕雷震等人，是為「雷震案」。	九月《自由中國》被勒令停刊。
一九六一		施明正（1935.12.25～1988.8.22）因胞弟施明德「叛亂」案受牽連而入獄，在獄中開始寫作。於一九六五年出獄。一九八八年絕食聲援胞弟施明德四個多月，導致心肺衰竭致死。	
一九六四			四月，吳濁流獨資創刊《臺灣文藝》。
一九六八		臺灣警備總司令軍法處及國防部軍法局的所屬單位和看守所遷入軍法學校舊址，通稱「景美軍法看守所」，為現今「景美人權文化園區」的前身。	
一九七〇		二月八日發生「泰源事件」，部分政治犯與泰源監獄分駐軍共謀發動的監獄革命，受鎮壓而失敗。	
一九七一		七月九日，時任美國總統安全事務助理季辛吉前往巴基斯坦後，祕密轉訪中國。 十月二十六日由時任中華民國總統蔣介石宣布臺灣退出聯合國。 釣魚臺問題引發留美學生抗議示威，是為「保釣運動」。	八月二十五日《臺灣時報》創立，吳基福為首任董事長，夏曉華為首任發行人。總社位於高雄。
一九七二	十二月二十日至三十一日黃春明〈蘋果的滋味〉首次發表於《中國時報》人間副刊。	國民黨政府在火燒島興建的「綠洲山莊」落成，將泰源監獄與各軍事監獄的政治犯集中關押至「綠洲山莊」，避免類似泰源事件的反抗再發生。	
一九七三		十一月，行政院長蔣經國提出未來五年要進行九大建設，後改稱十大建設。	

一九七四			三月沈登恩等人創立遠景出版社。
一九七五		四月五日蔣介石過世。公布罪犯減刑條例，部分政治犯因此減刑出獄。	八月《臺灣政論》被勒令永久停刊，發行人為黃信介，共發行五期，十二月停刊。 九月遠流出版社成立，創辦人王榮文，一九八一年二月改組為遠流出版事業股份有限公司。
一九七六	劉大任完稿《浮游群落》，先後於香港《七十年代》、紐約《新土》和臺北《亞洲人》雜誌等連載，一九八二年由香港臻善首次出版《浮游群落》，臺灣則由遠景一九八五年出版。		
一九七七	十二月二十六日陳若曦〈老人〉首次發表於《聯合報》副刊。	十一月十九日爆發「中壢事件」。國民黨於桃園縣長選舉中作票，致許信良落選，引發群眾不滿，包圍桃園縣警察局，造成警民衝突。	
一九七八	十月二十五日宋澤萊〈糶穀日記〉首次發表於《福爾摩沙的明天》，前衛叢刊第二期。	一九七八年八月前高雄縣長余登發與其子余瑞言涉嫌匪諜案被捕，黨外人士抨擊政府的逮捕行動是為了阻止黨外運動進行全國性串聯。 一九七八年十二月十六日，美國宣布與中國建交，與臺灣斷交，並廢止《中美共同防禦條約》，於一九八〇年一月一日起生效。美國改通過《臺灣關係法》，一九七九年一月一日生效。	

一九七九	黃凡〈賴索〉獲第二屆時報文學獎首獎，此為黃凡第一篇發表的作品。	一九七九年一月二十二日黨外運動領袖許信良、黃信介等人在余登發的故鄉橋頭組織民眾示威，要求釋放余登發父子，是為「橋頭事件」。余登發父子在事後被釋放，而時任桃園縣長許信良遭臺灣省政府停職。 十二月十日國際人權日，當天美麗島雜誌社成員在高雄市組織群眾進行的遊行與演講，遭不明人士挑釁，鎮暴部隊繼之與群眾爆發衝突，是為「美麗島事件」。 十二月十三日起林義雄、林弘宣、呂秀蓮、施明德、黃信介、姚嘉文、陳菊、張俊宏、蘇秋鎮、紀萬生、魏廷朝等人因美麗島事件而陸續遭逮捕。	七月許信良應黃信介之聘擔任美麗島雜誌社社長，呂秀蓮擔任副社長，張俊宏任總編輯，八月《美麗島》雜誌創刊，同年十二月被勒令停刊。
一九八〇	三月東年《去年冬天》完稿；一九八三年三月八日起於紐約《世界日報》連載；一九九五年於聯合文學出版。 十二月施明正〈渴死者〉首次發表於《臺灣文藝》革新號十七期（七十期）。	二月二十八日林宅血案[1]，林義雄母親遭殺害，他的女兒兩死一重傷。 三月十八日起美麗島案件開始進行九天的軍事審訊，被稱為「美麗島大審」。	四月《自由時報》創立，原名《自由日報》。原為吳阿明所創，後轉予林榮三。其前身為一九四六年《臺東導報》，歷經多次轉手與更名，一九六一年《臺東新報》至《遠東日報》；一九七八年《自強日報》；一九八七年正式更名《自由時報》。
一九八一		七月二日旅美學人陳文成因金援美麗島雜誌社而遭警備總部約談，隔日陳文成陳屍臺大校園。[2]	
一九八二	十月李喬〈告密者〉首次發表於《文學界》第四期，收錄於一九八三年《臺灣政治小說選》。 十二月施明正〈喝尿者〉首次發表於《臺灣文藝》革新號二十五期（七十八期）。		一月《文學界》創刊，由葉石濤為首的南臺灣藝文界人士所創辦。 九月前衛出版社成立，負責人林文欽。

一九八三	九月十七日至十八日平路〈玉米田之死〉首次發表於《聯合報》副刊。		七月《文訊》創刊。第一任總編輯為文工會黨工孫起明，一九八四年底由學者李瑞騰接任，一九九二年由封德屏擔任至今。 李喬、高天生合編《臺灣政治小說選》，開拓八〇年代「政治小說」的議論層面。
一九八四	七月二十一日至三十日郭松棻〈月印〉首次發表於《中國時報》人間副刊。	六月、七月、十月在土城海山煤礦、三峽海山一坑、瑞芳煤山煤礦發生重大礦災，造成至少兩百七十人死亡。 十月十五日華裔美籍作家劉宜良在舊金山遭槍殺，凶手是中華民國國防部情報局僱用的黑道分子陳啟禮、吳敦與董桂森，美國聯邦政府對此案展開調查，是為「江南案」。	十一月《聯合文學》創刊。
		十二月臺灣原住民權利促進會成立，向國民黨政府提出「正名」要求，此後展開長達十一年的原住民正名請願運動，內容包含修改「山地同胞」的稱呼，也要求回復部落傳統姓名使用以及恢復地方命名等。	
一九八五	十一月吳錦發〈消失的男性〉首次發表於《文學界》十六期。		十一月《人間》雜誌創刊，發行人為陳映真。
一九八六	一月五日至七日李渝〈夜琴〉首次發表於《中國時報》人間副刊。 一九八六年林雙不〈臺灣人五誡〉收錄於《決戰星期五》，前衛出版。	一月二十五日發生「湯英伸案」。鄒族青年湯英伸因被雇主扣留身分證，並超時工作，在酒後殺害了雇主夫婦以及一名兩歲女兒，此事件引發社會關注原住民地位與勞動的結構性問題。 九月二十八日民進黨成立，其行動綱領包含「定二二八為和平日」與「公布二二八真相」。	九月一日由宋澤萊、王世勛、吳晟、林雙不、林文欽、豐原三民書局負責人利錦祥與記者高天生等人出資創辦《臺灣新文化》，內容含括臺灣社會當時的各種議題，如「新文化評論」、「反對運動」、「農民運動」、「勞工運動」、「新思潮譯介」、「臺灣文學」等，共發行二十

			期，維持一年八個月的營運。
一九八七	七月十五日楊青矗〈李秋乾覆C．T．情書〉出自《給臺灣的情書》，敦理出版，初版為一九八七年三月一日，書名為《覆李昂的情書》，七月再版時更名。 十月苦苓〈黑衣先生傳〉首次發表於《臺灣新文化》第十三期，收錄於一九八八年《外省故鄉》，希代出版。	一月十日，婦女運動團體、人權團體、宗教團體與政治團體等三十個民間單位，到龍山寺與華西街示威遊行靜坐，以「彩虹專案」為名，聯合發表聲明「反對販賣人口——關懷雛妓」，為「販賣人口與山地雛妓」發聲。此為社運團體首次以關懷雛妓問題走上街頭。 二月四日，鄭南榕、陳永興、李勝雄等人成立「二二八和平日促進會」，發起「二二八公義和平運動」。 七月十五日蔣經國總統宣布解除「臺灣省戒嚴令」。 十月十四日蔣經國總統於國民黨中常會通過大陸探親決議案；十一月二日由紅十字會正式受理探親登記與信函轉投。第一天登記人數高達一三三四人，開放六個月內，登記人數高達十四萬人。 「原住民權利促進會」更名為「原住民族權利促進會」，除卻恢復傳統姓氏與正名運動，尚展開一連串「原住民族運動」，包括打破吳鳳神話、反核運動、還我土地運動及自治訴求運動。	六月聯合文學出版社成立，發行人張寶琴。
一九八八	林央敏〈男女關係正常化〉收錄於《大統領千秋》，前衛出版，一九八七年三月二十二日完稿。 五月二十二日葉石濤〈吃豬皮的日子〉首次發表於《臺灣時報》。	一月十三日蔣經國過世。 二月，蘭嶼達悟族人組織「雅美青年聯誼會」，發起「二二〇驅逐惡靈」反核廢料運動。 五月二十日由雲林縣農權會主導下，帶領南部農民前往臺北請願，主要訴求內容有全面辦理農保及農眷保、降低肥料售價、增加稻米收購價格與面積、廢除農會總幹事遴選、改革農田水利會、成立農業部與農地自由使用。是臺灣解嚴後大規模的農民運動，是為「五二〇事件」。	一月報禁解除，報紙增為六大張。 一月二十一日《自立早報》創立，是臺灣解除報禁後第一份新辦日刊綜合性報紙。 晨星出版公司成立於臺中，負責人吳怡芬。

		原權會結合原運團體與臺灣基督教長老教會組成「臺灣原住民還我土地運動聯盟」，號召首次「還我土地運動」，至一九九三年止，共發起三波還我土地運動。 九月，原權會、原住民大專生及長老教會原住民牧者等，前往嘉義火車站吳鳳銅像前抗議，訴求「打破吳鳳神話」，並拉倒銅像，引發一連串衝突。	
一九八九	三月二十日葉石濤〈鹿窟哀歌〉首次發表於《臺灣時報》。 七月二日葉石濤〈邂逅〉首次發表於《自由時報》。 八月十二日葉石濤〈約談〉首次發表於《自立早報》。	四月七日，鄭南榕於《自由時代周刊》總編輯室自焚。 六月四日中國北京天安門廣場發生六四事件。 八月十九日首座二二八紀念碑在嘉義落成。	
一九九〇	五月十日至十一日瓦歷斯・諾幹〈都是銅像惹的禍〉首次發表於《民眾日報》。 十一月二十八日至三十日朱天心〈從前從前有個浦島太郎〉首次發表於《中國時報》人間副刊。	二月二十八日立法院首次為二二八受難者默哀，新版的高中歷史教科書首次提到二二八事件。五月二十日李登輝總統指示成立「二二八事件專案小組」。 三月十六日至三月二十二日臺灣各地學生集結於中正紀念堂（今自由廣場）發起靜坐抗議，要求「解散國民大會」、「廢除臨時條款」、「召開國是會議」與「提出民主改革時間表」等訴求，是為「野百合學運」。 十月劉宜良（江南）的遺孀崔蓉芝與中華民國政府在美國達成庭外和解，中華民國政府賠償崔蓉芝一百四十五萬美元。	
一九九一	十二月舞鶴〈逃兵二哥〉首次發表於《文學臺灣》創刊號。	二月花蓮地方法院林火炎因被告稱自己為原住民，故判決書上首度以「原住民」稱呼山胞。	十二月《文學臺灣》季刊創刊。為九〇年代本土文學與本土論述的重要據點。

		五月一日《動員戡亂時期臨時條款》廢止。 五月九日發生「獨臺會案」。調查局幹員進入清華大學逮捕歷史研究所碩士廖偉程、文史工作者陳正然、民進黨黨員王秀惠與傳道士林銀福，指控他們受史明支持，在臺灣建立「獨立臺灣會」。 五月二十日「獨臺會案」引發萬人大遊行，提出「撤除思想警察」、「揮別白色恐怖」主張，迫使立法院在七天內先後廢止《懲治叛亂條例》和《戡亂時期檢肅匪諜條例》。	
一九九二	拓拔斯・塔瑪匹瑪（漢名田雅各）〈尋找名字〉收錄於《情人與妓女》，晨星出版。	二月二十日行政院公布《二二八事件研究報告》。 三月十四日與四月三十日，原運團體前往陽明山中山樓向國民大會抗議要求正名。 五月，繼「反政治迫害聯盟」而起的「一百行動聯盟」經過多月抗爭，迫使立法院修法，廢除以思想言論治人於罪的刑法第一百條。	
一九九三	七月五日蔣曉雲〈回家〉以〈楊敬遠回家〉首次發表於《聯合報》副刊，後二〇〇九年改寫成〈回家〉，收錄於二〇一一年《桃花井》，印刻出版。	五月二十八日曾梅蘭先生偶然發現六張犁白色恐怖受難人的亂葬崗。 七月二十五日臺灣政治受難者聯誼會成立「白色恐怖時代受難平反權益委員會」。 八月四日，民進黨出面邀集聯誼總會、互助會、臺權會、政治受難老兵聯盟等團體，在臺大校友會館舉行「白色恐怖案件平反委員會」成立大會。	
一九九四		二月二十五日監察院通過監察委員黃越欽和張德銘的「陳文成命案死因」覆查申請之提案，這是監察院重新調查案件的首例。	二月二十日「行政院二二八事件研究小組」的研究報告《二二八事件研究報告》由時報出版。

		八月一日國民大會修憲將憲法增修條文之「山胞」，改成「原住民」。	
一九九五		一月二十八日總統公布《戒嚴時期人民受損權利回復條例》。 二月二十八日臺北新公園二二八紀念碑落成；落成典禮上，李登輝總統正式公開向受難者及家屬道歉。 四月七日《二二八事件處理及補償條例》開始實施。 十月二十一日「二二八事件紀念基金會」成立，十二月十八日開始受理受難者申請補償案件。 修訂《姓名條例》第一條，原住民可以恢復傳統姓名。於二〇〇一年與二〇〇三年再修正條文，讓原住民有多種注記姓名的方式。並將「原住民因改漢姓造成家族姓氏誤植」列為改姓要件之一，匡正過去草率賦姓的錯誤。	
一九九六		二月二十八日二二八和平紀念日在臺北新公園正式揭碑，市長陳水扁將臺北新公園改名為「二二八和平紀念公園」。 三月，第一次總統直選。	
一九九七		七月二十一日國民大會修憲將憲法增修條文之「原住民」修正為「原住民族」。 九月二十六日政治受難者在臺大校友會館集會，成立以平反為宗旨的「五〇年代白色恐怖案件平反促進會」，推動白色恐怖的平反與補償立法。	
一九九八		總統公布《戒嚴時期不當叛亂暨匪諜審判案件補償條例》。	

一九九九		四月一日「戒嚴時期不當叛亂暨匪諜審判案件補償基金會」會務開始運作。 九月二十一日發生規模七點三大地震。十多個縣市共兩千多人喪生，逾十萬戶房屋倒塌，災損總計超過三千五百億元。 十二月十日以鄭南榕自焚廣場「自由時代雜誌社」為址的「鄭南榕紀念館」啟用。 十二月十日「綠島人權紀念碑」落成。	
二〇〇〇	李昂〈虎姑婆〉收錄於《自傳の小說》，皇冠出版。	臺灣第一次政黨輪替。 八月二十五日「馬場町紀念公園」落成。 十二月二十九日「鹿窟事件紀念碑」落成。	
二〇〇一		二月二十三日行政院核定綠島的軍事監獄與相關建物劃入「綠島人權紀念園區」。	
二〇〇二		七月二十九日制定《二二八事件受難者及其家屬申請回復名譽作業要點》。 十二月十日世界人權日綠島人權紀念園區與景美人權紀念園區正式啟用，景美人權紀念園區登錄為歷史建築。其間，兩個園區歷經三次更名。[3]	
二〇〇三	六月瓦歷斯・諾幹〈櫻花鉤吻鮭〉首次發表於《幼獅文藝》五九四期。 九月楊照〈一九八九・圳上的血凍〉首次發表於《印刻文學生活誌》創刊號。	一月十一日臺北市六張犁「戒嚴時期政治受難者紀念公園」落成。 十一月二十一日公布《戒嚴時期不當叛亂暨匪諜審判案件受裁判者及其家屬申請回復名譽作業要點》。	四月印刻文學生活雜誌公司成立，負責人為張書銘，八月《印刻文學生活誌》出版創刊前號。

二〇〇四	八月十九日瓦歷斯・諾幹〈遺失的拼圖〉首次發表於《聯合報》副刊。		
二〇〇五	十月陳桓三〈浦尾的春天〉首次發表於《文學臺灣》五十六期。	六月廢除國民大會。 七月三十一日國防部公布「清查戒嚴時期叛亂暨匪諜審判案件專案」，一九四五年至一九九四年間約有一六一三二人次的政治案件。	
二〇〇六			二二八紀念基金會出版《二二八事件責任歸屬研究報告》。
二〇〇七		二月二十八日「二二八國家紀念館」掛牌，二〇一一年二月二十八日「二二八國家紀念館」開館營運。 十二月民間人士因為政府的不作為而自立組織，成立「臺灣民間真相與和解促進會」。	
二〇〇八	三月賴香吟〈暮色將至〉首次發表於《印刻文學生活誌》。		
二〇〇九		八月莫拉克風災，共造成六百餘人死亡，近二十人失蹤。	
二〇一〇		文建會（今文化部）主委盛治仁宣布，未來組織改造後將設置「國家人權博物館」。此回應了臺灣民間真相與和解促進會發起的連署要求。	
二〇一一		七月十四日「國家檔案內含政治受難者私人文書申請返還要點」生效實施，檔案管理局依此點清查出一百七十七份政治受難者的私人文書，目前正陸續通知家屬領回中。 十二月十日「國家人權博物館」籌備處掛牌成立，管理綠島、景美人權文化園區。	

二〇一四	藍博洲《臺北戀人》於印刻出版。	三月十八日至四月十日，由臺灣學生與公民團體共同發起社會運動，占領立法院議場，反對國民黨單方面決議通過《海峽兩岸服務貿易協議》。是為「三一八學運」。 九月八日「戒嚴時期不當叛亂暨匪諜審判案件補償基金會」結束運作，總受理案件為一萬零六十二件。	
二〇一五		因一〇三課綱將白色恐怖自公民與社會科課綱刪除，改成概括性的人權侵害說明，引發爭議。	二月真促會與衛城出版合作出版《無法送達的遺書》。 十月真促會與衛城出版合作出版《記憶與遺忘的鬥爭：臺灣轉型正義階段報告》共三卷。
二〇一七	黃崇凱〈狄克森片語〉收錄於《文藝春秋》，衛城出版。		
二〇一八		三月十五日「國家人權博物館」正式成立，兩處園區分別改成「白色恐怖綠島紀念園區」與「白色恐怖景美紀念園區」。 五月三十一日促進轉型正義委員會成立。	

參考來源：

陳芳明，《臺灣新文學史》（臺北：聯經出版，二〇一一）。
臺灣民間真相與和解促進會，《記憶與遺忘的鬥爭：臺灣轉型正義階段報告》（新北市：衛城出版，二〇一五）。
胡慕情《黏土》（新北市：衛城出版，二〇一五）。
國立臺灣文學館：https://www.nmtl.g〇v.tw/
臺灣大百科全書：http://nrch.culture.tw/twpedia.aspx?id=11168
中華日報新聞網：http://cdns.c〇m.tw/news.php?n_id=1&nc_id=62499
《觀察》：https://www.〇bserver-taipei.c〇m/article.php?id=1697
臺灣社會人文電子影音數位博物館計畫〈原住民運動到原住民族運動〉：http://pr〇j1.sinica.edu.tw/~vide〇/main/pe〇ple/5-tribe/tribe3-all.html
《PeoPo 公民新聞》，林羿萱〈訴說「原」委──臺灣原住民議題與運動回顧〉：https://www.pe〇p〇.〇rg/news/249697
《民報》，邱萬興〈紀念二十九年前，臺灣史上首次關懷雛妓運動〉：https://www.pe〇plenews.tw/news/e4e91a38-d879-4c3b-99ef-f566f5bd664e

注釋：

1 一九九六年九月當選監察委員的江鵬堅啟動調查林宅血案。二〇〇九年三月馬英九政府表態願意重啟調查林宅血案與陳文成案，高等法院檢察署顏大和檢察長，針對林宅血案和陳文成案，成立「重啟調查專案小組」。二〇一八年促轉會成立後重啟調查，本次調查以檢視政府在兩案中所扮演的角色為核心，但至本書出版前，調查報告尚未公布。

2 一九九三年十月「臺美文化交流基金會」(「陳文成基金會」前身)獲得蔡同榮立委等人協助，在立法院舉辦陳文成博士死因公聽會。一九九四年二月二日公聽會，促使檢警單位不得不承認此案朝他殺方向調查。一九九七年一月臺北地檢署在監察院要求下，宣布組成陳文成專案小組，重啟調查，但旋無音訊。二〇〇九年三月馬英九政府表態願意重啟調查林宅血案與陳文成案，高等法院檢察署顏大和檢察長，針對林宅血案和陳文成案，成立「重啟調查專案小組」。七月二十八日臺北地檢署對陳文成案全部被告作成不起訴處分，理由仍係推測陳文成死因為意外自高處落下。八月十日陳文成家屬依法對不起訴處分聲請再議，臺北地檢署函覆，指出審核後認定再議並無理由。二〇一二年六月陳文成的師友、人本基金會、陳文成基金會、臺大學生會與研究生協會等發起活動，要求在臺大校園陳文成陳屍處立碑，也在校務會議正式提案討論。二〇一四年臺大校務會議原則性通過提案，將該地點命名為「陳文成紀念廣場」。二〇一五年三月二十一臺大校務會議正式通過，將此地點命名為「陳文成事件紀念廣場」。二〇一八年促轉會成立後重啟調查，本次調查以檢視政府在兩案中所扮演的角色為核心，但至本書出版前，調查報告尚未公布。

3 二〇〇六年十月「綠島人權紀念園區」更名為「綠島文化園區」。二〇〇五年六月二十一日行政院將景美軍法看守所定名為「動員戡亂時期軍法審判紀念園區」，十一月三日更名為「戒嚴時期軍法審判紀念園區」。二〇〇八年一月二十三日更名為「景美人權園區」。二〇〇九年二月二十四日「景美人權園區」更名為「景美文化園區」；四月二十九日政治受難者與臺灣民間真相與和解促進會、外臺會、臺權會等民間團體齊聚在文建會外抗議，反對將「景美人權園區」改名與變更用途。最後於六月二十四日分別更名為「綠島人權文化園區」與「景美人權文化園區」。

Literati
春山文藝007

國家人權博物館白色恐怖文學系列

讓過去成為此刻：臺灣白色恐怖小說選
卷四　白色的賦格

合作出版——國家人權博物館
春山出版

主　編——胡淑雯、童偉格
作　者——宋澤萊、黃春明、拓拔斯・塔瑪匹瑪（漢名田雅各）、陳若曦、蔣曉雲、賴香吟

國家人權博物館
發行人——陳俊宏
專案執行——陳中禹、何慕凡、郭奕進、莊舒晴
地　址——二三一五〇新北市新店區復興路一三一號
電　話——〇二-二二一八-二四三八

春山出版
總編輯——莊瑞琳
顧　問——黃長玲、黃丞儀、林傳凱、丁名慶
協力編輯——王偉綱、陳文琳、翁蓓玉、黃頌婷
打　字——陳文琳、翁蓓玉、黃頌婷、林姵君
行銷企畫——甘彩蓉
封面與內頁設計——王小美
內文排版——張瑜卿
地　址——一一六臺北市文山區羅斯福路六段二九七號十樓
電　話——〇二-二九三一-八一七一・傳　真——〇二-八六六三-八二三三

總經銷——時報文化出版企業股份有限公司
地　址——桃園市龜山區萬壽路二段三五一號
電　話——〇二-二九〇六-六八四二
印　刷——瑞豐電腦製版印刷股份有限公司
初　版——二〇二〇年一月
定　價——三〇〇元

國家圖書館出版品預行編目資料

讓過去成為此刻：臺灣白色恐怖小說選，卷四　白色的賦格
／宋澤萊等著；胡淑雯，童偉格主編.
－－初版.－－臺北市：春山出版，2020.01
面；公分.－－（春山文藝；07）
ISBN　978-986-98662-1-7（平裝）
863.57　　108022612

GPN:1010900145

春山出版
EMAIL SpringHillPublishing@gmail.com
FACEBOOK www.facebook.com/springhillpublishing/

填寫本書線上回函

From Interest to Taste

以文藝入魂